Josef Schley

SKIFAHRT

Besser als in diesem Jahr kann eine Skifahrt nicht laufen, denkt der Lehrer Thomas Wallroth. Zusammen mit einer Gruppe von Oberstufenschülern und mit seiner jungen, attraktiven Kollegin Kristina Toll befindet er sich seit einer Woche zum Skifahren und Snowboarden in dem malerischen Ort Mauterndorf in Österreich.

Doch dann ist eines Morgens eine Schülerin verschwunden. Als die eigene stundenlange Suche erfolglos bleibt, wenden sich die beiden Lehrer an die Polizei. - Nicht ahnend, welche Dramatik die Ereignisse in den nächsten achtundvierzig Stunden annehmen würden.

Josef Schley

Skifahrt

Kriminalroman

Überarbeitete Ausgabe
Mai 2016
Copyright © Autor Josef Schley, Berlin, 2012
Umschlaggestaltung: EB-M/ FMK/ WJG Berlin/ Leipzig
Herstellung und Verlag:
BoD - Books on Demand, Norderstedt
ISBN 978-3-8482-0315-4

Für Franziska,

meine geliebte Tochter

Erklärung

Der Inhalt des vorliegenden Kriminalromans ist reine Fiktion. Er ist nur der Fantasie des Autors geschuldet, auch wenn es die Ortschaft Mauterndorf sowie einige der im Roman genannten Schauplätze wirklich gibt.
Ebenso verhält es sich mit den Romanfiguren. Sie sind frei erfunden und ihre Charaktere haben keine realen Vorbilder. Sollten gewisse Ähnlichkeiten mit lebenden Personen bestehen, so ist dies ein Zufall. Aus den für die handelnden Figuren gewählten Namen können keinerlei Schlüsse auf lebende Personen gezogen werden.

Der Autor

Prolog

Das Licht des beginnenden Tages breitet sich langsam in dem unbeleuchteten Zimmer aus. Die zitternde Gestalt, die zusammengesunken auf dem roten Ledersofa kauert, merkt nichts davon. Ihre Augen sind geschlossen. Von Zeit zu Zeit lässt ein Schluchzen ihren erschöpften Körper erbeben.

Neben ihr liegt ihr Handy, fast zur Hälfte unter das Kissen gerutscht, auf dem sie im Laufe der Nacht manchmal ihren Kopf abgelegt hat. Geschlafen hat sie kaum, auch jetzt ist sie wach. Sie zögert. Dann suchen ihre Augen erneut das Display des Smartphones, welches gerade noch unter dem Kissen hervorschaut. Die beiden Sätze stehen immer noch dort. Sie stößt ein Geräusch aus, das dem verzweifelten Schrei eines weidwunden Tieres gleicht. Das Zittern ihres Körpers scheint nicht mehr aufhören zu wollen.

Zwei Sätze! – Mehr ist sie ihm nicht wert.

Es ist aus. Es gibt eine Andere.

*

Anreisetag

Der dunkelblaue Reisebus bog langsam in die Straße am Tannenwinkel ein. Die jungen Leute, die zusammen mit ihren Eltern und Freunden inmitten ihrer Koffer, Taschen, Skier und Snowboards vor dem Haupteingang der Schule warteten, hatten ihn noch nicht bemerkt. Nervös zogen einige an ihren selbstgedrehten Zigaretten, andere drückten sich noch einmal an ihre Freundin oder spielten gedankenlos mit ihren iPods oder Handys. Viele hatten Stöpsel in den Ohren und ließen sich von ihrer Lieblingsmusik berieseln.

Etwas abseits stand Rocco. Er hatte wie üblich seine Clique um sich geschart. Das, was er ihnen auf seinem iPhone zu zeigen hatte, schien sie sehr zu amüsieren. Immer wieder brachen die Jugendlichen in schallendes Gelächter aus. Bert, der von seinem Vater gebracht worden war, schaute neugierig zu den Lachenden, blieb aber bei seinem alten Herren stehen.

Thomas Wallroth war erleichtert, als er den Bus sah. Der Lehrer und seine junge Kollegin hatten sich durch die fünfzehnminütige Verspätung nicht aus der Ruhe bringen lassen, aber einige Eltern hatten sich bereits mehrfach bei den beiden Lehrern beschwert und sie sogar aufgefordert endlich etwas zu unternehmen.

Der Bus sei ziemlich neu und technisch gesehen in einem einwandfreien Zustand, hatte ihm die Sekretärin des Busunternehmens zum Glück versichert. Mit weiteren Protesten besorgter Eltern war also nicht zu rechnen.

Wallroth blickte zu der wartenden Schülergruppe. Seine Blicke trafen die von Sabrina. Sie ist wirklich eine ausgesprochen hübsche junge Frau geworden, dachte er bei sich, groß, schlank, schönes Gesicht. Auch ihre neue Frisur gefiel ihm. Das extrem kurz geschnittene, hellblond gefärbte Haar wurde noch zusätzlich betont durch die leichte Bräune in ihrem Gesicht und durch die dunkelblaue Daunenweste, die sie über einer Jeansjacke und einem schwarzen Rollkragenpullover trug. Das Mädchen sah ihn an und schenkte ihm ein freundliches Lächeln. Begleitet wurde ihr Lächeln von einem Augenzwinkern, das ein bisschen konspirativ wirkte.

Der Lehrer war froh, dass es ihnen gelungen war, Sabrinas Teilnahme an der Skifahrt zu ermöglichen. Er selbst hatte ihr einen Job in einem Café in seiner Nachbarschaft vermittelt. Dort hatte sie an mehreren Wochenenden gearbeitet und so einen Teil der Kosten für die Fahrt selbst tragen können. Den Rest hatte ihre Mutter beigesteuert.

»Der Bus kommt«, rief er den Wartenden zu und ergriff seine Reisetasche und seinen schwarzen Skisack.

Sofort kam Bewegung in die Gruppe. Die Ersten hatten ihr Gepäck schon in den Händen, bevor der Omnibus richtig geparkt war. Andere wollten nur ihre Rucksäcke in den Bus bringen, um sich die besten Plätze zu sichern.

»Scheiße, wo sind denn meine Skischuhe? Ich schwöre, die lagen doch gerade eben noch hier! Ich glaub`s nicht!«

»Nico, halt mir den Platz neben dir frei!«

»Sabrina, wir setzen uns ganz nach hinten!«

Wallroth musste lächeln. Jedes Jahr dasselbe. Die jungen Leute waren total aufgeregt, ihre Eltern wirkten teilweise skeptisch oder schauten dem regen Treiben staunend zu und mittendrin der Busfahrer, der streng und mit Berliner Schnauze Anweisungen gab. Diese wurden erstaunlicherweise auch von den meisten Schülern befolgt. Falls nicht, gab es Ärger. »Wenn ick sache, die Schier kommn hier rinn, denn kommn die ooch hier rinn! Is det klar?« – Und es funktionierte.

Als endlich alles eingeladen war und die Schüler ihre Plätze eingenommen hatten, schlossen sich die Türen des Fahrzeugs. Die Reise konnte beginnen. Herrlich, dachte Wallroth. Er freute sich genauso auf die Skifahrt wie seine Schüler.

»Wo war denn eigentlich Alena? Die wollte doch kommen und uns Tschüss sagen«, fragte Kati, während sie ihr Kuschelkissen aus ihrem Rucksack packte.

»Keine Ahnung. Vielleicht war sie enttäuscht, dass ihre Mutter ihr das Geld für die Fahrt nicht geben konnte, und wollte sich das hier heute nicht antun«, entgegnete Max. »Marco und Jana waren auch nicht hier.«

»Kann ich verstehen. Ich würde jedenfalls nicht extra abends zur Schule kommen, nur um Tschüss zu sagen. Und dann sitzen die anderen fröhlich im Bus und du kannst gefrustet wieder abzieh'n«, schaltete sich Bert ein.

Keiner antwortete.

Max setzte sich die Kopfhörer auf, nahm seine Tüte mit Gummibärchen aus dem Rucksack, der auf dem Nebensitz stand, und brachte die Rückenlehne seines Sitzes in eine bequeme Position. Gott sei Dank hatte er verhindern können, dass sich Bert neben ihn setzte. Das hätte gerade noch gefehlt. Auch Rocco hatte zwei Sitze für sich alleine – aber das war zu erwarten gewesen.

»Leute, hört mal her!«

Wallroth hatte sich das Bordmikrofon von Rolf, ihrem Busfahrer, reichen lassen, um kurz die wichtigsten Ansagen zu machen. »Also, wir fahren jetzt erst mal circa zwei Stunden, bis wir die erste Pause machen werden. Bitte bleibt während der Fahrt sitzen und lauft nicht im Bus herum. Wer aufs Klo muss, erledigt dies bitte im Sitzen, große Geschäfte lieber in der Raststätte. Ihr wisst, warum. – Ach so, und den Müll bitte in die aufgestellten Mülleimer, nicht daneben. Ansonsten wünsche ich allen eine gute Fahrt und viel Vergnügen während der Nacht.«

Vereinzeltes Klatschen und ein paar Lacher waren zu

hören. Dann wendeten sich die Jugendlichen wieder ihren Nachbarn zu. Wallroth griff zu seiner Zeitung, schaltete seinen MP3-Player ein und genoss die Aussicht auf ein bisschen Entspannung. Er hoffte, dass die Unruhe im Bus sich langsam legen würde, dass niemand sich betrinken würde mit heimlich mitgebrachtem hochprozentigem Alkohol oder sich gar im Bus übergeben würde und dass der Busfahrer sich nicht zu wichtig nehmen und ihn ständig mit nörglerischen Bemerkungen nerven würde. Dann würde es eine angenehme Nacht werden. Die Musik von Jan Garbarek würde ihr Übriges dazu beitragen. Er hatte sich für die nächtliche Busfahrt `I took up the runes` und `officium` auf seinen MP3-Player geladen.

Durch ein leichtes Klopfen auf die Schulter wurde der Lehrer zwei Stunden später geweckt. »Wir sind gleich an der Raststätte. Die Schüler wollten bei McDonald`s Pause machen. Rolf ist auch damit einverstanden«, sagte Kristina.

Wallroth war froh, dass es ihm gelungen war, seine Kollegin Kristina Toll als Snowboardlehrerin mitzunehmen, obwohl sie erst ihr Referendariat an seiner Schule machte und offiziell noch nicht als Begleiterin auf Klassenreisen oder Skifahrten eingesetzt werden sollte. Doch Wallroth hatte einen guten Draht zu seinem Schulleiter. Sie hatten damals zusammen an der Schule angefangen. Und mit Kristinas Seminarleitern hatte er an der FU zusammen Sport studiert und kannte sie schon ewig. Außerdem spielte er mit ihnen seit Jahren regelmäßig Tennis beim Wilmersdorfer TC.

»McDonald`s? Na, dann trinke ich nur einen Cappuccino. Wenn du auch einen möchtest, lade ich dich ein.«

Kurze Zeit später, als sie gerade im Begriff waren, den ersten Schluck zu sich zu nehmen, wurde es an ihrem Nachbartisch laut.

»Wieso kann ich mich nicht zu euch setzen? Da ist doch Platz, wenn du deinen Rucksack auf den Boden stellst!« Es war Bert, der so empört war.

»Ich möchte aber neben meinem Rucksack sitzen«, erwiderte Sabrina schnippisch und führte ihren Trinkbecher zum Mund. »Jedenfalls lieber als neben dir.«

Bert griff gerade nach Sabrinas Rucksack und wollte ihn auf den Boden befördern, als ihn von hinten jemand mit festem Griff um sein Handgelenk daran hinderte.

»Sabrina hat den Platz für mich frei gehalten. Ich war nur kurz auf Toilette. Verpiss dich! Mach kein` Stress!«, knurrte Rocco.

Alle schauten Bert an, der zuerst rot, dann blass wurde und sich schließlich zu einer Gruppe Jungs an den Nachbartisch setzte.

»Nerv«, stöhnte Wallroth, während er seine Tasse zum Mund führte. »Hoffentlich legt sich das wieder!«

Der Cappuccino war nur noch lauwarm, schmeckte aber erstaunlich gut.

Wenig später hupte der Busfahrer und die verbliebenen Jugendlichen verließen zusammen mit ihnen das Lokal.

»Alle ma herhören!«, sagte Rolf. »Herrschaften! – Ruhe bitte! – Die nächste längre Pause jibts erst wieda hinter München. Dett heeßt, in circa vier Stundn, wa! Dazwischen jibts nur den Fahrerwechsel. Da bleibn aber alle im Bus, ooch die Roocher! Klar? – Und jetzt am besten alle pofen und Ruhe. Dann ha ick ooch keen Stress beim Fahrn. Ick hoffe, det alle an Bord sind, ick fahr` nämli jetzt los.«

Nach dieser Ansage des ansonsten sehr friedlichen Fahrers war tatsächlich erstaunlich schnell Ruhe an Bord und auch Wallroth fiel durch das gleichmäßige Brummen des Motors kurz darauf wieder in einen leichten Schlaf.

»Können Sie hinten mal die Heizung höher drehen? Ich friere und ich hab` Eisfüße«, hörte Wallroth Sabrina mitten in der Nacht vorne beim Fahrer jammern. Er öffnete die Augen.

»Die Heizung ist an, Mädel. Wenn du frierst, zieh dir ‘ne Jacke und dicke Socken an, oder setz dir hier vorne irgendwo hin! Da is wärmer.«

Sabrina schaute ihren Lehrer an. »Darf ich mich zu Ihnen setzen? Ich hole mir da hinten den Tod!«

Wallroth verzog sein Gesicht, konnte aber nicht Nein sagen. Im vorderen Teil des Busses war nur ein Sitz frei, der Sitz neben ihm. Wenige Minuten später war die Schülerin eingeschlafen und er spürte ihren Kopf auf seiner Schulter liegen. Blöd!, dachte er.

*

Ankunftstag

»Eyh, Leute, aufwachen! Wir sind gleich da!« Die Stimme von Bert überschlug sich fast. »Mauterndorf acht Kilometer! Und Schnee ohne Ende! Das ist ja übertrieben geil!«

Langsam kam Leben in den Bus. Kein Wunder. Strahlend blauer Himmel, Sonnenschein und eine geschlossene, weiße Schneedecke, wie man sie in einer Großstadt wie Berlin nur ganz früh am Morgen und nur in den Bezirken am Stadtrand noch finden kann. Wallroth atmete tief durch. Skifahrten sind einfach das Größte, dachte er. Die Schüler – junge Erwachsene. Der Unterricht – am Berg und an der frischen Luft. Nicht zu vergleichen mit der Arbeit in viel zu engen Hallen, mit viel zu vielen und viel zu lauten Schülern. Auf die jährliche Skifahrt freute er sich immer schon zu Beginn des Schuljahres. Und diesmal hatte er wirklich besonderes Glück. Nur fünfundzwanzig sehr angenehme Schülerinnen und Schüler, – na ja, mit zwei bis drei Ausnahmen – , eine günstig gelegene, sehr schöne Unterkunft mit gutem Essen, dazu optimale Schneeverhältnisse. Und Kristina. Ausgerechnet die attraktivste der drei neuen Referendarinnen war Snowboardlehrerin und zurzeit Single, wie sie ihm gleich zu Beginn ihrer gemeinsamen Reiseplanungen ungefragt erzählt hatte. Außerdem liebte sie ein abendliches Glas Rotwein oder auch mal zwei, genau wie er.

Der Bus hielt mit großem Hallo vor dem Jugendhotel BERGBLICK. Das wunderschöne Gästehaus lag sehr zentral, in der verkehrsberuhigten Hauptstraße des malerischen Ortes Mauterndorf. Hinter der liebevoll restaurierten Fassade des im 16. Jahrhundert errichteten Hauptgebäudes verbarg sich ein modern gestaltetes Inneres mit ansprechend eingerichteten Zimmern, großzügig ausgestatteten Etagenduschen, mehreren Gruppenräumen sowie einer kleinen Turnhalle. Sogar eine Sauna gab es im BERGBLICK.

Wallroth hatte diese Unterkunft vor einigen Jahren während einer sommerlichen Fahrradtour mit Freunden zufällig entdeckt und war jetzt bereits zum dritten Mal mit einer Schülergruppe hier. Bisher waren alle Schüler von dem Haus begeistert gewesen.

Der Lehrer ließ sich von Rolf das Mikro reichen. »Also Leute, einen wunderschönen Morgen euch allen! Ich geb` euch kurz einige Infos zum weiteren Ablauf. Wir laden jetzt zuerst das komplette Gepäck aus dem Bus und legen unsere Sachen auf den kleinen Vorplatz rechts neben dem Haupteingang ab. Frau Toll geht zur Rezeption und holt den Belegungsplan der Zimmer und die Zimmerschlüssel ab. Sonst geht noch niemand rein! Rolf braucht mindestens drei Freiwillige, die den Müll aus dem Bus bringen und entsorgen. Ich gehe gleich zur Touristeninformation und hole unsere Skipässe und die Pistenpläne ab. Um 9:30 Uhr, also in einer Stunde, treffen wir uns alle im Gruppenraum. Dann gibt's auch Frühstück. So Leute, dann bis später.«

Die Türen öffneten sich und alle stürmten nach draußen. Am Nachmittag sollte es schon auf die Piste gehen, allerdings freiwillig und nur für die, die sich fit fühlten nach der nächtlichen Busfahrt. Einfahren, Revier besichtigen, Hütten testen. Optimale Aussichten und entsprechend war die Stimmung. Sogar zum Säubern des Busses fand Rolf ohne große Mühe seine Helfer.

»Hallo Julius«, mit einem freundlichen Lächeln ging Wallroth bei seiner Rückkehr eine halbe Stunde später auf den jüngsten Sohn der Hotelinhaber zu. Er stellte seinen Rucksack mit dem Informationsmaterial und den Skipässen ab und schüttelte Julius herzlich die Hand. Dieser war gerade aus dem Kuhstall gekommen und schaute den Grüßenden fragend an.

»Ich bin Thomas aus Berlin. Ich bin mit meinen Schülern wieder bei euch. Wir sind heute angekommen.«

Jetzt schien Julius zu begreifen und lachte. »Na, du Playboy. Hast du wieder hübsche Mädchen dabei? Lass ja die Finger davon!« Er grinste lüstern und deutete mit seinen Händen den Griff nach den Brüsten einer Frau an.

Julius lebte bei seinen Eltern im BERGBLICK. Obwohl er geistig zurückgeblieben war, hatte er die Aufgabe, sich in dem kleinen landwirtschaftlichen Betrieb, den die Familie Steiner neben dem Jugendhotel noch bewirtschaftete, um die Nutztiere zu kümmern. Dies tat er auch zuverlässig und es schien ihm Freude zu bereiten.

Julius war nicht immer behindert gewesen. Ganz im Gegenteil. Bis zu seinem dreizehnten Lebensjahr war er ein sehr guter Schüler und ein außergewöhnlich begabter Skiläufer. Er besuchte das Skigymnasium in Saalfelden und gehörte zu den drei besten jugendlichen Skirennläufern Österreichs in seiner Altersgruppe. Viele sagten damals, er habe seine Siege neben seinem skifahrerischen Können auch seinem unglaublichen Mut zu verdanken. Auf schwierigen Passagen und an gefährlichen Stellen der Piste, wo seine Altersgenossen manchmal für den Bruchteil einer Sekunde Tempo herausnahmen, ließ Julius seine Skier einfach ungebremst weiterlaufen. Deshalb gab es nicht wenige Kritiker, die ihn damals als zu waghalsigen Draufgänger und Adrenalinjunkie bezeichneten. Doch fast alle hielten ihn für eine der größten Nachwuchshoffnungen des Landes.

Offensichtlich schien der Junge das Adrenalin wirklich zu brauchen. Immer, wenn Ferien waren und er kein Trainingslager oder keinen Wettkampf hatte und zu Hause in Mauterndorf war, schimpfte er über die Touristen. Sie waren für ihn Flachländer, die zu Hause in Holland oder Deutschland bleiben sollten, konnten nicht richtig Ski fahren und bevölkerten seine Lieblingspisten so zahlreich, dass er selbst nicht mehr ungefährdet hinunterjagen konnte.

Deshalb schlug sich Julius immer häufiger ins Gelände abseits der präparierten Pisten. Dort, zwischen gefährlichen Felsen und Felsvorsprüngen und auf unberührten Tiefschneehängen, auf die sich selbst seine Freunde aus Mauterndorf nicht trauten, arbeitete er sich ab und holte sich den Kick.

Auf einem dieser Ausflüge passierte es dann. Julius hatte sich bei der Einschätzung der Temperaturwerte vertan. Durch die unerwartet rasch steigende Tagestemperatur hatte sich die Lawinengefahr deutlich erhöht und der Junge hatte ein Schneebrett losgetreten. Obwohl er alles versucht hatte, seitlich aus der zu Tal stürzenden Lawine hinauszufahren, wurde er von ihr mitgerissen und von den Schneemassen begraben. Zwei seiner besten Freunde, die ihn bei seinem waghalsigen Unterfangen aus sicherer Entfernung beobachtet hatten, holten sofort Hilfe. Nur deshalb gelang es schließlich, den Verschütteten zu finden und aus dem Schneegrab zu befreien. Als man ihn endlich geborgen hatte, war er schon leblos und konnte nur mit Mühe reanimiert werden. Anschließend hatte man ihn mit dem Rettungshubschrauber in die Unfallklinik nach Radstadt gebracht.

Tagelang hatten alle um sein Leben gebangt. Dann zeigten die Maßnahmen der Ärzte die ersten Erfolge. Schließlich kam Julius durch. Allerdings waren Teile seines Gehirns durch den Unfall so stark geschädigt worden, dass der Junge einen irreparablen Hirnschaden zurückbehalten hatte. Damit musste er jetzt leben.

Leider waren in der Vergangenheit die jugendlichen Gäste, die besonders im Winter sehr zahlreich bei den Steiners unterkamen, nicht immer angetan von Julius' Anwesenheit. Insbesondere unter den Mädchen gab es etliche, die geradezu verängstigt auf ihn reagierten, während viele Jungen ihm gegenüber arrogant auftraten und ihn sogar beleidigten und mit ihren hämischen Bemerkungen verletzten.

Dass dies in hohem Maße auch auf seine äußere Erscheinung zurückzuführen war, war Wallroth klar. Hier wären die Eltern Steiner mehr gefordert, dachte er bei sich.

Auch jetzt trug der jüngste Sohn der Steiners wie jeden Tag seine bis zu den Knien reichenden schwarzen Gummistiefel mit den breiten roten Sohlen, eine spinatfarbene weite Hose aus grobem Cord, eine blaue Arbeitsjacke und ein graues, blau gestreiftes Fleischerhemd ohne Kragen. Seine Hose wurde gehalten von breiten, anscheinend schon älteren schmutzig grauen Hosenträgern, die unter der offenen Jacke zu sehen waren.

Julius war mit einer Größe von etwa 1,65 m für einen Mann eher klein, sein Kopf wirkte aber auf seinem drahtigen, dünnen Körper etwas zu groß. Sein Gesicht wurde fast zur Hälfte bedeckt von einer riesigen Brille, einem Kassengestell mit sehr dicken, weil preiswerten Gläsern, die seine Augen wie Glubschaugen aussehen ließen. Da sich Julius die Woche über nie rasierte, sprossen überall auf seinen rötlichen Wangen unansehnlich ausschauende graue Bartstoppeln. Seine kurz und zweckmäßig geschnittenen Haare waren ebenfalls bereits grau, obwohl er erst vierunddreißig Jahre alt war. Natürlich war auch sein oft mürrisches Verhalten für die jungen Leute etwas befremdlich. Wallroth war schon im letzten Jahr aufgefallen, dass der Mann den gutaussehenden jungen Mädchen, denen er auf dem Innenhof des Jugendhotels häufig begegnete, lange und interessiert hinterherschaute, wenn er sich unbeobachtet fühlte. Und dass seine Blicke dabei lüstern wirkten, war nicht zu bestreiten. Trotzdem erwartete der Lehrer von seinen Schülern, immerhin Gymnasiasten, die vorhatten im nächsten Jahr das Abitur zu machen, mehr Toleranz diesem Mann gegenüber, denn er war eigentlich völlig harmlos und ungefährlich.

Nur einmal war es richtig unangenehm für Julius und die ganze Familie Steiner geworden. Eine Schülerin, ebenfalls aus Berlin, wollte abends noch einmal in den Skiraum, der direkt an den Kuhstall grenzt, um ihren fehlenden Handschuh zu suchen. Sie behauptete danach, Julius habe plötzlich hinter ihr gestanden, sie herumgerissen und ihr zwischen die Beine und an die Brust gefasst. Sie habe sich nur mit Mühe befreien und ins Haus rennen können. Das Ganze hatte sich im Nachhinein dank der Hilfe eines erfahrenen Polizeibeamten aus dem Ort als Lüge beziehungsweise übler Scherz einer Halbwüchsigen erwiesen. Sie hatte offensichtlich in ihrer Skigruppe oder von ihren Lehrern zu wenig Aufmerksamkeit bekommen. Das hatte Julius` Vater dem Lehrer jedenfalls versichert und Wallroth glaubte ihm, sonst hätte er das BERGBLICK niemals als Unterkunft für sich und seine Schülerinnen und Schüler ausgewählt. Doch die Anschuldigungen hatten sich damals in Windeseile in dem kleinen Ort verbreitet und die Familie Steiner hatte immer noch gelegentlich unter dem zu leiden, was auch von absurdesten Gerüchten stets irgendwie hängenbleibt.

Wallroth wurde von seinen Schülern im Gruppenraum mit großem Hallo empfangen. Auch Kristina war happy.

»Mensch Thomas, das BERGBLICK ist ja wirklich genauso schön, wie es auf der Homepage dargestellt und beschrieben ist!«, schwärmte Kristina. »Wirklich toll«, grinste sie. »Die Zimmer sind schon verteilt und die Sachen zum größten Teil verstaut. Alle scheinen mit den Bedingungen zufrieden. Zumindest hat sich bis jetzt niemand bei mir beklagt. – Bert hat sein Doppelzimmer mit Thorsten bekommen. Rocco wohnt mit seinen Kumpels in einem Vier-Bett-Zimmer, – übrigens dir schräg gegenüber –, und die Mädchen haben auch die Zimmerbelegungen, die sie sich gewünscht haben. – Alles schick!«

»Das ist ja wirklich toll, Frau Toll!«, zog Wallroth seine junge Kollegin ein wenig auf. »Dann kann ich ja jetzt beruhigt frühstücken. Ich hab` nämlich einen Riesenhunger!«

Der Lehrer bediente sich von dem reichhaltigen Frühstücksbuffet und setzte sich zu Rocco und seinen Freunden an den Tisch. »Und, seid ihr zufrieden?«

»Ja, echt nice hier«, antwortete Max.

»Echt hammer!«, stimmte Cornelius zu.

Die meisten der Schüler waren bereits fertig mit Frühstücken und wurden langsam ungeduldig. Offensichtlich waren sie heiß auf die Piste.

Wallroth und seine Kollegin ließen die Skipässe und die Pistenpläne für Mauterndorf-St Michael von Masha und Robert verteilen. Dann verabredeten sie sich alle für dreizehn Uhr auf der SPEIERECK-ALM. Kristina wollte mit den Schülern, die eine eigene Ausrüstung hatten, in einer halben Stunde aufbrechen. Zur selben Zeit würde Wallroth sich mit den anderen an der Rezeption treffen und zum SPORTSTADL gehen, um Material auszuleihen. Kristina hatte ihm freundlicherweise seinen Zimmerschlüssel mit in den Gruppenraum gebracht und sein Gepäck hatte schon jemand mit nach oben genommen. Ihm blieb noch genügend Zeit, zu Ende zu frühstücken, die Steiners kurz zu begrüßen und die letzten Vorbereitungen zu treffen.

»Jo mei, der Thomas. Griaß di . Das ist aber eine Überraschung!«

Die schönste Frau Mauterndorfs, fand Thomas Wallroth zumindest, kam sofort auf ihn zu, nachdem er das

Sportgeschäft mit seinen Schülern betreten hatte, und schüttelte ihm lange und herzlich die Hand. »Wo hast` denn den Klaas gelassen? Ist der diesmal nicht mit?«

Wallroth verneinte.

Obwohl sie seit seinem Besuch im letzten Jahr bestimmt zwei bis drei Kilo zugenommen hatte und bereits über vierzig Jahre alt war, sah Maria wieder toll aus. Ihr kurzes blond gelocktes Haar umrahmte ein schönes fast faltenfreies Gesicht, das durch frische Luft und Sonne und nicht durch das Solarium leicht gebräunt war. Sie trug ein eng anliegendes schwarzes Poloshirt, welches gerade so weit ausgeschnitten war, dass es nicht billig wirkte, modische anthrazitfarbene Jeans, die von einem breiten Gürtel etwas mehr als eine Hand breit unter dem Bauchnabel gehalten wurden, und schwarze, elegante Schuhe mit niedrigem Absatz. Früher sei sie zehn Zentimeter größer gewesen, hatte sie ihm einmal lächelnd erzählt. Doch seit sie sich beim Skifahren einen Bandscheibenschaden im Halswirbelbereich zugezogen hatte, konnte sie keine Schuhe mit hohen Absätzen mehr tragen. Maria war eine sehr gute Skiläuferin und fuhr früher auf Landesebene erfolgreich Rennen. Außerdem hatte sie viel Ahnung von Material und Service und machte für Schülergruppen günstige Preise. Aus diesem Grund liehen die meisten Gäste aus dem BERGBLICK ihr Material in MARIA`S SPORTSTADL aus.

»In diesem Jahr müssen wir aber endlich mal tanzen gehen, Thomas! In die LURZER ALM nach Obertauern«, flirtete sie mit Wallroth, »und wenn wir beschwipst sind, gehen wir auf die Rutschen. Und wenn wir noch mehr beschwipst sind, suchen wir uns a schöns Zimmer und bleiben da.«

»Und wenn wir Glück haben«, lachte Thomas, »wird Obertauern über Nacht eingeschneit und wir können eine Woche bleiben!«

Wenn Wallroth ehrlich war, musste er sich eingestehen, dass ihm die Vorstellung gut gefiel. Die Schüler grinsten. Nur Sabrina sah ihn mit missbilligenden Blicken an. Das bemerkte auch Kati, die die Szene, wie immer, interessiert beobachtet hatte.

»Maria, ich will mit meinen Schülern heute noch zum Großeck. Dazu brauchen wir die komplette Ausrüstung, Helme inklusive, für sechzehn Personen. Zehn Skifahrer und sechs Snowboarder. Geht das?«

»Selbstverständlich, Thomas! Passt schoa. Für di sowieso.« Sie schmunzelte. »Geh mer!«

Als Wallroth am Abend zusammen mit Kristina gegen dreiundzwanzig Uhr die GROTTE betrat, dröhnte ihnen schon im Eingangsbereich laute Musik entgegen. Anders als in Berlin, wo in den Clubs fast ausschließlich Techno und House aufgelegt wurde, schien der DJ der Dorfdisco Mauterndorfs ein Reggae-Fan zu sein. Dennoch war die Tanzfläche erstaunlich gut gefüllt und nicht nur Einheimische, sondern auch seine Schüler tanzten zu den Klängen von Bob Marleys `Could you be loved`. In einer Ecke, etwas abseits, standen eng umschlungen Sabrina und Rocco. Beide waren sich offensichtlich schon am ersten Abend der Reise nähergekommen und schienen keine Zeit verlieren zu wollen. Während Wallroth nicht erkennen konnte, wohin sich Roccos Hände vorgewagt hatten, denn der stand mit dem Rücken zum Gastraum, hielt sich Sabrina ohne jede Scheu an dem zweifellos knackigen Po ihrer neuen Errungenschaft fest. Daran änderte sie auch nichts, als sie bemerkte, wie Wallroth sie beobachtete. Auch Bert schien gefesselt von diesem Anblick und konnte seine Augen kaum abwenden.

Ob er es hier bei dieser lauten Musik trotz seiner äußerst attraktiven Begleiterin lange aushalten würde, wusste Wallroth nicht. Gott sei Dank waren es nur ein paar hundert Meter bis zu seinem Bett und die Schüler hatten mehrere Hausschlüssel ausgehändigt bekommen. Doch im Moment fühlte er sich gut. Er genoss den ersten Schluck des kühlen Weizenbieres, das der Barmann für ihn gezapft hatte, und lächelte Kristina zu. Sie war zu einer Gruppe von Mädchen gegangen und unterhielt sich gerade mit Kati, in der Hand ein Glas Aperol-Spritz. Auch ihr schien es auf der Fahrt zu gefallen.

Das Weizenglas in seiner Hand ließ ihn plötzlich an Klaas denken. Klaas Riebisch, Sportlehrer wie er, war sein bester Kumpel unter den Kollegen am JESSE-OWENS-GYMNASIUM. In den letzten Jahren hatten immer sie beide die Skifahrten mit den Schülern ihrer Oberstufe durchgeführt. Klaas war dabei gern der gutmütige, großzügige Pauker, der es mit dem Einhalten von Regeln und Verabredungen seitens der Schüler nicht so eng sah. Auch wenn sie ihn einfach `Riebisch` riefen und das `Herr` wegließen, störte Klaas das nicht weiter. Demgegenüber hatte er selbst stets die Rolle des Lehrers einnehmen müssen, der zwar auch freundlich war und spontan sein konnte, aber dennoch auf die Disziplin achtete. Und der darauf bestand, dass Anweisungen befolgt wurden. Klaas und er hatten sich immer wunderbar ergänzt und ihre Rollen mit Vergnügen angenommen und gespielt. Auch bei der Verteilung der Leistungsgruppen gab es nie Unstimmigkeiten. Klaas nahm stets die Anfängergruppe und hatte die große Fähigkeit, die Schüler innerhalb von drei bis vier Tagen zu Skifahrern zu machen, die jeden Hang hinunter kamen, – zumindest irgendwie. Dabei kannte der freundliche Pauker allerdings keine Gnade.

Im letzten Jahr war es zu einem gefährlichen Unfall in der Skigruppe von Klaas gekommen. Ausgerechnet die einzige Schülerin aus seinem Kurs, die das Tragen eines Helmes aus Gründen der Eitelkeit abgelehnt hatte, war während einer schnelleren Abfahrt gestürzt. Sie war mit dem Kopf auf die Piste geschlagen und für einen kurzen Moment ohne Besinnung gewesen. Anschließend konnte sie jedoch weiter fahren und bis zum Schluss am Skitraining teilnehmen. Dramatisch wurde es dann am Abend. Das Mädchen hatte sich nach ihrer Rückkehr in die Unterkunft hingelegt und war eingeschlafen. Als ihre Zimmernachbarin sie zum Abendessen wecken wollte, reagierte sie völlig lethargisch, ja fast apathisch. Sie riefen sofort den Notarzt. Das Mädchen musste mit dem Rettungswagen bei eingeschaltetem Blaulicht in die Unfallklinik nach Radstadt gebracht werden und Wallroth und eine Mitschülerin begleiteten sie dahin. Während der ganzen Fahrt hatte einer der Rettungssanitäter durch ständiges lautes Ansprechen der Schwerverletzten zu verhindern versucht, dass sie das Bewusstsein verlor.

Nach vier Stunden schlimmen, sorgenvollen Wartens in der Notaufnahme hatten die Ärzte ihm dann Entwarnung gegeben Dies waren die schlimmsten Stunden, die Wallroth in seinem bisherigen Lehrerdasein erlebt hatte. Er hoffte inständig, dass er so etwas Furchtbares nicht noch einmal würde erleben müssen. Während er dies dachte, klopfte er auf die Holztheke vor sich.

Zwei Tage später war das Mädchen in ihre Unterkunft zurückgekehrt. Die beiden Lehrer hatten sich nach diesem Drama geschworen, bei allen zukünftigen Skifahrten auf Helmpflicht zu bestehen. Was jedoch die Anforderungen an seine Skianfänger betraf, hatte Klaas seine Gnadenlosigkeit beibehalten.

Gerne hätte jetzt Wallroth sein Weizenbier in der GROTTE zusammen mit Klaas getrunken. Aber der Kollege war unerwartet krank geworden. Deshalb konnte er an der Skifahrt nicht teilnehmen. – Leider, wie Wallroth fand.

*

Erster Skitag

»Guten Morgen, Herr Lehrer!«

Wallroth staunte nicht schlecht, als er den Frühstücksraum betrat und von seinen Schülern im Chor begrüßt wurde. Alle, auch Kristina, saßen bereits an den Tischen, obwohl die meisten noch keine Anstalten gemacht hatten, nach Hause zu gehen, als er etwa eine Stunde nach Mitternacht zusammen mit Kristina die GROTTE verlassen hatte. Die junge Referendarin hatte ganz leicht geschwankt, während sie durch die wunderbar beleuchtete mittelalterliche Dorfstraße Mauterndorfs mit ihren imposanten Treppengiebelhäusern und den kunstvoll verzierten Hausfassaden zurückgegangen waren, und dies zum Anlass genommen, sich bei ihm einzuhängen. Ob es ihre Absicht war, dass er beim Gehen den leichten Druck ihrer festen Brüste deutlich an seinem Oberarm spüren konnte, wusste er nicht. Jedenfalls war er anschließend nicht sofort zum Schlafen gekommen und die Nacht war einfach zu kurz gewesen für ihn. Die jungen Leute dagegen waren munter und voller Tatendrang.

Während der Lehrer noch unschlüssig vor dem reichhaltigen Frühstücksbuffet stand und überlegte, ob er heute aus Zeitgründen auf sein Müsli verzichten sollte, waren die Ersten bereits fertig mit Frühstücken. Sie hatten ihre selbstgedrehten Zigaretten hinter ihr Ohr geklemmt und wollten nach draußen und ihre erste, für manche sicherlich auch bereits die zweite Zigarette des Tages genießen. Andere bereiteten ihr Lunchpaket für die Piste vor. Schon während des ersten Vorbereitungstreffens in Berlin hatte Wallroth ihnen erklärt, dass das Essen in den Hütten nicht billig sei. Auch er nahm sich jeden Tag zwei Brötchen mit auf den Berg und aß dazu mittags in einer der Hütten eine Suppe. Nur Gewohnheit oder Sparsamkeit, er wusste es nicht. Für ihn gehörte das jedenfalls zum Skifahren in Österreich einfach dazu. Doch jetzt freute er sich auf sein Frühstück und auf den vor ihnen liegenden Skitag, zumal er gestern beim Einfahren beobachten konnte, dass alle Kursteilnehmer sicher fuhren. Er hatte diesmal keinen Anfänger in der Gruppe, der schnellere und längere gemeinsame Abfahrten unmöglich machen würde. Bessere Arbeitsbedingungen konnte man sich nicht vorstellen. Wallroth war wieder einmal froh darüber, sich vor vielen Jahren dafür entschieden zu haben, Sportlehrer zu werden und nicht Jura zu studieren wie sein Vater. Diese Skifahrt hatte gute Chancen, in seiner persönlichen Rangliste garantiert unter die TOP 3 zu kommen.

Dies dachte er zumindest zu diesem Zeitpunkt noch.

»Und, wie lief's bei euch?«, fragte Kristina nach ihrer Rückkehr aus dem Skigebiet am späten Nachmittag ihren Kollegen. Sie setzte sich im Gruppenraum an Wallroths Tisch, als dieser gerade dabei war, seiner Liebsten eine SMS zu schreiben. Er war alleine. Die Schüler erholten sich von ihrem ersten anstrengenden Skitag und von der vorausgegangenen Nacht auf ihren Zimmern. Nur einige Nimmermüde waren unterwegs zum Supermarkt, um günstig Alkohol zu besorgen. Den würden die Jugendlichen zum Vorglühen, – wie sie es nannten – , nutzen, bevor später der Besuch in der Disco erfolgte, denn dort waren die Preise für Hochprozentiges oder für die beliebten Mix-Getränke teils sehr überzogen. Wallroth steckte sein Handy ein und schaute seine Kollegin freundlich an. »Gut. – Alle fahren schon länger Ski, keiner hat Angst und es wird auch wenig rumgezickt. Nur Bert ist nicht bei allen beliebt. Außerdem scheint er für Sabrina zu schwärmen. Doch die ignoriert ihn total. Nicht besonders freundlich.«

»Rocco gibt damit an, Sabrina habe heute Nacht bei ihm geschlafen. Können wir das dulden? Ist das erlaubt auf deinen Skifahrten?«, wollte Kristina wissen und konnte sich ein Grinsen nicht verkneifen.

»Rocco wollte doch mit seinen Kumpels in ein Vier-Bett-Zimmer. Keine Angst, da passiert nichts. Außerdem haben wir klare Anweisungen gegeben. Und solange wir sie nicht in Roccos Bett antreffen, wissen wir nichts davon«, entgegnete Wallroth.

Kristina lächelte vielsagend und setzte sich mit ihrem

Kaffee, den sie sich aus der Thermoskanne geholt hatte, wieder neben ihn auf die gemütliche Sitzbank. Sehr nahe, wie er feststellte. Wallroths Handy klingelte. Als er auf das Display schaute, las er `Sabrina`. Ihre Mutter hatte darauf bestanden, dass er ihre Nummer speicherte. Für alle Fälle, falls mal irgendwas passiert, hatte sie gemeint.

»Sorry«, er stand auf, ging nach draußen und nahm das Gespräch an.

»Sabrina?«

»Wo bist du?«

»Ich bin im Gruppenraum. Kristina und ich müssen die nächsten Skitage organisieren.«

»Die scheint dir ja sehr zu gefallen.«

»Sabrina!«

»Du musst sofort kommen, Thomas! Es ist ganz wichtig!«, begann sie zu schluchzen. – »Kommst du auf dein Zimmer? Aber alleine, ohne die Toll.«

»Was ist denn los?«

Sabrina hatte aufgelegt. Wallroth war wütend und beunruhigt zugleich. Er ging wieder zu seinem Tisch, nahm wortlos seinen Zimmerschlüssel und ließ Kristina ohne Erklärung im Gruppenraum zurück.

Gerade auf seinem Zimmer angekommen, hörte er auch schon ein leises Klopfen und auf sein ärgerliches »Herein!« glitt Sabrina durch die halb geöffnete Tür.

»Ich habe Angst«, jammerte sie, bevor er überhaupt etwas sagen konnte, »das ist ja unheimlich hier!«

Wallroth schaute das Mädchen erstaunt an.

»Der Typ ist ein verdammter Spanner!«, schrie sie empört, »der hat mich beim Duschen beobachtet! Wer weiß, was der sonst noch vorhat!«

»Wer?«, fragte der Lehrer.

»Na, dieser Julius!«

»Wie soll das denn gehen?«

»Dieses Schwein steht an seinem Fenster und starrt in unseren Duschraum! Der ist doch behindert!«

Bei Wallroth schrillten die Alarmglocken doppelt. Einerseits kannte er ja die Anschuldigungen, die Julius gegenüber bereits erhoben worden waren, andererseits verabscheute er es, wenn seine Schüler andere als behindert bezeichneten. »Erzähl doch mal, was genau vorgefallen ist. Der Reihe nach. Dann sehen wir weiter.«

Sabrina hatte sich inzwischen etwas beruhigt, war aber immer noch wütend und schilderte, was passiert war. Sie wollte die Oberlichter des Duschraumes öffnen, weil sich in dem Raum so viel Dampf ausgebreitet hatte, dass man kaum noch etwas sehen konnte. Völlig nackt und mit ausgestreckten Armen habe sie vor dem Fenster gestanden und plötzlich Julius erblickt, der sie aus dem offenen Fenster seiner Wohnung angestarrt habe. Sie war sich nicht ganz sicher, glaubte jedoch, er hätte auch eine Webcam in den Händen gehabt, um sie nackt zu filmen.

Es dauerte eine ganze Weile, bis er Sabrina davon überzeugt hatte, dass Julius wegen seiner extremen Kurzsichtigkeit gar nicht in der Lage war, über diese Entfernung überhaupt irgendetwas zu erkennen. Er war erst recht nicht in der Lage, mit einer Webcam etwas aufzunehmen oder gar die Aufnahmen zu speichern. Wallroth war überzeugt, dass er gar keine Webcam besaß. Er strich Sabrina aufmunternd über ihr kurz geschnittenes Haar. Bevor sie ging, nahm er ihr das Versprechen ab, niemandem von dem Vorfall zu erzählen.

Der Lehrer schaute auf die Uhr. Er spürte auf einmal, dass er müde war. Die nächtliche Busfahrt, der gestrige Besuch in der Disco, der heutige Skitag mit seinen Schülern. Ziemlich heftig. Sie hatten zwei Trainingseinheiten absolviert und waren viel gefahren, und immer lange Strecken. Die jungen Leute liefen nicht nur gut Ski, sie waren auch ziemlich fit. Und, wie immer in den ersten Tagen einer Skifahrt, konnten sie anscheinend nicht genug bekommen. Das alles ging jedoch an einem Mitvierziger nicht so spurlos vorüber. Auch wenn dieser sich ebenfalls für fit hielt. Er gähnte. Bis zum Abendessen blieb noch etwas Zeit. Aber hinlegen ging nicht. Unten wartete seine Kollegin. Besprechung war angesagt, obwohl er dazu jetzt nicht mehr die rechte Lust verspürte. Heute Abend würde er jedoch nicht alt werden. Das war sicher. Er würde sich nach dem Abendessen früh verabschieden und auf sein Zimmer zurückziehen. Dort würde er vielleicht noch etwas Musik hören. `On An Island` von David Gilmour wäre genau das Richtige. Er liebte die Musik des ehemaligen Gitarristen von Pink Floyd und hatte sich das Album zu Hause ebenfalls auf seinen Player geladen. Danach könnte er sicher entspannt einschlafen und morgen früh wäre er wieder völlig ausgeruht. Ja, so würde er es machen. Auch Kristina würde daran nichts ändern können. Entschlossen griff er nach seinem Zimmerschlüssel, schaltete das Licht aus, schloss ab und machte sich auf den Weg nach unten zu seiner wartenden Kollegin.

*

Vierter Skitag

Mensch, heute ist schon unser fünfter Tag in Mauterndorf, dachte Wallroth. Er war wie in den letzten zwei Tagen von selbst und etwa fünfzehn Minuten, bevor der Wecker klingeln sollte, aufgewacht. Auch seine täglichen Kraftübungen, hundert Crunshes und fünfzig Liegestütze, hatte er bereits absolviert. Jetzt stand er mit freiem Oberkörper am offenen Fenster seines Zimmers, atmete die kalte, saubere Bergluft tief ein und schaute hinaus. Kaum zu glauben. Der Himmel war wieder strahlend blau und obwohl es in der Nacht etwa fünfzehn Zentimeter Neuschnee gegeben hatte, war keine Wolke zu sehen. Auf dem Berg würde es wahrscheinlich noch stärker geschneit haben, schätze er und hoffte es auch gleichzeitig. Tiefschnee-Fahren würde heute Thema des Skikurses sein, für jeden Skifahrer das Größte. Seine Gruppe würde begeistert sein.

Er schloss das Fenster und begann damit, sich anzuziehen. Unten wartete das Frühstücksbuffet. Er liebte es, sich beim Frühstück ganz viel Zeit zu lassen. In Ruhe auszuwählen, langsam zu essen und genüsslich mindestens drei Becher Kaffee zu trinken. Die Schüler schienen alle noch in ihren Betten zu liegen. Auf dem Flur war jedenfalls von ihnen noch nichts zu hören. Kein Problem, solange sie nachher pünktlich an der Skibus-Haltestelle waren.

»Treffen wir uns nachher in der GAMSHÜTTE?«, fragte Kristina, als sie zwei Stunden später die Sesselbahn zum Großeck verlassen hatten.

»Die haben dort heute Après-Ski-Party mit Live-Band und Karaoke. Meine Gruppe will unbedingt hin. Ich habe übrigens jedem, der sich traut zu singen, eine heiße Schokolade versprochen. Kann ganz schön teuer werden für mich. Aber Referendarinnen haben ja Kohle.«

»Klar kommen wir auch«, antwortete Wallroth, »und ich singe auf jeden Fall und nehme Schokolade mit Sahne.«

Er stieß sich mit seinen Skistöcken kräftig ab und jagte fast in der Falllinie talwärts, um seine Gruppe einzuholen. Die Jugendlichen hatten dem Reiz des Tiefschnee-Fahrens nicht widerstehen können und waren bereits losgefahren. Kristina schaute ihm kurz nach, dann rief sie ihre Snowboarder zusammen und bat Rocco an der Spitze zu fahren und ihnen eine Ideallinie zu suchen.

»Hallo Klaas! Schöne Grüße aus Mauterndorf!«, rief

Wallroth in sein Handy, während er darauf wartete, dass seine Skigruppe nach oben kam.

»Mensch Thomas. Das find` ich aber nett, dass du mich anrufst. Wie läuft`s denn bei euch?«

»Echt super! Ich steh` gerade hier oben am Speiereck. Der Himmel ist blau, die Sonne strahlt und es liegt ein halber Meter Neuschnee. Einige Pisten wurden heute extra nicht gewalzt und man schwebt bergab wie durch Puderzucker.«

Wallroth musste aufpassen, dass er nicht zu sehr ins Schwärmen geriet. Er wollte seinen Kumpel nicht frustrieren. Aber er wollte ihn etwas an seiner Freude teilhaben lassen. »Und weißt du, was das Allergrößte ist? In meiner Gruppe gibt`s keinen einzigen Anfänger.«

»Sicher, weil ich in diesem Jahr nicht mitgekommen bin«, scherzte Klaas.

»Ja vielleicht! Das hatten wir doch noch nie! Alle sind geübte Skifahrer und können mitkommen in den Tiefschnee. – Marco macht das sogar noch besser als ich.«

»Mensch, ich werde ganz neidisch, Thomas. Da wär` ich gerne dabei. – Wer ist denn eigentlich jetzt mit dir gefahren als zweiter Kollege?«

»Eine von den Referendarinnen, die Kristina.«

»Na, das ist doch die beste Lösung gewesen.«

»Nein Klaas, die beste Lösung wärst du gewesen!«

Die beiden Männer lachten. Wallroth war sicher, dass Klaas sich über seine Bemerkung freute.

»Oh, ich muss los, meine Truppe ist vollzählig und wartet. Die sind heiß. Mach`s gut, Klaas.«

»Ja, Ski heil. Und grüß alle von mir!«

»Okay, mach ich, bis bald.«

Der Lehrer packte sein Handy weg und wandte sich seinen Schülern zu.

»So, Leute, weiter geht`s.«

Als Wallroth mit seiner Gruppe gegen 15:30 Uhr die GAMSHÜTTE betrat, war diese schon so voll, dass überhaupt keine Chance bestand, einen Tisch zu finden, an dem sie zusammen hätten sitzen können. Auch die Snowboarder, die schon vor ihnen angekommen waren, hatten keinen Platz für alle zusammen gefunden. Sie standen in kleinen Gruppen zu zweit oder zu dritt im ganzen Raum verteilt. Dabei hatte die Band noch nicht einmal die Bühne betreten. Sabrina hatte die Lage am schnellsten erfasst und steuerte zielstrebig auf einen Barhocker am Tresen zu, auf dem nur eine blaue Ski-lehrerjacke hing. Diese gehörte offensichtlich dem Mann, der auf dem Nachbarhocker saß. Bert folgte Sabrina durch das Gedränge Richtung Tresen. Er witterte eine günstige Gelegenheit, endlich einmal ohne die anderen aus der Gruppe, vor allem aber ohne Rocco, in ihrer Nähe sein zu können. Vielleicht würde sie eine Einladung zu einem Drink annehmen. Als Sabrina sich jedoch umwandte, ihn erblickte und ihm mit einem ange-widerten Gesichtsausdruck etwas zuzurufen schien, –

was Wallroth wegen des Lärms in der Hütte allerdings nicht verstehen konnte – , blieb Bert abrupt stehen, drehte um und verließ die Hütte wieder. Shit happens!, dachte Wallroth, der schon während der letzten Tage mit seinem Skikurs bemerkt hatte, dass Bert immer wieder die Nähe oder das Gespräch mit der hübschen Sabrina suchte. Diese zeigte ihm jedoch meistens die kalte Schulter. Überraschend für Wallroth war das allerdings nicht.

Als er endlich Kristina erblickte, freute er sich, dass sie nicht nur für sich einen Sitzplatz gefunden hatte, sondern auf den freien Stuhl neben sich zeigte und ihn heranwinkte. Scheinbar ist heute mein Glückstag, dachte er, als er sich durch das Gedränge einen Weg zu ihrem Tisch bahnte. Kurze Zeit später wurde seine gute Stimmung jedoch erheblich getrübt. Sabrina saß inzwischen nicht nur auf dem Barhocker neben dem zugegebenermaßen äußerst attraktiv aussehenden fremden Mann, sondern prostete ihm mit einem Jägertee, den dieser gerade beim Barkeeper bezahlt hatte, zu. Dabei schaute sie ihm in die Augen und ließ sogar das obligatorische Küsschen nicht aus.

Wallroth bevorzugte es, die Schüler, insbesondere Oberstufenschüler, insbesondere während einer Skifahrt, an der langen Leine zu führen. Deshalb hatte er sie kurz nach ihrer Ankunft nur freundlich darum gebeten, die Hausordnung im BERGBLICK zu respektieren und genau einzuhalten und sich außerhalb des Hauses wie normale junge Leute mit guter Erziehung zu benehmen.

40

Mehr nicht. Drei Dinge waren allerdings für alle absolut tabu. Das hatte er den Schülern schon bei den Vorbesprechungen in Berlin und noch einmal hier in Mauterndorf deutlich gemacht: Er kannte auf der Skifahrt kein Pardon, wenn es um den Konsum von Drogen ging. Er verlangte von seinen Schülern, dass sie beim sogenannten `Freien Fahren` im Anschluss an den täglichen Unterricht konsequent auf den markierten Pisten blieben und sich nicht abseits der Piste ins Gelände schlugen. Und es war absolut verboten, während des Skitages, und dazu zählte selbstverständlich auch der Aufenthalt in der Hütte, Alkohol zu trinken. Gegen diese Regel verstieß Sabrina gerade. Und das in seinem Beisein. Es war Wallroth klar, alle anwesenden Schüler registrierten dies natürlich ebenfalls. Er hasste es, wenn Sabrina ihr spezielles Verhältnis, von dem keiner der Anwesenden auch nur das Geringste wusste, dazu ausnutzte, sich Sonderrechte herauszunehmen. Er würde das energisch ansprechen, sobald sich nachher in der Unterkunft die Gelegenheit dazu bieten würde.

Die beiden Jägerteetrinker hatten inzwischen größeren Gefallen aneinander gefunden. Der Kuss, den sie gerade austauschten, hatte nichts mehr von einem Verbrüderungsküsschen. Dafür dauerte er schon zu lange und wurde begleitet von engem Körperkontakt und eindeutigen Berührungen. Dass die Tür gerade aufgegangen war, Rocco die Hütte betreten hatte und mit suchendem Blick durch den vollen Raum nach ihr Ausschau hielt, bemerkte Sabrina nicht. Auch Max und Cornelius waren erst jetzt mit Rocco in der Hütte angekommen. Die drei Jungs waren begnadete Boarder und hatten schon als Kinder während der Winterurlaube mit ihren Eltern diese Sportart kennengelernt und geradezu perfektioniert. Sie liebten es, im Anschluss an den offiziellen Unterricht, bei dem sie eigentlich nichts mehr dazulernen konnten, sich noch einmal richtig auszupowern auf kilometerlangen Talabfahrten. Oder sie probierten unermüdlich spektakuläre Sprünge auf den Schanzen des Boarder-Parks aus. Dabei versuchten sie ständig sich gegenseitig zu übertrumpfen.

Cornelius entdeckte Sabrina als Erster, stieß seinen Freund an und deutete mit seinem Kopf Richtung Tresen. Irritiert starrte Rocco auf Sabrina und auf den fremden Typen, der leidenschaftlich mit seiner Freundin knutschte und dabei wie selbstverständlich ihren Hintern betatschte. Wut stieg in ihm auf und ließ ihm seine Gesichtszüge entgleiten.

Einem wie Ihm passierte so etwas nicht. Ein Mädchen, das er sich ausgesucht hatte, und wenn es auch nur für die Dauer einer Party, einer Nacht oder einer Skifahrt war, knutscht nicht mit einem anderen herum. – Erst recht nicht so, dass es alle mitbekommen und er der Blamierte ist. Er konnte alle Mädchen der Schule haben. Er sah am besten aus von allen Schülern der Oberstufe. Er war ein super Sportler. Er spielte in einer Band, die immer mehr Auftritte und `ne Menge Fans hatte. Er schrieb gute Noten in der Schule. Hatte er es nötig mit anzusehen, dass seine Freundin in einer beschissenen

Almhütte am Tresen stand und sich von einem beschissenen alten Sack abknutschen und betatschen ließ? Konnte er es dulden? Nein, eindeutig nein! Er konnte es auch nicht ertragen.

Rocco setzte sich in Bewegung und drückte sich energisch zwischen den dicht an dicht stehenden Gästen hindurch, um zum Tresen zu gelangen. Sabrina saß mit dem Rücken dem Gastraum zugewandt auf ihrem Hocker und konnte ihn nicht kommen sehen. Doch der überraschte und gleichzeitig fragende Blick ihres Begleiters veranlasste sie dazu, sich umzudrehen. Im selben Augenblick hatte Rocco ihren Platz erreicht. Wütend packte er sie an der Schulter.

»Aua«, sagte sie. »Spinnst du? Was soll denn das?«

»Das frag´ ich dich! Ich denke, wir waren hier verabredet!«

»Glaubst du, ich warte hier stundenlang auf dich, wenn du lieber mit deinen Kumpels zusammen bist als mit mir Party zu machen?«

»Das wird dir noch leidtun«, drohte Rocco mit wütendem Blick. Er drehte sich um und ohne auf die anderen Gäste Rücksicht zu nehmen, drängte er sich durch die Menge auf den Ausgang zu. Max und Cornelius folgten ihm wie selbstverständlich.

Nach dem Abendessen hatte sich der Lehrer ein bisschen hingelegt, um sein Energiedepot für den späteren Abend und den geplanten Besuch der GROTTE wieder etwas aufzufüllen. Das Karaoke-Vergnügen in der Hütte war heute leider nicht so groß gewesen wie erwartet. Der Leader hatte mit seinen Freunden die GAMSHÜTTE verlassen und von den übrigen Schülern war keiner mutig genug, sich auf die Bühne zu stellen, um dort einen Song zu performen, wie die Jugendlichen das nannten. Daraufhin hatte sich auch Wallroth entschlossen, nicht zu singen, obwohl ihm Karaoke Freude machte und er in Berlin schon häufiger auf einer Bühne oder auf privaten Partys gesungen hatte. Aber er sah es hier nicht als seine Aufgabe an, für das Amüsement der jungen Leute zu sorgen. Erst recht, wenn diese nicht selbst auch aktiv wurden und einen Beitrag zur Unterhaltung ihrer Skigruppe leisteten. Es blieben ihnen noch etliche Tage in Mauterndorf. Vielleicht ließe sich ihr Plan, zu singen, doch noch einmal realisieren, dachte der Lehrer gerade, als es auf dem Flur beängstigend laut wurde. Er wusste, dass die für ihre große Schnauze bekannten jungen Leute aus Berlin in ihrer Wortwahl häufig nicht zimperlich waren. Doch das von einem völlig aufgebrachten Jungen in dieser Lautstärke wütend gebrüllte »Du verdammte Fotze, ich bring` dich um!«, vor dem Hintergrund schallenden Gelächters einer Gruppe anderer Jugendlicher, gehörte zumindest in der Schicht, aus der seine Schüler zum größten Teil kamen, nicht zum alltäglichen Sprachgebrauch. Da musste etwas Außergewöhnliches passiert sein. Er schlug die Decke zurück, schlüpfte in seine Hüttenschuhe und verließ sein Zimmer, um nachzuschauen.

44

Der Lärm kam aus dem Duschraum der Jungen. Man hörte sowohl aufgeregt durcheinander redende Stimmen als auch schadenfrohes lautes Gelächter. Dazwischen war ein Schluchzen im Wechsel mit lautem, hemmungslosem Weinen zu vernehmen.

»Die will das bestimmt auf Facebook posten«, verstand er noch, als er den Raum betrat. Dann war nichts mehr zu hören als Weinen, denn die Jugendlichen hatten ihn bemerkt. Auf dem Boden saß Bert. Er war nackt, wie die anderen auch, hatte sich aber ein Handtuch über den Schoß gelegt und sein Gesicht in seinen Händen begraben. Beim Weinen hoben und senkten sich seine Schultern ruckartig und unkontrolliert. Zwischendurch zog er immer wieder seine Rotze hoch.

»Was ist denn hier los?«, fragte Wallroth streng. Er hatte wirklich keinerlei Vorstellung davon, was sich hier ereignet und Bert, immerhin ein 19-jähriger junger Mann und ein sehr mutiger Skifahrer, dermaßen aus der Fassung gebracht haben könnte.

»Sabrina war hier und hat ihn mit ihrem iPhone fotografiert. Und sie will das Foto von Bert mit seinem eingeschrumpelten Pimmel auf Facebook stellen, wenn er sie weiter nervt«, antwortete Robert und konnte dabei ein erneutes Lachen nur mit Mühe unterdrücken.

»Schon wieder Sabrina«, dachte Wallroth wütend.
Es war ihm nach den Vorfällen in der Hütte noch nicht gelungen, sie alleine, und ohne die Sache an die große Glocke zu hängen, zu sprechen.
Langsam schienen sich dunkle Wolken anzukündigen.

Kurz darauf stand er vor Kristinas Zimmer. Er hatte alles noch einmal überdacht und war zu dem Schluss gekommen, dass es unumgänglich war, Kristina mit einzubeziehen. Sie mussten sich wohl ein paar disziplinarische Maßnahmen einfallen lassen.

Als er an die Tür seiner jungen Kollegin klopfte, öffnete diese sofort und lächelte ihn erstaunt an. Sie bat ihn herein, obwohl sie nicht wisse, ob sie für unerwarteten Herrenbesuch angemessen gekleidet sei. Sie habe außer ihrem XL Herren-T-Shirt nichts an. An seiner Reaktion konnte sie erkennen, es musste etwas Ernstes passiert sein. Sie bat Wallroth Platz zu nehmen, zog sich Trainingshose und Pulli an und ließ sich von ihrem Kollegen ausführlich informieren. Beiden war klar, es würden intensive Einzelgespräche mit Sabrina und Bert notwendig sein. Von Sabrina würden sie verlangen, das Foto in ihrer Anwesenheit sofort zu löschen sowie sich bei Bert persönlich und vor der gesamten Gruppe für ihr Verhalten zu entschuldigen. Ob Bert, nachdem er sich wieder beruhigt hatte, zu einem Gespräch mit Sabrina bereit sein und eine Entschuldigung annehmen würde, würde man sehen. Sie würden jedenfalls versuchen, ihn zu überzeugen, dass es auch für die Harmonie innerhalb der Gruppe und für den weiteren Verlauf der Skifahrt unumgänglich sein würde, zumindest von Racheaktionen abzusehen.

*

Fünfter Skitag

Der Frühstücksraum war am Samstag nur schwach besucht. Wie auf Skifahrten üblich, schienen die jungen Leute gegen Ende der ersten Woche plötzlich ihre große Liebe zum Bett zu entdecken, unglücklicherweise jedoch erst morgens. Thorsten und Bert, die sich das Zweibett-Zimmer teilten, und ein paar vereinzelt an ihren Tischen sitzende und ihren Kaffee schlürfende müde Mädchen waren schon anwesend, als Wallroth den Raum betrat. Allenfalls Kati wirkte wach und schaute den Lehrer fragend an, als würde sie jetzt eine energische Reaktion seinerseits auf die nachlassende Moral und die Disziplinlosigkeit der Truppe erwarten. Dazu hatte er aber überhaupt keine Lust. Er füllte seinen Teller am Buffet mit allerlei Köstlichkeiten und setzte sich zu Kristina, die zwar schon anwesend war, aber keineswegs ausgeruht und fit wirkte. Inzwischen waren auch Sabrina und ihre Clique eingetroffen und er nahm die Gelegenheit wahr, seine Ansagen loszuwerden. »Für die Ladys habe ich eine Info von Frau Steiner. Wer von euch Lust auf Sauna hat, hat dazu heute Abend die Möglichkeit. Die Familie Steiner bietet samstags zwischen zwanzig und zweiundzwanzig Uhr einen kostenlosen Saunabesuch nur für Mädchen an. Herren haben keinen Zutritt! – Überlegt`s euch und meldet euch vor dem Abendessen bei Johanna an. Sagt es bitte auch den anderen Mädchen weiter! – Und nachher, pünktlich 9:30 Uhr, Abfahrt Skibus Fanningberg! Kommt nicht zu spät. Der Bus wird meistens sehr voll.«

Jetzt konnte er sich endlich in Ruhe seinem Frühstück widmen.

Als Wallroth einige Zeit später gerade die Tür zu seinem Zimmer aufschließen wollte, klingelte drinnen sein Handy. Er ahnte, wer es war, beeilte sich und fluchte laut, als ihm die Tüte mit seinen Brötchen aus der Hand glitt und die Mappe mit den Gruppenreferaten zum Thema `Umwelt und Wintertourismus` gleich hinterherfiel. Das Klingeln brach ab. Sie würde enttäuscht und mit Sicherheit wieder einmal sauer sein. Er bedauerte es inzwischen zunehmend mehr, sich überhaupt auf diese Beziehung eingelassen zu haben. Er hätte es besser wissen müssen.

Zu seinem Erstaunen sah er dann jedoch auf dem Display seines Handys eine unbekannte Nummer. Auch den Anbieter des fremden Anrufers kannte er nicht. Maria?, fragte er sich, still in sich hineinlächelnd. Ob sie es tatsächlich ernst gemeint hatte mit ihrer Anfrage am Montag? Seine Handynummer könnte sie von seiner Visitenkarte haben. Die hatte er ihr, nicht ohne einen kleinen Hintergedanken, zusammen mit dem unterschriebenen

Leihvertrag für die Ausrüstung der Schüler, in ihrem Laden gelassen. Und sie hatte die Karte an den Vertrag getackert. »Falls mal was ist«, hatte sie wissend gelächelt. Dass Wallroth sich gewaltig geirrt hatte, merkte er kurz darauf. Beim ersten neuerlichen Klingeln nahm er sofort ab und meldete sich so freundlich wie möglich.

»Hallo?«

»Bertram hier«, entgegnete ihm eine unfreundlich und herrisch klingende Männerstimme. »Ich bin Anwalt und der Vater von Bert Bertram. Spreche ich mit Herrn Wallroth, dem verantwortlichen Lehrer des Skikurses des JESSE-OWENS-GYMNASIUMS?«

Wallroth kannte diese Art des Auftretens von Eltern und mochte sie überhaupt nicht. Zum Glück war sie nicht die Regel. »Ja, der bin ich«, antwortete er ruhig, »aber woher haben Sie meine private Handynummer?«

»Herr Wallroth, ich bin gewähltes Mitglied in der Gesamtelternvertretung. Ich bin befreundet mit dem Elternvertreter Ihrer Klasse, Herrn Stuhlgang. Von ihm habe ich mir Ihre Nummer besorgt«, antwortete der Mann arrogant.

»Das finde ich unerhört, dass Herr Stuhlgang meine private Handynummer weitergibt! – Aber wieso rufen Sie mich morgens um diese Zeit an? Ich muss mich um meine Schüler kümmern. Wir sind im Begriff ins Skigebiet zu fahren und müssen pünktlich an der Skibushaltestelle sein.«

Der Anrufer sprach jetzt lauter, was Wallroth nicht ausstehen konnte. Jetzt würde er ihn auflaufen lassen.

»Ich habe von meinem Jungen gehört, was sich gestern bei Ihnen zugetragen hat!«

Dabei betonte er das Wort Ihnen. »Ich möchte mit Ihnen besprechen, was jetzt unternommen werden muss.«

»Herr Bertram, was unternommen wird, entscheiden ausschließlich meine Kollegin Frau Toll und ich. Und zwar hier vor Ort«, antwortete Wallroth in einem ganz ruhigen Tonfall. Diesen hatte er sich in zwanzig Jahren Berufspraxis antrainiert, wie sein Kollege Dr. Schreiber seine akzentfreie Aussprache in Englisch. Betont langsam sprach er weiter: »Wenn Sie gerne wissen möchten, was wir unternommen haben, dann rufen Sie mich heute Abend zwischen 20:15 Uhr und 21:00 Uhr an. Dann stehe ich Ihnen sehr gerne für ein ausführliches Gespräch zur Verfügung. Jetzt müssen Sie mich allerdings entschuldigen. Ich habe hier wichtige dienstliche Verpflichtungen.« Mit einem freundlichen »Auf Wiederhören« beendete er das Gespräch.

Eine halbe Stunde später, der Lehrer zog im Skiraum gerade seine Skischuhe an, klingelte sein Handy erneut. Er erkannte die Nummer seines Schulleiters. Er drückte den Anruf weg. Schmunzelnd machte er sich auf den Weg zur Bushaltestelle.

Er hörte die Schritte der Mädchen, als sie am Abend auf dem Weg zur Sauna den Hof überquerten. Es waren nur vier oder fünf, wie er bei einem kurzen Blick aus dem Fenster erkennen konnte. Sie war dabei, das war die Hauptsache.

Er spürte eine leichte Erregung aufsteigen. Trotzdem würde er noch ein paar Minuten warten, bis er im Schutz der Dunkelheit zum Skiraum schleichen würde, denn er musste sehr aufpassen, dass ihn niemand sah. Den engen Hohlraum, den es dort hinter einem mit vergessenen Skisachen vollgestopften alten Kleiderschrank gab, hatte er zufällig entdeckt. Ihm war eine Münze aus der Hosentasche gefallen und unter den Schrank gerollt. Beim Suchen war ihm ein Lichtschein aufgefallen, der durch ein Abdeckgitter in der Wand schien. Neugierig geworden hatte er den Schrank etwas zur Seite gerückt, durch das Gitter geschaut und direkt in den Saunabereich geblickt. Die Tür zum Skiraum wurde abends nie abgeschlossen. Das wusste er. Damit sie sich leicht öffnen ließ und nicht quietschte, hatte er sogar heimlich die Scharniere geölt. Niemand würde ihn bemerken.

Ohne auch nur das geringste Geräusch zu verursachen, betrat er den Raum, der nur von dem einfallenden Mondlicht schwach beleuchtet wurde. Natürlich schaltete er kein Licht ein. Den Weg zu seinem heimlichen Versteck hinter dem Schrank fand er dennoch. Gerade rechtzeitig! Die Mädchen zogen sich bereits aus. Auch sie.

*

Achter Skitag

Wallroth wurde mitten in der Nacht geweckt, so kam es ihm jedenfalls vor. Er hatte sich im absoluten Tiefschlaf befunden.

»Happy Birthday to you, Happy Birthday to you, Happy Birthday, lieber Max, Happy Birthday to you!«, dröhnte es aus dem Vierbett-Zimmer von Max und seinen Kumpels, das schräg gegenüber auf demselben Flur lag.

»Scheiße«, dachte er. Er wusste, dass Max und Thorsten heute Geburtstag hatten und beide achtzehn wurden, es also für beide ein ganz besonderes Ereignis war. Deshalb war für heute Abend auch die `krasse Geburtstagsparty` in der GROTTE angesagt und alles war bereits perfekt organisiert worden von Sabrina und ihrer Clique. Aber dass die Jugendlichen sich trotz des strengen Alkoholverbotes, das ab zweiundzwanzig Uhr im Hause der Familie Steiner herrschte, besaufen und dann auch noch mitten in der Nacht herumgrölen würden wie die Irren, hätte er nicht gedacht, obwohl er auf Skifahrten schon sehr viel erlebt hatte.

Er konnte sich allerdings zu diesem Zeitpunkt noch

glücklich schätzen, dass er nicht wusste, was im Laufe der nächsten achtundvierzig Stunden auf ihn und die gesamte Gruppe zukommen würde.

Zwei Minuten später hatte er seine Jogginghose und seine Badelatschen angezogen und betrat den Flur. Vom anderen Ende des langen Ganges, aus dem Teil des Hauses, in dem die Mädchenzimmer lagen, sah er Kristina kommen. Sie gefiel ihm, obwohl ihre Augen vom Schlaf noch ganz klein und ihre dunklen Locken vom Kissen platt gedrückt waren. »Du Idiot, das ist jetzt hier eine andere Baustelle!«, wies er sich selber zurecht. Gleich würde der alte Steiner hier stehen und seinerseits herumbrüllen, weil er sich in seinem eigenen Haus nicht von fremden Leuten nachts um den Schlaf bringen lassen wolle, wie er schon mehrmals in Wallroths Anwesenheit betont hatte. Also mussten sie jetzt schnell eingreifen, sonst würde es Stress geben, das war sicher.

Der alte Steiner, wie er ihn immer nannte, obwohl er mit zweiundsechzig gerade mal zwei Jahre älter war, als Wallroths ältester Bruder, war meist sehr freundlich und entgegenkommend. Er half, wann immer er darum gebeten wurde und helfen konnte. Aber er war auch ein Choleriker, der schnell herumbrüllte, wenn ihm etwas gegen den Strich ging. Dabei war es ihm egal, ob er seine Frau, seine Angestellten oder zahlende Gäste vor sich hatte. Auch Wallroth gegenüber war Steiner schon manchmal ausgerastet. Lehrer griffen heutzutage nicht mehr genügend durch, ließen viel zu viel durchgehen und seien überwiegend Weicheier, war sein Standpunkt. Am nächsten Tag hatte er sich jedoch stets entschuldigt und seine strapazierten Nerven, auch wegen Julius, als Erklärung für sein Verhalten genannt. Wallroth maß dem nicht so viel Gewicht bei. Für ihn überwogen eindeutig die Vorzüge des Hauses BERGBLICK, so dass er die gelegentlichen Ausfälle des Inhabers hinnahm und sicher noch zahlreiche Skifahrten hierher machen würde.

Davon ging er zumindest zu diesem Zeitpunkt noch aus.

Kristina hatte inzwischen das Zimmer der vier Jungen betreten und die Stimmen im Raum waren sofort verstummt. Nicht schlecht für eine junge Referendarin, dachte Wallroth, Respekt! Mindestens die Hälfte seiner Schülergruppe, die Wichtigen oder die VIPs, wie sie sich selbst bezeichneten, aber auch von Teilen der übrigen Schüler genannt wurden, hatte sich hier versammelt. Und irgendwie hatten auch alle Platz gefunden, sah der Lehrer, als er seiner Kollegin gefolgt war. Die Luft, die man beim Betreten des Raumes einatmen musste, war entsprechend. Wenigstens roch es nicht nach Rauch oder gar nach Shit. Allerdings standen auf dem Tisch und auf dem Boden etliche Flaschen verschiedensten Alkohols, darunter natürlich auch Hochprozentiges. Nach einer kurzen, teilweise heftigen Diskussion zeigten sich die jungen Leute einsichtig. Rocco, der kaum etwas getrunken zu haben schien, hatte sich als Konfliktlotse hervorgetan. Auch Sabrina wirkte auffallend nüchtern.

»T`schuldi-gung, Herr Wallroth. Wir wollten nicht, dass Sie Ärger kriegen. Ganz ehrlich, wir haben gar nicht gemerkt, dass wir so laut waren.«

Und Max lallte: »Wir wollten sowieso bald Schluss machen. Wir haben nämlich nichts mehr zu trinken.«

»Wir können Ihnen noch nicht einmal ein Glas Aperol anbieten«, bedauerte Masha.

»Schade!« Kristina setzte eine bedauernde Miene auf. »Dann lass uns wieder gehen, Thomas.«

»Ok, ihr habt noch zehn Minuten. Dann gehen alle wieder auf ihre Zimmer. – Aber leise, bitte!«, verlangte Wallroth.

Bevor sie sich verabschiedeten, gratulierten Kristina und Wallroth den zwei Geburtstagskindern noch zu ihrem besonderen Wiegenfest. Kristina schenkte jedem der beiden sogar ein Küsschen auf die Wange, was den diesmal bewusst gedämpften Applaus der Anwesenden hervorrief.

Wallroth schaute noch einmal demonstrativ auf seine Uhr. »Es ist zwanzig nach zwölf! Denkt dran, wir fahren heute zum Katschberg. Echt mies dort!«, imitierte er den Schülerjargon. »Und der Bus fährt in ein paar Stunden los.«

Wieder draußen, kehrte jeder der beiden Lehrer auf sein Zimmer zurück.

Ängstlich öffnet die junge Frau die Toilettentür und schlüpft hinein. Zum Glück ist sie alleine und niemand kann sie stören. Sie setzt sich vorsichtig auf den Toilettendeckel. Sie zögert. Sie spürt ihr Herz heftig schlagen. Zuerst muss sie ganz genau die Gebrauchsanweisung lesen. Sie nimmt den Beipackzettel, faltet ihn vorsichtig auseinander. Ihre Hände zittern leicht dabei. Sie atmet tief ein und aus und versucht, sich auf den Text zu konzentrieren. Ihr Herz klopft noch schneller, als sie sich langsam ihren Schlüpfer herunterzieht. Sie hebt den Toilettendeckel hoch, setzt sich vorsichtig auf die Brille und spreizt ihre Schenkel. Wieder zögert sie. Dann hält sie das Teströhrchen mit zwei Fingern so zwischen ihre Beine, dass der dünne Wasserstrahl sich darüber ergießt. Tränen laufen aus ihren Augen. Ihre Hand mit dem Stäbchen zittert stärker. Jetzt muss sie warten. Sie hat fürchterliche Angst.

Es klopfte leise an die Tür, zweimal, wie sie es vereinbart hatten. Seine Erregung wuchs. Er fand es aufregend, sich mit ihr hier zu treffen. Es war für ihn ein Abenteuer, mehr nicht, aber es gefiel ihm. Nach der Skifahrt würde er Schluss machen, das wusste er schon jetzt. Aber diese nächtlichen Treffen mit ihr übten auf ihn einen großen Reiz aus. Trotz des Stresses, den sie machen konnte. Die Tür öffnete sich ein wenig und sie schlüpfte in das nur vom einfallenden Licht der Straßenlaterne schwach beleuchtete Zimmer. Sie trug ihren weißen, flauschigen Bademantel. Darunter war sie nackt, das wusste er vom letzten Mal. Am liebsten hätte er ihr den Mantel sofort heruntergerissen und sich auf sie gestürzt. Aber dann würde sie sich noch mehr einbilden und glauben, sie könnte ihn um den Finger wickeln.

Während der Mittagspause heute, als sie alle dicht gedrängt um den großen Tisch gesessen hatten, – sie wie so oft wieder neben ihm – , hatte sie ihm leise ins Ohr geflüstert: »Ich will dich, heute Nacht!« Er sollte nur dafür sorgen, dass sie in dem Zimmer ungestört sein würden. Er musste wirklich aufpassen, dass sie nicht langsam die Oberhand gewann. Nach der Skifahrt musste damit Schluss sein.

Sie öffnete ihren Mantel und ließ ihn Stück für Stück hinuntergleiten. Dann kam sie langsam auf ihn zu.

Mit angehaltenem Atem starrt die junge Frau auf das Röhrchen in ihrer Hand. Panik breitet sich in ihr aus, als sie beobachten muss, wie sich die beiden kleinen Streifen im Innern des Röhrchens langsam lila färben. Unmittelbar darauf erscheint das kleine Plus-Zeichen. Sie weiß, was das bedeutet. Der Weinkrampf setzt so plötzlich und unerwartet ein, dass sie sich am Waschbecken festhalten muss. Ihr ganzer Körper zuckt vollkommen unkontrolliert und sie fürchtet umzufallen oder das Bewusstsein zu verlieren.

»Schwanger! – Nein! – Nein! – Neiiiin!«

Hoffentlich hat man sie draußen nicht gehört.

Als sie sich wieder etwas unter Kontrolle hat, dreht sie den Kaltwasserhahn auf und kühlt sich lange ihr Gesicht. Sie wirft das Röhrchen und die Verpackung in den Abfalleimer und verlässt die Toilette. Sie muss jetzt raus, ins Freie, sich bewegen. Sie kann jetzt unter keinen Umständen still sitzen oder gar im Bett liegen.

Draußen ist es dunkel, kalt. Der Weg, den sie gewählt hat, ist glücklicherweise menschenleer. Nicht mal ein Hundebesitzer ist um diese Zeit weit und breit zu sehen. Die kalte Luft tut ihr gut. Sie atmet beim Gehen tief ein und aus.

Schwanger! – Und was jetzt?

Sie bemerkt, dass sie nicht mehr weint. Stattdessen entwickelt sich in ihrem Kopf ganz langsam ein Gedanke und ergreift Besitz von ihr. Abrupt bleibt sie stehen. Sie kehrt um.

Nach dem Abendessen hörte Julius die Stimmen der Jugendlichen auf dem Hof. Von seinem Küchenfenster aus konnte er sie sehen. Sie waren heute früher vom Skifahren gekommen. Alle hatten sich fein gemacht, viele rauchten. Er wusste, dass sie heute Abend wieder zur GROTTE gehen würden. Es sollte Geburtstag gefeiert werden, hatte er aufgeschnappt, als sie nach der Rückkehr vom Katschberg grußlos an ihm vorbeigelaufen waren. Die Schöne stand auch dabei. Ihr Mantel war so kurz, dass man fast alles sehen konnte. Julius hatte sich extra die neue Brille mit den dünnen Wundergläsern aufgesetzt, die Mama ihm gekauft hatte. Mit der konnte er sehen wie ein Adler. Die trug er auch immer, wenn Mädchen in ihrem Duschraum das Fenster geöffnet hatten und er hineinschauen konnte.

Vor ein paar Tagen hatte ihn die Schöne dabei erwischt, ihn aber nicht verraten. Vielleicht hatte es ihr gefallen, dass er sie ganz genau gesehen hatte, als sie ganz nackt war. Vielleicht wollte sie ja auch, dass er sie sich heute nahm. Der Gedanke daran machte ihn ganz aufgeregt. Er würde warten, bis sie aus der GROTTE kam. Sein Onkel Alois wohnte genau gegenüber und er hatte den Wohnungsschlüssel. Er musste jeden Abend in die Wohnung und die Katzen füttern, solange der Onkel in Tamsweg im Krankenhaus lag. Er stellte sich vor, wie er die Schöne in die Wohnung des Onkels zog und ihr die Strumpfhose kaputtriss.

Ein Schauer jagte durch seinen Körper. So war das bei den Frauen in der Stadt nicht, zu denen ihn sein Vater manchmal brachte. Nur einmal war es so ähnlich gewesen. Er war dem Mädchen, das zu ihm in den Kuhstall geschaut und ihn freundlich angelächelt hatte, hinterher geschlichen. Im Dunkeln hatte er ihr mit seinen Händen an ihre großen Brüste und zwischen die Beine gefasst und das Mädchen hatte Angst bekommen. Aber die hatte ganz laut geschrien und war weggelaufen und hatte alles verraten. Und dann war die Polizei gekommen und alle hatten gesagt, er würde ins Gefängnis kommen oder ins Heim. Aber Mama hatte mit dem freundlichen Polizisten gesprochen. Der war früher mal ihr Verlobter gewesen, als sie Papa noch nicht kannte. Und der hat ihnen dann geholfen und er durfte daheim bleiben. Er musste dem Polizisten aber versprechen, dass er das nie wieder tun würde. Das hatte er lange gehalten.

Die Frauen in der Stadt hatten keine Angst. Die lachten immer, wenn er kam und nahmen ihn nicht ernst. Aber weil Papa ihnen viel Geld gab, machten sie alles, was er sagte. Fast. Trotzdem hatte er nie ein schönes Gefühl, wenn er mit seinem Vater danach zurückfuhr. Jetzt dachte er daran, wie er der Schönen das Kleid zerriss und ihr dabei die Hand vor den Mund hielt, damit sie nicht schreien konnte. Wieder kam dieses aufregende Gefühl.

Als die jungen Leute losgingen, begann Julius, sich anzuziehen. Seine gute graue Hose, seine blanken Sonntagsschuhe und seinen warmen Pullover. Sogar den Mantel und seinen Hut hatte er schon auf seinem Bett bereitgelegt, denn in der Wohnung von seinem Onkel war es kalt. Er dachte daran, dass er sich auch immer gut anzog und vorher gründlich duschte, wenn er mit seinem Vater zu den Frauen nach Tamsweg fuhr. Aber heute würde es viel schöner. Hoffentlich kam sie nachher auch wieder ganz alleine aus der GROTTE, wie schon einmal, als er sie gesehen hatte.

Die Party in der GROTTE schien nicht so sensationell zu laufen wie geplant. Dies erkannte Wallroth sofort, als er mit Kristina gegen zweiundzwanzig Uhr die Disco betrat. Der größte Teil der Schüler war heute ausnahmsweise schon gegen acht Uhr abends aufgebrochen, denn in der Woche schloss die GROTTE offiziell schon um Mitternacht. Eine Zeit, zu der die meisten jungen Leute in Berlin erst von zu Hause losgingen. Doch heute war es eben anders. Und es gab gleich zwei achtzehnte Geburtstage zu feiern. Die Gruppe der feiernden Berliner war erstaunlich überschaubar. Ein paar Schüler, die sogenannten Außenseiter, waren den beiden Lehrern schon auf ihrem Weg zur Feier entgegen gekommen und hatten sich beschwert, es sei nichts los. Aber dass auch Rocco und Cornelius nirgends zu sehen waren, obwohl ihr Kumpel Max seinen 18. Geburtstag feierte, fand Wallroth doch sehr überraschend. Thorsten, das zweite Geburtstagskind, klärte sie auf. Rocco habe heute einen Riesenzoff mit Sabrina gehabt – wieder einmal – und die hätte ihn vor allen Leuten ins Gesicht geschlagen. Mitten auf der Tanzfläche. »Ganz ehrlich, ich hab` gedacht, der bringt die gleich um. So hat der die angeguckt«, lallte Thorsten. Vorher habe Rocco allerdings miese Schlampe zu Sabrina gesagt.

Den wahrscheinlichen Grund für den Streit sahen sie an der Bar stehen. Der gutaussehende Skilehrer aus der GAMSALM bestellte Sabrina gerade ein weiteres Glas Aperol-Spritz, das er offensichtlich auch gleich bezahlen wollte. Dazu benutzte er nur eine Hand, während die andere lässig sehr weit oben auf Sabrinas rechtem Oberschenkel lag und den Rocksaum langsam hochschob. Wallroth verfolgte die Szene interessiert und merkte, wie er wütend wurde. Kati, die den Lehrer seit dem Betreten der Disco zu beobachten schien, schaute jetzt ebenfalls Richtung Sabrina und sah dann ihn direkt an. Was sie in diesem Augenblick dachte, war ihrem Gesicht abzulesen. Die beiden Lehrer bestellten sich ein Getränk, Wallroth ein Weizen, Kristina Aperol-Spritz, und stellten sich zu einer Gruppe von Schülern. Auch als alle Berliner Schüler und Lehrer des JESSE-OWENS-GYMNASIUMS zu Ehren der Geburtstagskinder Max und Thorsten aus Berlin-Steglitz vom DJ auf die Tanzfläche gebeten wurden, um zu den Klängen von Stevie Wonders `Happy Birthday` einen Ehrentanz hinzulegen, machten sie mit.

»Zehn, neun, acht…..!«, startete der DJ den Count down und alle Gäste der GROTTE stimmten mit ein.

Kurz nach der Tanzeinlage beschlossen die beiden Lehrer

ins Hotel zurückzugehen. Einige Schüler brachen ebenfalls auf, nur der harte Kern der Feiernden blieb noch. Wallroth merkte, dass er immer noch wütend war wegen Sabrina.

Draußen hatte es inzwischen wieder zu schneien begonnen. Mindestens fünfzehn Zentimeter Neuschnee waren schon gefallen. Sie hatten wirklich Glück mit den Schneeverhältnissen auf dieser Skifahrt, dachte Wallroth, und nicht nur mit den Schneeverhältnissen. Er fühlte sich gut. So könnte es ruhig weitergehen, wünschte er sich. Und lächelte still in sich hinein.

*

Lange hatte sie frierend vor der Haustür gestanden und gewartet, bis endlich eine dick vermummte Frau herausgekommen und zu ihrem Auto geeilt war. Gott sei Dank war es ihr gelungen, die Haustür zu erreichen, bevor diese wieder ins Schloss gefallen war. Doch dann hatte sie ewig gezögert, bis sie sich zu der Wohnungstür getraut hatte.

Auch jetzt hält sie einen Moment inne, als sich ihr Finger langsam dem Klingelknopf nähert. Dann gibt sie sich einen Ruck. Eine andere Möglichkeit gibt es nicht, das weiß sie. Sie drückt in kurzen Abständen fest auf den kleinen schwarzen Knopf und tritt einen Schritt zurück. Und wenn er gar nicht zu Hause ist? Was dann? Jetzt hört sie innen ein Geräusch. Ein Schlüssel dreht sich im Türschloss. Am ganzen Körper zitternd wartet sie darauf, dass sich die Tür öffnet.

»Was machst du denn hier? – Wie kommst du denn hierher?«

Die junge Frau kann nicht antworten, Tränen treten ihr in die Augen.

»Komm doch erst mal rein. Setz dich. Hast du keine Schule? Ist etwas passiert?«

Jetzt brechen alle Dämme und sie beginnt fürchterlich zu weinen.

Neunter Skitag

Als Wallroth gegen acht Uhr müde, aber dennoch aufgekratzt und nervös, den Frühstücksraum betrat, bemerkte er, dass außer ihm nicht viele aus der Gruppe den Weg nach unten gefunden hatten. Das überraschte ihn nach der gestrigen Party nicht sonderlich. Er wusste, selbst die jungen Leute zollten erfahrungsgemäß Mitte der zweiten Woche ihren durchfeierten Nächten Tribut und zogen zehn Minuten länger im Bett zu liegen allemal einem ausgiebigen und gemütlichen Frühstück vor. Hauptsache um viertel vor zehn Uhr standen alle vollzählig an der Haltestelle des Skibusses schräg gegenüber ihres Hotels. Es sollte heute nach Obertauern gehen, dem bekanntesten und interessantesten Skigebiet in dieser Region. Wallroth hoffte, dass ihn dieses Highlight etwas von seiner Grübelei, die inzwischen eingesetzt hatte, ablenken würde. Er durfte sich gar nicht vorstellen, was passieren würde, wenn alles herauskäme. Sein Magen krampfte sich zusammen, er spürte, wie ihm der Appetit verging. Er setze sich an einen freien Tisch und schenkte sich nur einen Becher Kaffee ein. Kristina war noch nicht da und seine Schüler hatten offenbar auch keine große Lust auf Kommunikation. Das war ihm recht. Vorsichtig trank er einen Schluck von seinem heißen Kaffee. Vielleicht würde er nachher nur eine Banane mitnehmen.

Kaum war er wieder in seinem Zimmer, wo er sich zur Sicherheit noch einmal den Pistenplan des Skigebietes von Obertauern anschaute, klopfte es leise an die Tür.

»Herein!«, rief er, während Juliane und Masha bereits dabei waren, einzutreten.

»Sabrina ist nicht da«, erklärten sie ängstlich und verunsichert.

»Wie Sabrina ist nicht da? Wo soll die denn sein?«, fuhr Wallroth sie gereizt an. Er merkte sofort, dass dies nicht angemessen war. Die beiden Mädchen konnten ja nichts dafür, dass ihre Zimmergenossin verschwunden war und dass er ohnehin nervös war. Er entschuldigte sich.

»Sie war heute Nacht nicht im Zimmer. Ihr Bett ist unbenutzt und ihre Anziehsachen von gestern Abend sind auch nicht da.«

»Wir dachten, sie hätte die Nacht mal wieder in einem anderen Bett verbracht«, ergänzte Masha und räusperte sich. Ihren Blick ließ sie dabei unverschämt auffällig und fast wie prüfend durch sein Zimmer schweifen. Zum Glück hatte er nach der gestrigen Nacht sein Bett sorgfältig gemacht und sein Zimmer war wieder aufgeräumt.

»Was meinst du denn damit?«, entgegnete er aufgebracht.

»Na ja, sie war schon öfter nachts für ein paar Stunden weg. Am nächsten Morgen lag sie immer wieder in ihrem Bett«, gestand Juliane. – »Aber heute nicht. Sie ist weg!«

»Ich habe gehört, sie sei manchmal bei Rocco gewesen«, sagte Wallroth.

Die beiden Schülerinnen schienen das offenbar zu bezweifeln.

»Also, dann machen wir jetzt folgendes: Ich kontrolliere die Zimmer der Jungen! Alle! Ihr geht in jedes Mädchenzimmer, in den Frühstücksraum und schaut auch noch mal in den Waschräumen und in den Toiletten nach. Vielleicht ist sie ja inzwischen wieder da. Falls ihr sie zuerst findet, schickt ihr sie sofort zu mir. Mir reicht's nämlich allmählich!«

Die Mädchen machten sich auf den Weg. Auch Wallroth begann mit seiner Suche, machte sich jedoch keine Hoffnungen auf Erfolg.

Der Lehrer war genervt. Die Zeit bis zur Abfahrt des Skibusses war morgens fast immer sehr knapp. Meistens kamen die letzten Schüler, noch nicht fertig angezogen und mit ihren Utensilien behelfsmäßig unter die Arme geklemmt, angelaufen, wenn die anderen Skifahrer bereits eingestiegen waren und der Busfahrer im Begriff war loszufahren. Das schien auf Schulskifahrten jedenfalls Naturgesetz zu sein und bedeutete für die begleitenden Lehrer unnötigen Stress. Und jetzt sorgte Sabrinas Fehlen dafür, dass sie noch zusätzlich aufgehalten wurden.

Wallroth betrat ohne anzuklopfen Roccos Zimmer und drohte auszurasten, als dieser noch immer in seinem Bett lag und stöhnte, ihm sei schlecht und er könne heute nicht mitkommen.

»Dann darfst du abends nicht so viel saufen! Wo ist Sabrina?«, schrie der Lehrer sofort los.

»Wieso schreien Sie mich so an? Weiß ich doch nicht, wo die Schlampe ist. Fragen Sie doch den alten Sack, von dem sie sich ständig begrabschen lässt. Ich hab` mit der nichts mehr zu tun!«

Der Lehrer hielt inne. Nachdem er einen Moment nachgedacht hatte, fragte er, jetzt wieder ruhiger:

»Glaubst du, Sabrina könnte es tatsächlich gewagt haben, mit zu dem unbekannten Mann zu gehen und die Nacht außerhalb der Unterkunft zu verbringen? – Das würde sie sich doch nicht trauen? – Oder?«

»Vielleicht hat der sie völlig betrunken gemacht oder ihr KO-Tropfen ins Getränk gegeben. In Berlin passiert so was in bestimmten Clubs häufiger.«

Rocco schaute seinen Lehrer, der ganz weiß im Gesicht war, fragend an. Wallroth spürte, wie Brechreiz in ihm aufstieg. Hastig verließ er den Raum.

Fünfzehn Minuten später saßen alle im Gruppenraum. Sie hatten die ganze Unterkunft abgesucht. Keine Ecke des Hauses, des Innenhofes, der Nebengebäude und der Turnhalle war ausgelassen worden. Auch Julius hatte mitgeholfen und ganz alleine den Kuhstall durchsucht, wie er anschließend stolz betonte. Nur seine Eltern hatten sich nicht an der Suche beteiligt, denn sie waren unterwegs zu einem Arztbesuch in Tamsweg.

Sie hatten das Mädchen nicht gefunden. Sabrina war nicht da. Sie ging auch nicht an ihr Handy, obwohl ihre Freundinnen und auch Wallroth sie in immer kürzeren Abständen versuchten anzurufen.

»Du hast Sabrinas Handynummer?«, fragte Kristina erstaunt und auch Masha und Juliane schauten ihn überrascht an.

»Ja!«, erwiderte er entnervt und wandte sich dann an seine Schüler: »Also, Leute, wir müssen Sabrina weiter suchen, – im ganzen Ort – , wenn wir uns allen einen Riesenstress ersparen wollen. Obertauern können wir sowieso streichen. Wenn wir sie gefunden haben, könnt ihr in unser Skigebiet fahren. Großeck und Speiereck kennt jeder, da könnt ihr auch selbständig hin. Frau Toll und ich müssen hierbleiben und mit Sabrina sprechen, wenn sie wieder aufgetaucht ist, und dann entscheiden, was mit ihr passiert und ob sie sofort nach Hause fahren muss.«

Wallroth hatte seine Formulierungen bewusst gewählt. Die Schüler wirkten nun wieder etwas zuversichtlicher.

»Wer von euch hat Sabrina als Letzter gesehen und vor allem, wo habt ihr sie da gesehen?«

»Gestern, in der GROTTE, mit diesem Typen. – Aber ich bin, – Wir sind, – Kati und ich sind«, riefen alle durcheinander.

Auf weitere Nachfragen versicherten alle, die GROTTE

vor ihrer Mitschülerin verlassen zu haben, sogar Juliane und Masha, ihre besten Freundinnen.

»Die hat sich ja nur um diesen alten Typen gekümmert, der ständig englisch sprach. `Steve ist Skilehrer, Steve lebt in den USA, Steve hat mich nach Aspen eingeladen, Steve holt mich morgen mit seinem Jeep ab`. – Ganz ehrlich, das hat ziemlich genervt. Da sind wir auch gegangen. Garantiert ist der überhaupt kein Amerikaner, bei dem Akzent, den der hatte.«

»Weiß sonst noch jemand etwas über diesen angeblichen Steve?«, fragte der Lehrer.

Niemand meldete sich.

»Okay, dann machen wir jetzt folgendes: Frau Toll und ich gehen zur GROTTE und versuchen dort jemanden zu erreichen. Wenn wir Glück haben, wird da gerade saubergemacht, meistens werden auch morgens die Getränke angeliefert. Sonst fragen wir in der Nachbarschaft, wie der Besitzer heißt und wo der wohnt.«

»Oder die Steiners. Die wissen das mit Sicherheit«, warf Frau Toll ein. »Die sind gerade zurückgekommen. Ich habe ihr Auto geseh`n.«

»Gut. Ihr sucht im Ort nach Sabrina. Wer sich nicht an der Suche beteiligen will, kann jetzt zum Skifahren oder zum Snowboarden auf unsern Hausberg. Doch wie gesagt, mindestens immer drei Leute zusammen. Die, die suchen, bilden am besten mehrere kleine Gruppen. Ich geb´ euch meine Handynummer. Wenn jemand Sabrina gefunden hat, ruft ihr uns sofort an. Alle, die sich an der Suche beteiligt haben, treffen sich um zwölf Uhr wieder im BERGBLICK.« Er hielt einen Moment inne und fuhr dann fort: »Wenn wir sie bis dahin noch nicht gefunden haben, gehen Frau Toll und ich zur Polizei. – Und noch was. Niemand von euch ruft zu Hause an und erzählt etwas. Das sorgt dort nur für unnötige Aufregung. Wenn wir es für notwendig erachten, rufen Frau Toll und ich heute Nachmittag Dr. Schreiber in der Schule an und sprechen mit ihm alles Weitere ab. Ist das klar!«

Stummes Nicken. Nachdem die Schüler, die bis auf wenige Ausnahmen bei der Suche helfen wollten, den Raum verlassen hatten und sie beide ganz alleine waren, fragte Kristina mit einem prüfenden Blick: »Sag mal, gibt es da etwas, was ich wissen müsste?«

»Nein!«, gab er unwirsch zurück. »Spinnst du? Lass uns lieber zu den Steiners gehen und sie nach dem Besitzer der GROTTE fragen. Komm!«

»Ich hab` dich schon freundlicher erlebt«, erwiderte Kristina gekränkt. Schweigend griff sie nach ihrer Mütze und ihren Handschuhen und folgte ihrem Kollegen nach draußen.

Wallroth und Kristina betraten das kleine Gebäude der Polizeiinspektion Mauterndorf circa um viertel nach zwölf. Alle ihre Bemühungen waren vergebens. Die GROTTE war geschlossen und öffnete erst wieder um zwanzig Uhr. Der Besitzer der Diskothek, ein gewisser Herr Hauser, war, wie sie von Johanna Steiner erfahren hatten, mit dem Auto zu seinem Bruder nach Radstadt gefahren. Das hatte er ihr erzählt, als sie ihn heute auf dem Weg zur Apotheke rein zufällig getroffen hatte. Dort war er aber den ganzen Vormittag über nicht telefonisch zu erreichen gewesen.

Die Suche der Schülergruppen hatte zu keinem Ergebnis geführt. Sie hatten Sabrina nirgendwo gefunden und auch niemand im Ort hatte sie seit gestern Nacht gesehen oder irgendwas von einem Mädchen gehört, auf das ihre Beschreibung passte.

»Grüß Gott«, begrüßten die beiden Lehrpersonen beim Betreten des Inspektionsbüros die zwei Polizeibeamten, die an ihren Schreibtischen saßen und durch einen brusthohen Tresen von den Besuchern im Raum getrennt waren. Der ältere der beiden, er war etwa im Alter der Steiners, verschluckte sich vor Schreck. Er hatte gerade in seine dick mit Fleischwurst belegte Stulle gebissen und wollte sein Essen mit einem kräftigen Schluck aus der Bierflasche hinunterspülen. Offensichtlich war ihm etwas in die Luftröhre gerutscht, denn sein ganzer Oberkörper begann ruckartig zu wackeln und er schnaubte hörbar durch die Nase. Dabei traten seine Augen aus ihren Höhlen und begannen intensiv zu tränen. Aber es gelang ihm geradeso, zu verhindern, dass der gesamte Inhalt seines Mundes sich über den Stapel aufgeschlagener Akten auf dem Schreibtisch ergoss. Auch die nackte Schönheit auf der Seite eins seiner Zeitung, die er wohl beim Essen lesen wollte, blieb unversehrt.

Grimmig und überdeutlich schaute er zu einer Wanduhr mit einem Wappen der Gendarmerie, als er sich wieder unter Kontrolle hatte. Er schluckte seinen Bissen hinunter und knurrte: »Mittagspause, es ist viertel eins. Haben Sie das Schild an der Tür nicht gesehen?«

»Tut mir leid«, entschuldigte sich Wallroth, »aber es handelt sich um einen dringenden Notfall!«

»Was gibt's denn, das nicht auch bis nach unserer Mittagspause Zeit hätte? Was hätten's denn gemacht, wenn wir unsre Tür abgeschlossen hätten?«

»Ein Mädchen ist verschwunden! Seit gestern Nacht! Eine Schülerin. Wir wohnen bei der Familie Steiner im BERGBLICK. Sie ist nirgends zu finden!«, berichtete Kristina aufgeregt.

»Ach, bei der Johanna. Grüßen Sie sie von mir. Was treibt denn der Julius so?«

Die junge Lehrerin schaute ihn verständnislos an. »Sie müssen uns helfen, wir müssen sie finden! Schnell!«

»Beruhigen Sie sich, Fräulein. Vielleicht taucht Ihre Schülerin in ein paar Stunden wieder auf und erklärt Ihnen alles. Das kommt bei jungen Mädels öfter vor. Womöglich hat sie hier in Mauterndorf jemanden kennengelernt? Einen jungen Mann vielleicht? Und jetzt ist sie dort.«

Wallroth widersprach aufgeregt und berichtete von den Ereignissen des gestrigen Abends in der GROTTE und von ihrer erfolglosen Suche nach Sabrina im Laufe des Vormittags. Der Inspektionsleiter hörte mit ernstem Gesicht zu. »Haben Sie ein Foto des Mädchens oder wenigstens ein Handyfoto von ihr?«

Die Lehrer schauten sich fragend an und verneinten beide durch wortloses Kopfschütteln.

»Dann geben Sie mir mal eine genaue Beschreibung des Mädchens! Wichtig ist auch, was sie angehabt hat gestern Abend!«, fuhr Leitner fort.

Die beiden Lehrpersonen überlegten einen Augenblick.

»Versuchen Sie sich an jedes Detail zu erinnern. Hat sie irgendwelche besonderen Merkmale? Eine auffällige Brille, Ohrringe, ein Piercing?«, ergänzte er, während er sich einen Stift und ein Blatt Papier nahm. Dann begann er, sich die Angaben der Lehrer zu notieren.

»Ich gebe gleich über Funk eine Vermisstenmeldung mit der Beschreibung des Mädchens an die Besatzungen der Streifenwagen in unserem Bezirk.«

Besonders Kristina erschien darüber sehr erleichtert.

»Wenn die Kollegen sie irgendwo sehen, bringen sie sie ins BERGBLICK.«

Mehr konnte der Leiter der Inspektion im Augenblick nicht für sie tun. Falls das Mädchen im Verlauf der nächsten Stunden nicht wieder auftauchen würde, versprach er ihnen, die Vermisstenmeldung per E-Mail auch weiter an das Landespolizei-Kommando zu schicken.

»Moment noch!«, rief der Inspektor, als die beiden Lehrer gerade gehen wollten. »Mir fällt ein, während der Woche ist der Maurer Sepp als Discjockey in der GROTTE tätig, soviel ich weiß. Gehen`s doch mal hin und fragen den. Vielleicht weiß der ja, ob sie mit jemandem mitgegangen ist in der Nacht. Der wohnt über der kleinen

Buchhandlung BILDERBUCH, direkt neben der Diskothek. Der müsste jetzt zu Hause sein. Der hat im Winter keine andere Arbeit.«

Die beiden dankten und eilten davon.

»Griaste Rudi, Servas Peter.«

»Ach, der Franz. Was machst du denn um diese Zeit scho hier? – Habt's ihr nicht die ganze Nacht geräumt?«, wunderte sich Inspektor Leitner über Franz Bergers Auftauchen in der Polizeiinspektion.

»Ja, bis morgens um fünf. Aber du weißt doch, Rudi, wenn die Zwillinge aus der Schule kommen, ist die Nacht für mich zu Ende.«

»Und was treibt dich zu uns, Franz? Willst uns besuchen?«, fragte Gruber. »Oder brauchst Ruhe?«

Berger lachte. »Mich interessiert, ob bei euch heute schon einer einen Unfall mit Blechschaden gemeldet hat.«

»Naa. Wie kimmst` dn darauf?«

»I hab' heut Nacht da woas gesehn. In der Ufergasse. Das muss so etwa gegen halb oans gewesen sein.«

Der Inspektor sah Berger neugierig an.

»Ich komm` runter aus Richtung Burg und hab gerade einen Teil vom Markt geräumt. Ich will Pause machen und parke vor dem Café SONNE. Du weißt scho, hinten, bei der Taurer Margret. Da findet man auch nachts immer einen Parkplatz. Die andern Straßen sind ja dauernd mit Touristenautos zugeparkt, seit die Marktstraße verkehrsberuhigt ist. – Na ja, da kommt eine Frau, macht ihr Auto nur notdürftig vom Schnee frei und steigt ein. Die sieht doch gar nix durch die Scheiben, denk` ich mir noch. Und als sie losfahren will, beim Zurücksetzen, fahrt die ungebremst in die Fahrerseite von dem neuen Audi vom Wallner Karl. Das sann zig tausend Euro an Schaden. Die Seite is völlig hie. – Ja, und dann haut die einfach ab. A Sauerei is das!« Empört unterbrach er seine Schilderung und holte tief Luft. »Aber der Franz Berger hat aufgepasst und sich das Kennzeichen gemerkt.«

Sichtlich stolz reichte er Leitner einen kleinen Zettel.

»Was war das denn für ein Wagen?«, fragte dieser.

»Das Modell hoab` i net erkannt, die sehn doch heit oalle glei aus, die Autos. Aber bei der Foarb bin i mir sicher, die woar weiß.«

»Immer die Berliner«, stöhnte der Inspektor, nachdem er das Kennzeichen des Wagens notiert hatte.

Robert Mittermeier schielte verstohlen zur Wanduhr seiner Sparkassenfiliale. Der junge Angestellte hatte sich den Nachmittag frei genommen. Bei so einem Wetter wie heute musste er seiner neuen Leidenschaft einfach frönen. Früher war er an solchen Tagen immer Ski gelaufen. Dann hatte er das Snowboarden für sich entdeckt und später das Gleitschirm-Fliegen. Doch seit er im letzten Jahr bei der Weihnachtsfeier seiner Sparkasse die

Teilnahme an einem dreitägigen Einführungskurs, inklusive Übernachtung und Vollpension in einem Drei-Sterne-Hotel, gewonnen hatte, war er leidenschaftlicher Eiskletterer. Den Status des fortgeschrittenen Anfängers hatte er schon lange hinter sich gelassen, denn er war ehrgeizig und trainierte so oft es ging. Neuerdings hatte er sogar eine eigene Trainingsmöglichkeit gefunden. Fast direkt im Ort, aber so gut vor Blicken geschützt, dass vermutlich noch nicht einmal die Einheimischen die Stelle kannten. Jedenfalls hatte er bisher noch niemanden getroffen, wenn er dort trainierte. Auch Robert hatte diesen Ort nur zufällig entdeckt. Sein Irish-Terrier Paule war durch eine kleine Lücke hinter der Steinmauer der Fleischerbrücke runter zur Taurach gelaufen und dann auf dem schmalen Pfad ein Stück an dem kleinen Fluss entlang. Als er hinter der Flussbiegung verschwunden war und auch minutenlang nicht mehr auftauchte, hatte sich Robert Sorgen gemacht. Er war dem Hund gefolgt und hatte die fast senkrecht abfallende, von einer dicken Eisschicht bedeckte etwa sieben Meter hohe Felswand entdeckt. Sie war nicht nur ideal zum Trainieren, sondern lag an Tagen wie diesem fast bis sechzehn Uhr in der Sonne.

Der große Zeiger der Uhr sprang mit einem Ruck auf die Zwölf. Es war genau dreizehn Uhr. Endlich konnte er gehen. Er war schon ganz unruhig geworden. Er ging zur Wandgarderobe, zog den warmen Parka über seinen Anzug und rief seinen Kollegen ein freundliches `Habedere` zu. Dann gab er dem Filialleiter kurz die Hand und verließ voller Vorfreude die Filiale.

Josef Maurer stand auf dem Klingelschild. Kristina drückte dreimal schnell hintereinander darauf. Kurz danach ertönte der Türsummer und sie stiegen die alte Holztreppe zum ersten Stock hinauf.

»Kann ich Ihnen helfen?«, hörten sie den DJ von gestern Abend fragen, der neben seiner geöffneten Wohnungstür stand und eine Zigarette in der linken Hand hielt. »Kenn` ich Sie nicht? Sie sind doch die beiden Lehrer aus Berlin? Oder?«

»Ja, wir suchen eine Schülerin! Sabrina. Sie ist verschwunden. Die Schüler sagen, sie sei als Einzige in der GROTTE geblieben, als alle anderen gegangen sind gestern Nacht.«

»Meinen Sie die Blonde mit den superkurzen Haaren, die den ganzen Abend mit dem Hallner Hubert an der Bar gesessen hat?«

»Ja! Wissen Sie, wo die beiden hingegangen sind?«, antwortete Kristina.

»Hallner Hubert? Ich denke, der ist Amerikaner und Skilehrer hier«, staunte Wallroth.

Sepp lachte amüsiert. »Ja, das ist seine Masche. Immer, wenn neue Schülergruppen angekommen sind, geht er zum Après-Ski in die GAMSHÜTTE und legt die Skilehrerjacke auf den Hocker neben sich. Die hat er nachts mal bei uns gefunden Und wenn dann ein Mädchen kommt, das ihm gefällt, bietet er ihr den Platz an, macht einen auf Ami und zeigt sich sehr spendabel.«

Wallroth schaute den DJ erstaunt an. »Ja, genauso war`s. Das ist doch nicht zu glauben!«

»Aber gestern lief es wohl nicht so, wie der Hubert sich das vorgestellt hat. Die Kleine hat zwar ziemlich viel getrunken auf Huberts Rechnung. Als es dann aber in der GROTTE leer wurde und er sie in eine dunkle Ecke ziehen wollte, um sie auszuziehen und zu vögeln, hat die ein Riesentheater gemacht und ihm ihr Knie in die Eier gerammt. Dann hat sie ihren Mantel genommen und ist rausgetorkelt.«

»Und was hat der Kerl dann gemacht?«, fragte Kristina.

Maurer grinste. »Er hat sich die Eier gehalten und gebrüllt vor Schmerzen und vor Wut. Hinterher konnte er beim besten Willen nicht.« Maurer musste lachen. »Und als er sich etwas erholt hat, bestellt er sich einen doppelten Obstler und trinkt ihn in einem Zug. Dann springt er urplötzlich von seinem Barhocker und schreit: 'Die glaubt wohl, die kann mich verarschen, die Alte. Aber mit mir nicht!' Oder so ähnlich. 'Die nehm' ich mir, des ist doch eh kloar!' Dann läuft er auch raus und dem Mädchen hinterher.«

»Und Sie haben nicht eingegriffen? Ihr nicht geholfen?« Kristina war entsetzt.

»Was glauben Sie, wie oft sich hier besoffene Paare streiten und sich schlagen? Wenn ich da jedes Mal hinrennen würde. Mein Job ist es, hier für die Musik zu sorgen. Dafür werde ich schließlich bezahlt. Außerdem war die Kleine ja schon lange weg und ich dachte, die wäre längst zu Hause«, verteidigte er sich. »Aber sagen Sie, dürfen Ihre Schüler eigentlich so viel saufen?«, wollte Maurer plötzlich wissen. »Und müssen die nicht irgendwann zu Hause sein? Bei uns war das jedenfalls früher strenger geregelt! Wer da Alkohol auf der Klassenfahrt getrunken hat, der konnte sofort nach Hause fahren, wenn die Lehrer etwas gemerkt haben!«

Die beiden Lehrer schauten sich wortlos an. Solche Fragen würden ihnen wohl jetzt öfter gestellt werden. Sie antworteten nicht.

»Wissen Sie auch, wo der Mann wohnt?«, fragte Kristina stattdessen leicht verunsichert.

»Ja natürlich. Der wohnt in Tamsweg.«

Wallroth und Toll bedankten sich bei Maurer und beeilten sich wegzukommen. Den Namen von Sabrinas Begleiter würden sie sich merken können. Auf der Straße angekommen, nahm Wallroth sofort sein Handy und rief in der Polizeiinspektion an.

»Peter Gruber, Polizeiinspektion Mauterndorf«, meldete sich eine männliche Stimme.

»Grüß Gott, Wallroth hier, der Lehrer von dem vermissten Mädchen aus dem BERGBLICK. Wir wissen jetzt, mit wem sie mitgegangen ist letzte Nacht. Der Kerl heißt Hubert Hallner und wohnt in Tamsweg. Können Sie da jemanden hinschicken und das Mädchen zurückholen?«

»Sind Sie sicher, dass die dort ist?«, fragte Gruber.

»Natürlich, wo soll sie denn sonst sein? Der Kerl hat das Mädchen betrunken gemacht und dann mit zu sich nach Hause geschleppt!«

»Gut«, antwortete Gruber. »Ich muss kurz warten, bis Inspektor Leitner wieder da ist. Dann schicken wir einen Streifenwagen hin und bringen Ihnen das Mädchen ins BERGBLICK. Das passt schoa'. Keine Sorge.«

Bevor der Lehrer um Eile bitten konnte, hatte der Polizist aufgelegt. Irritiert schaute Traudner auf sein Handy. »Was?«, fragte Kristina.

»Aufgelegt.«

Vorsichtig kletterte der junge Mann den steilen Pfad hinunter, der unmittelbar hinter der Fleischerbrücke begann und zum Taurachufer führte. Das war gar nicht so leicht bei dem Schnee und mit dem schweren Rucksack auf den Schultern, den er brauchte, um seine Kletterutensilien zu transportieren. Das Sicherungsseil und die Eisschrauben sowie Steigeisen und Eispickel hatten ein beträchtliches Gewicht. Außerdem hatte er eine Thermoskanne mit heißem Kaffee und etwas zu essen eingepackt. Paule war schon vorausgerannt, das heißt, mehr gerutscht als gerannt, denn der Pfad war nicht nur steil, sondern auch sehr glatt. Das laute, aufgeregte Bellen des Irish-Terriers, das Robert Mittermeier jetzt vernahm und das von einer Stelle hinter der Flussbiegung kam, war ungewöhnlich für seinen Hund. Der wusste doch, dass es zur Kletterwand ging und dass Robert gleich kommen würde.

Sein Handy klingelte. Hallner nahm ab und hörte die Stimme der kleinen Blonden. »Holst du mich ab und verwöhnst mich wieder, Steve? Du kannst das so gut! Du kannst das von allen, die ich kenne, am besten. Bitte, Steve! Hol mich in dein Bett.«

Er lächelte stolz wie ein 15-Jähriger und blickte in den Spiegel seines Schlafzimmers. Er sah, dass er nackt war und einen Ständer hatte. Zuerst mal eine rauchen. Die Kleine ein bisschen warten lassen. Er griff nach der Zigarettenpackung, die vor dem Spiegel lag. Sein Ständer wuchs und wurde immer größer. Hörte gar nicht auf zu wachsen. Er bekam Angst. »Natürlich hol` ich dich ab und verwöhne dich. Mit Vergnügen!«, versprach er trotzdem. Er musste sich sofort anziehen. Sie begann schon zu stöhnen, schlug mit ihren Fäusten an die Wand. Wo war der Autoschlüssel? Er merkte, wie er wütend wurde. Wieso hörte sein Handy nicht auf zu klingeln? Er sprach doch mit der Kleinen, hörte ihr Rufen und Klopfen durchs Telefon. Er öffnete die Augen. Sein Kopf dröhnte. »Blede Zigaretten! Scheiß Alkohol!«

Das nervige Klingeln hörte nicht auf. »Sackra!« Jemand musste seinen Daumen auf dem Klingelknopf seiner Wohnungstür geparkt haben, schlug immer wieder mit den Fäusten von außen gegen die Tür. Hallner stand auf, griff nach der Mineralwasserflasche auf seinem Nachttisch und trank einen Schluck. Vorsichtig ging er zur Tür, um nachzuschauen, wer was von ihm wollte um diese Zeit. »Scheiß Kreislauf!«

Beim Blick durch das Guckloch sah er zwei Polizeibeamte vor seiner Wohnung stehen. Erstaunt öffnete er die Tür. »Griaßte Martin, Servas Willi. Was wollt ihr denn hier um diese Zeit?«

»Wir hätten da mal ein paar Fragen, Hubert«, antwortete sein Spezi. »Du woarst gestern Abend in Mauterndorf in der GROTTE. Und da hoast nit nur di abgefüllt, sondern auch a jungs Madel aus Berlin!«

»Ist das verboten? Die woar scho neinzehn!«

»Und als sie besoffen genug war, hast sie mit zu dir geschleift! Stimmt`s?«

Hallner schaute die beiden Polizisten irritiert an und wollte etwas erwidern.

»Da gaffst! Aber das brauchst gar nit abstreiten. Dafür gibt's genug Zeugen. Wir wollen das Madel jetzt abholen und zu seinen Lehrern zurückbringen. Die suchen sie nämlich schon den ganzen Tag.«

Hallners Gesichtsausdruck blieb unverändert.

Als er das Flussufer erreicht hatte, beeilte sich Robert Mittermeier zu seinem aufgeregten Hund zu kommen. Das Kläffen war jetzt in ein angestrengtes Winseln übergegangen. Dann konnte Mittermeier erkennen, was die Ursache für Paules Aufregung war. Die leblose Gestalt im Wasser, unmittelbar am Ufer. Sie war in dem dichten Gestrüpp, das vom Ufer aus in den Fluss ragte, hängen geblieben. Paule wollte ihr offensichtlich helfen und zog

verzweifelt mit seiner Schnauze an dem Mantel der leb-
losen Person.

»Das darf doch nicht wahr sein!«, murmelte Mittermeier.

Er stellte so schnell es ging seinen schweren Rucksack
auf den Boden und lief hin. Als er neben seinem Hund
stand, ergriff er dessen Halsband. Er musste verhindern,
dass Paule auf dem schrägen Uferstreifen abrutschte
und in das eisige Flusswasser fiel. Die Frau, an deren
Mantel der Hund immer noch zerrte, war natürlich tot.
Das wusste Mittermeier. Sie hing, auf der Seite liegend,
mit dem Kopf und der Schulter im Wasser. Ihre Augen
sowie ihr Mund standen offen und das Wasser bedeckte
ihr Gesicht bis zur Hälfte. Jede Hilfe kam zu spät. Der
junge Mann überlegte kurz, bevor er einen Entschluss
fasste. Dann fingerte er sein Handy aus der Tasche im
Ärmel seines Anoraks und wählte die 133.

Hallners Sprachlosigkeit hielt nur kurz an. »Ihr seid`s
narrisch. Hier is niemand. Kommts rein ihr Deppen, auch
wenn ihr keinen Durchsuchungsbefehl habt.«

Er ließ die Polizisten eintreten, setzte sich auf einen
Sessel, den er erst freiräumen musste, nahm sein Zigarettenetui vom Tisch und zündete sich eine neue Gauloises an. »Schaut euch nur überall um. Wenn ihr eine Frau
gefunden habt, zeigt sie mir, damit ich sehen kann, ob`s

auch wirklich meine Kragenweite ist.«

Lässig zog er an seiner Zigarette und grinste. Die beiden Polizisten schauten sich fragend an und begannen zögernd, sich in der kleinen Wohnung umzusehen. Kurz darauf nahm Berners sein Handy aus der Innentasche seiner Uniformjacke. »So a blede G`schicht! I ruf` den Leitner an. Hier is nix. – Besetzt . Sackra!«

»Und du, grins net so deppert! Wir kommen wieder, wenn wir das Mädchen nicht finden!«, drohte Willi Wagner im Gehen. »Servas!«

Dann fiel die Wohnungstür ins Schloss.

»Habedere«, murmelte Hallner, immer noch irritiert.

Der Anruf erreichte Leitner genau um 14:07 Uhr, als er gerade dabei war, Kaffee aus der Thermoskanne in seinen großen blauen Becher mit dem guten alten Gendarmerie-Abzeichen zu gießen. Auf dem dazu passenden Teller lag bereits sein nachmittäglicher Krapfen.

»Wie a Leich?«, entgegnete er fast empört, nachdem er dem aufgeregten Anrufer zunächst zugehört hatte.

»Wie soll denn mitten im Winter in die Taurach eine Wasserleiche kommen. War die baden?« – »Verzeihung, natürlich nehm` ich dich ernst, Robert. Ich schicke so schnell wie möglich einen Streifenwagen. Danke für den Anruf. Servas. – Ach so, Robert, du musst natürlich bei der Leiche bleiben und warten bis meine Leute dort sind!«

Sofort nachdem er aufgelegt hatte informierte der Inspektionsleiter über Funk die Besatzungen der Streifenwagen, die im Bezirk unterwegs waren, und beorderte einen von ihnen zur Überprüfung an den Fundort. Gerade führte er seinen Becher zum Mund, klingelte das Telefon schon wieder.

»Hier is nix!«

»Wie hier is nix! Seid ihr denn scho doa?«

»Was fragst du denn so deppert? Sicher samer doa. Scho lang.«

»Des konn nit sei, die Leich wurd doch gerade erst gemeldet!«

»Mensch Rudi, hier ist der Willi. Mir san in Tamsweg und hamn bei dem Hallner nach dem Madel gesucht.«

»Dann sag das doch glei! – Und?«

»Sag i doch. Das Madel is net hier.«

»Hmm. – Pass auf, dann habt ihr ja jetzt Zeit. Fahrt doch auf dem Rückweg mal an der Fleischerbrücke in Mauterndorf vorbei. Da wurde flussabwärts im Wasser eine weibliche Leiche gefunden. Schaut euch das mal an. Und wenn ihr dort nicht mehr gebraucht werdet, kommt ihr hierher in die Inspektion und berichtet mir.«

Er griff zum dritten Mal nach seinem Kaffeebecher, als ihm siedend heiß ein möglicher Zusammenhang mit dem Verschwinden des Mädchens aus Berlin einfiel. Sofort ließ er den Becher wieder los, griff zum Telefon und wählte die Nummer des Landeskriminalamtes in Salzburg.

Die Eingangstür zur Inspektion öffnete sich gegen siebzehn Uhr. Inspektor Leitner wäre normalerweise um diese Zeit schon auf dem Weg nach Hause gewesen, wo sein Boxer Ferdinand auf ihn wartete und sich auf den allabendlichen Spaziergang freute. Aber er hatte etwa gegen sechzehn Uhr die telefonische Anweisung erhalten, sich in der Inspektion zur Verfügung zu halten. Er wäre heute sowieso nicht nach Hause gegangen, nachdem er sich angehört hatte, was Berners und Wagner ihm nach ihrer Rückkehr von der Fleischerbrücke berichtet hatten. Seiner Frau hatte er bereits telefonisch Bescheid gesagt. Das Abendessen würde warten müssen.

»Grüß Gott. – Inspektor Leitner?«

In der Tür stand ein Mann, den Leitner noch nie gesehen hatte. Dennoch war er sich sicher, dass es der aus Salzburg angekündigte Beamte vom LKA war. Der Mann war ziemlich groß und wirkte sehr kräftig. Er trug einen kurzen braunen Ledermantel, der mit beigem Fell gefüttert war, einen grob gestrickten dicken Wollschal, eine dunkle Cordhose und lederne Schnürstiefel. In der Hand hielt er braune Fausthandschuhe, ebenfalls aus Leder.

»Grüß Gott«, antwortete Leitner und befürchtete, dass der Kollege vom Landeskriminalamt seine ständig wachsende Besorgnis nicht würde stoppen können.

»Ich bin Kommissär Traudner vom Landeskriminalamt. – Sie hatten uns den Leichenfund gemeldet?«

Leitner nickte. »Ja, das war ich.«

Der Kommissär hängte Mantel und Schal an den Garderobenständer im Inspektionsbüro, steckte die Handschuhe in die beiden Taschen seines Mantels und wendete sich wieder dem Inspektor zu. Dieser bedeutete ihm mit der Hand, Platz zu nehmen, und der LKA-Beamte setzte sich auf den Stuhl, den Leitner vor seinen eigenen Schreibtisch geschoben hatte. Er wirkte ruhig und strahlte Sicherheit und Souveränität aus. Er schien etwa zehn Jahre jünger zu sein als der Inspektor, musste also auch über langjährige Berufserfahrung verfügen. Seiner Figur nach zu urteilen, treibt er viel Sport, dachte Leitner und versuchte unbewusst, seinen Bauch einzuziehen und sich gerade hinzusetzen.

»Ich komme direkt vom Fundort der Leiche. Mein Kollege Steffner ist noch dort«, begann der Kommissär, während er in den Taschen seiner Hose nach einem Taschentuch suchte. Als er sich die Nase geputzt hatte, fuhr er fort: »Bei der Toten handelt es sich um eine junge Frau, circa achtzehn bis zwanzig Jahre alt. Schlank, etwa 1,65 m groß, mit blonden, ganz kurz geschnittenen Haaren. Sah auf den ersten Blick fast aus wie ein Mann. Offensichtlich wurde die Frau erschlagen. Ihre Identität haben wir noch nicht herausgefunden. Weder in ihrem Mantel konnten wir etwas finden, was zu ihrer Identifizierung beitragen könnte, noch haben wir eine Handtasche oder einen Rucksack gefunden.«

Leitner hörte aufmerksam zu und nickte gelegentlich mit dem Kopf. Er befürchtete das Schlimmste für die Berliner Lehrer. Der Kommissär machte eine kurze Pause. »Kennen Sie in Mauterndorf eine junge Frau, auf die diese Beschreibung passen könnte?«

Der Inspektor schüttelte resigniert den Kopf. »Aber heute Mittag waren zwei Lehrer aus Berlin hier. Die wohnen mit ihrer Schülergruppe bei der Steiner Johanna im BERGBLICK und die waren gestern mit der ganzen Gruppe feiern. Ganz in der Nähe des Fundortes, in der GROTTE. Das ist eine Diskothek für junge Leute. Sie vermissen seit heute Morgen eine Schülerin, auf die die Beschreibung passen könnte. Hoffentlich ist sie das nicht!«

»Dann rufen Sie mal in dem Gästehaus an. Die beiden Lehrer sollen sich bereithalten für eine Befragung. Wir sind in circa fünfzehn Minuten dort. Und sagen Sie ihnen, sie sollen das am besten so organisieren, dass die Schüler erst mal nichts mitkriegen.«

Die tote Frau war inzwischen weggebracht worden. Während der Fundort von der Spurensicherung noch untersucht wurde, wendete sich Assistent Steffner dem jungen Mann zu, der frierend auf seinem Rucksack saß. Er wirkte ziemlich mitgenommen. Sein Gesicht war blass, sein Kinn hatte er auf seine Hände gestützt und sein Blick ging ins Leere.

»Sie haben die Leiche gefunden?«

Der Mann bejahte dies durch mehrmaliges Kopfnicken.

»Sie müssen schon antworten!«, forderte Steffner ihn auf. »Wie war noch mal Ihr Name?«

»Robert Mittermeier.«

»Haben Sie die Frau gekannt, Herr Mittermeier?«

Diesmal schüttelte der Mann den Kopf. »Nein«, antwortete er leise.

»Komisch! Sie wirken so mitgenommen, geradezu erschüttert.«

»Was haben Sie denn erwartet? Soll ich mich etwa freuen? Ich habe noch nie einen Toten gesehen. Und dann das hier, eine Wasserleiche, womöglich ein Mordopfer!«

»Woher wissen Sie, dass die Frau ermordet wurde?«

»Ich habe die ganze Zeit hier gesessen und gefroren. Haben Sie das schon vergessen. Glauben Sie etwa, ich bin taub? Oder sollte ich mir die Ohren zu halten?«

»Beruhigen Sie sich«, entgegnete Steffner. Dann fragte er weiter: »Wieso waren Sie heute Nachmittag überhaupt hier? Müssen Sie nicht arbeiten?«

»Ich wollte Eisklettern. Das ist mein Trainingsplatz. Ist das verboten?« Er zögerte kurz. »Glauben Sie etwa, ich habe sie umgebracht? Und dann ins Wasser geworfen und hier gemütlich auf die Polizei gewartet?«

Der Kripobeamte sah den Mann schweigend an. Dann fuhr er fort: »Haben Sie irgendetwas Verdächtiges beobachtet? Jemanden gesehen?«

»Nein. Als ich hier angekommen bin, lag die Tote im Wasser. Sonst ist mir nichts aufgefallen. – Mein Hund hat sie gefunden und laut gebellt.«

»Ist Ihnen denn auf dem Weg hierher jemand begegnet?«

Wieder schüttelte Mittermeier den Kopf. »Nein, niemand. Hier unten ist mir noch nie jemand begegnet.«

»Gut. Dann brauche ich noch Ihre Adresse und Ihre Telefonnummer, dann können Sie gehen«, beendete Steffner die Befragung. Im selben Augenblick klingelte sein Handy. »Ja, das schaffe ich. Das ist kein Problem«, antwortete er, nachdem er kurz zugehört hatte. Dann wandte er sich wieder Mittermeier zu.

Die beiden Lehrer saßen im Verwaltungsbüro des Jugendhotels, das an den privaten Wohnbereich der Familie Steiner grenzte und für die Schüler nicht einsehbar war. Wallroth rieb sich nervös die Hände, während Kristina am Fingernagel ihres Mittelfingers knabberte. Beide sprachen kein Wort. Frau Steiner hatte sie über den Anruf aus der Polizeiinspektion informiert und die Ankunft des Kommissärs angekündigt. Mehr hatte sie ihnen aber auch nicht sagen können. Wallroth befürchtete das Schlimmste, ihm war übel.

Die Tür öffnete sich und die Inhaberin des Gästehauses betrat zusammen mit zwei Kriminalbeamten das Büro.

»Vielen Dank. Würden Sie uns jetzt bitte alleine lassen?«

Frau Steiner verließ schweigend und mit ernstem Blick den Raum. Wallroth spürte, wie sein Herz zu hämmern begann.

»Guten Abend. Mein Name ist Traudner. Ich bin Kommissär beim Landeskriminalamt. Das ist mein Kollege Steffner«, stellte er sie den beiden Lehrern vor.

Kristinas Hände begannen fürchterlich zu zittern.

»Ist eigentlich Sabrina wieder aufgetaucht?« Max warf seine Wollmütze und seine Snowboard-Handschuhe auf die gemütliche Holzbank und setzte sich hin.

»Wo sind denn Wallroth und Frau Toll?«, wollte Cornelius wissen, der den Gruppenraum zusammen mit seinem Freund betreten hatte.

»Man, war das geil heute«, schwärmte Max. »Kein sinnloser Kurs. Nur freies Fahren. Super Schnee und richtig leer oben. Echt hammer! Ganz ehrlich, viel besser als Obertauern.«

Als er merkte, dass keiner auf seine Äußerungen einging, fragte er: »Was`n los? Ist was passiert? – Ist was mit Sabrina?«

»Keine Ahnung«, antwortete Kati, »keiner weiß was. Wallroth und die Toll waren lange weg und lassen sich nicht blicken. Von Sabrina haben wir noch nichts gehört.«

»Aber eben standen zwei Typen an der Rezeption, die sahen aus, als wären sie von der Polizei. Und dann sind die mit Frau Steiner nach oben zu ihrer Wohnung gegangen. Weißt du? – Wo die ihr Büro hat«, ergänzte Masha.

»Echt krass, eyh!«

»Rocco, ruf doch Sabrina noch mal auf ihrem Handy an!«

»Hab` ich schon paarmal versucht. Aber ihr Handy ist aus.«

»Echt? Scheiße! – Und jetzt?«

Er hätte wissen müssen, dass man ihn fragen würde, ob er die Tote gekannt habe. Mittermeier schloss die Tür seiner Wohnung auf und der Hund drängte sich an ihm vorbei in den Flur. Er hatte gelogen und befürchtete, dass die Polizei dies herausfinden würde. Natürlich kannte er sie. Sie war es, daran bestand kein Zweifel. Auch wenn die Stunden im Wasser ihre Gesichtszüge sehr verändert hatten. Die extrem kurz geschnittenen Haare, wasserstoffblond gefärbt, ließen keinen Zweifel zu. Und außerdem erkannte er sie auch an ihrer Kleidung wieder. Schwarzes Minikleid mit auffällig ausgeschnittenem Dekolletee, schwarze Strumpfhose aus grob gestrickter Wolle, kniehohe Lederstiefel, schwarz ,mit sehr hohen Absätzen. Mittermeier kannte sogar ihren Namen.

»Ich heiße Sabrina und du?«, hatte sie sich vorgestellt, als er zum DJ-Podest gekommen war, um Sepp zu begrüßen, dem sie wohl gerade einen Musikwunsch genannt hatte. Anschließend hatten sie sich noch eine Weile unterhalten und sie hatte seine Einladung zu einem

Drink angenommen. Aperol-Spritz, das war wohl gerade in bei jungen Frauen, nicht nur bei Berlinerinnen. Die meisten ihrer Mitschüler in der Disco mussten Sabrina zusammen mit ihm gesehen haben. Die Polizei würde das in Erfahrung bringen und der Verdacht würde sofort auf ihn fallen, weil er gelogen hatte. Warum hatte er eigentlich gelogen? Er hätte doch einfach sagen können, dass er sie ganz früh am Abend in der Disco gesehen hatte. Was war daran verdächtig? Wütend feuerte er seinen Rucksack auf den Boden. Jetzt hatte er die Polizei auf seine Spur gelockt. Er hätte den Fund des toten Mädchens besser doch anonym melden sollen! Gleich hinter der Fleischerbrücke gab es eine Telefonzelle, sogar mit Münzeinwurf. Jeder Trottel wusste heutzutage aus Fernsehkrimis, dass die Person, die eine Leiche findet, immer gleich zu den Tatverdächtigen zählt und ausführlich befragt und überprüft wird. »Und ich nehme mein eigenes Handy und melde mich mit vollem Namen«, murmelte er verärgert. »Das war ein Fehler, ein gravierender!«

Wenn die Polizei jetzt alles ans Tageslicht bringen würde, wäre sein Leben ruiniert. Dreimal die Woche Abendschule neben der Arbeit bei der Sparkasse. Bestes Abitur des Jahrgangs. Beste Abschlussprüfung seiner Klasse an der Berufsschule. Mit vierundzwanzig schon stellvertretender Filialleiter. – Alles umsonst, aus und vorbei. Stattdessen, Essen aus der Großküche, Einzimmerwohnung, Heimarbeit. – Er musste sich um sein Alibi kümmern!

Als er sein Handy in der Hand hielt und die ersten Zahlen auf dem Display erschienen, zuckte er zusammen. Wenn sie sein Handy überprüften, würden sie die Nummer finden. Er setzte sich an den Küchentisch und begann damit, den Inhalt seines Handyspeichers zu bereinigen.

»Wir haben heute Nachmittag am Ufer der Taurach eine weibliche Leiche gefunden«, begann der Kommissär behutsam.

»Ganz in der Nähe der Fleischerbrücke, also auch in der Nähe der Diskothek GROTTE. Inspektor Leitner hat uns gemeldet, dass Sie mit Ihren Schülern gestern Abend dort waren und dass Sie seit heute Morgen ein Mädchen vermissen. Ist das Mädchen inzwischen wieder aufgetaucht?«

Wallroth brachte vor Aufregung kein Wort heraus und schüttelte den Kopf. Sie hatten vergessen, Inspektor Leitner ein Handy-Foto von Sabrina zu schicken, fiel Kristina ein. »Lieber Gott, wenn es dich gibt, hilf uns, bitte!«, flehte sie lautlos. »Mach, dass die Tote nicht Sabrina ist! Bitte!«

Der Kripobeamte öffnete den Reißverschluss seiner Notebook-Tasche und sprach mit betont ruhiger Stimme weiter: »Wir haben hier einige Fotos von der Toten. Ich würde Sie oder wenigstens einen von Ihnen bitten, sich die Fotos anzuschauen und uns zu sagen, ob es sich bei der Toten um das Mädchen handeln könnte, das Sie vermissen.«

Als der Rechner hochgefahren war und kurz darauf Sabrinas Gesicht auf dem Bildschirm erschien, brach Kristina in Tränen aus.

»Ja, das ist sie«, brachte Wallroth mit brechender Stimme gerade noch heraus, bevor er sich die Hände vors Gesicht schlug.

Die beiden LKA-Beamten schwiegen, um den Lehrern etwas Zeit zu lassen, den Schock zu verarbeiten. Schließlich begann Traudner wieder ruhig zu sprechen: »Herr Wallroth, auch wenn es Ihnen im Moment vielleicht völlig unpassend erscheint, aber ich muss Sie darum bitten. – Wären Sie dazu bereit, das tote Mädchen in unserer `Rechtsmedizinischen Abteilung` in Tamsweg zu identifizieren? – Wir können den Todesfall nur an die zuständige Dienststelle in Berlin melden, wenn die Identität der Toten eindeutig festgestellt ist. Und dann können auch erst die Eltern benachrichtigt werden.«

Der Lehrer starrte ihn erschrocken an. Dann nickte er zaghaft. Er wusste, ihm blieb nichts anderes übrig.

»Mein Kollege Steffner wird Sie nachher mit dem Wagen nach Tamsweg und anschließend wieder hierher zurück ins BERGBLICK bringen.«

Gut zwei Stunden später saß Traudner kauend in seinem kleinen Hotelzimmer im Hotel ZUR BURG, das direkt neben dem BERGBLICK lag. Er ließ erneut sein Macbook hochfahren. Sein Assistent hatte ihn nach der Rückkehr aus der `Gerichtsmedizinischen Abteilung` über den Verlauf der Identifikation der Toten unterrichtet. Außerdem hatte er ihn darüber informiert, dass er die umgehende Benachrichtigung der Berliner Polizei veranlasst hatte, telefonisch und per Fax. Dies würden die Kollegen in Tamsweg übernehmen, sobald alle vorgeschriebenen Formalitäten erledigt waren.

Kurz darauf hatte Steffner sich verabschiedet. Er hatte eine Schwester in Maria Pfarr, einem kleinen Ort in der Nachbarschaft, und bevorzugte es, bei ihr zu übernachten. Sie war wohl eine sehr gute Köchin und außerdem konnte er dort umsonst wohnen und so Steuergelder sparen, wie er betonte. Um jeden Abend nach Hause zu fahren, war die Zeit für die beiden Beamten jetzt am Anfang der Ermittlungen zu kostbar. Traudner wollte jede Stunde nutzen. Deshalb hatte er sogar auf sein warmes Abendessen verzichtet und sich nur ein Käsebrot und ein Bier auf sein Zimmer bringen lassen. Er öffnete den Ordner

**`*Ermittlungen Leichenfund Sabrina Gehrke,*
Mauterndorf, 15.02.2006`**

Er wollte sich die Ergebnisse der Befragung der Schülerinnen und Schüler, die sie gleich im Anschluss an das Gespräch mit den Lehrern durchgeführt hatten, noch einmal in Ruhe anschauen. Zum Glück hatte er noch daran gedacht, eine Polizeipsychologin beim LKA anzufordern und sie in das Hotel der jungen Leute bestellt.

Eine große Anzahl der Schüler, aber auch die junge Lehrerin, hatten einen Schock erlitten und mussten psychologisch betreut werden.

Wie üblich in so einer großen Schülergruppe hatte der größte Teil der Jungen und Mädchen mit Sabrina, dem Topmodell, wie sie besonders von ihren Bewundrerinnen gelegentlich genannt wurde, nichts zu tun. Oder genauer ausgedrückt, Sabrina hatte nichts zu tun mit ihnen. Viele von den Schülern hatten die Disco früh verlassen und an dem Abend nichts Besonderes beobachtet. Bei Bedarf würde Traudner sie trotzdem noch einmal befragen. Aber es gab einige Personen, zu denen er sich Notizen gemacht hatte, und ziemlich viele Fakten, die sie bereits zusammengetragen hatten. Er begann mit seinen Aufzeichnungen zum wahrscheinlichen Verlauf des Tatabends bzw. der Tatnacht.

Die meisten Schüler außer Rocco und Cornelius waren gegen 20:00 Uhr zur Grotte aufgebrochen. Die beiden Jungs wollten, wie jeden Abend, ihre Boards für den nächsten Tag noch präparieren. Sie waren dann aber gegen 21:00 Uhr ebenfalls in dem Lokal angekommen.
Sabrina hatte zuvor eine Weile beim Discjockey gestanden und dann längere Zeit mit einem jungen Mann, den niemand kannte, geplaudert und Aperol getrunken.

Die Beschreibung des jungen Mannes hatte er weiter hinten notiert.

Als Rocco da war, hat Sabrina sich mit ihm unterhalten, getanzt und auch geknutscht.

Gegen 21:30 Uhr tauchte ein `älterer` Mann in dem Lokal auf. Hubert Hallner aus Tamsweg, wie die Lehrer wussten, den Sabrina wohl von einer Après-Ski-Party in der Gamshütte kannte. Sogar näher kannte, wie eine Schülerin namens Kati angewidert betont hatte.

Daraufhin gab es einen Riesenkrach zwischen Rocco und Sabrina und sie hat ihn vor allen ins Gesicht geschlagen. Mit vor Wut verzerrtem Gesicht und laut fluchend und schimpfend verließ der junge Mann zusammen mit Cornelius die Disco.

Kurz vor 22:00 Uhr sind die meisten der Schüler bereits wieder gegangen, während die beiden Lehrer erst kurz nach 22:00 Uhr in dem Tanzlokal ankamen.

Sabrina trank und flirtete inzwischen mit Hallner an der Bar.

Der Lehrer schaute sich das, laut Kati, die ganze Zeit wütend an. Vielleicht war er eifersüchtig, hatte sie auch gesagt.

Den Satz markierte Traudner fett.

Um ca. 23:15 Uhr gingen die beiden Lehrer. Bis 23.45 Uhr hatten alle außer Sabrina die Diskothek verlassen.

In dem Lokal müssten zu diesem Zeitpunkt außer dem Mädchen noch Hallner, der Discjockey Sepp Maurer, zwei Kellner, zwei Personen hinter der Bar und eine nicht bekannte Anzahl von Gästen gewesen sein.

Das hatten die beiden Lehrer aus den Angaben Maurers geschlossen.

Was war dann passiert? Die Beantwortung dieser Frage musste warten! Zunächst wollte sich der Kommissär auf die Informationen konzentrieren, die er sich während der Befragung der Berliner Reisegruppe auf seinem Notebook festgehalten hatte. Die Gruppe hatte vor am Freitagabend zurückzureisen. Sie hatten ihren Bus für die Rückreise natürlich schon bestellt und ihre Zimmer waren für die Nacht auf Samstag bereits an eine andere Skigruppe vergeben, die am späten Freitagabend anreisen würde. Zur Not müssten die Berliner einen Tag länger bleiben und mit einem Matratzenlager in der Turnhalle vorliebnehmen. Doch das wollte Traudner möglichst vermeiden. Er wusste, wie groß der organisatorische Aufwand sein würde. Außerdem hatte er keine Vorstellung davon, wer in diesem Falle die zusätzlichen Kosten für den Bus und die weitere Unterbringung und Verpflegung der Gruppe zu tragen hätte. Auch das Herumgezicke einiger Diven sowie die Anrufe besorgter Eltern wollte er sich und den Lehrern gerne ersparen. Und er war auch zuversichtlich, dass das klappte.

Sie hatten eine überschaubare Zahl an Personen, die eventuell als Täter infrage kommen könnten. Genau genommen war es ein Hauptverdächtiger, nach dem, was ihnen die beiden Lehrer von ihrem Gespräch mit dem Discjockey erzählt hatten. Aber nach dem, was sie bei der Befragung der Schüler erfahren hatten, käme auch der Lehrer infrage. Ebenso waren die Schüler Rocco Heine und Bert Bertram als Täter nicht völlig auszuschließen. Wut beziehungsweise Rache waren Traudner als Motiv nicht unbekannt. Blieben noch Julius, der Sohn der Hotelinhaber, und, wie immer in solchen Fällen, auch die Person des Mannes, der die Tote gefunden hatte.

Traudner öffnete das nächste Dokument und studierte aufmerksam die Notizen, die er sich zu den einzelnen Tatverdächtigen gemacht hatte.

A)   Wallroth, Thomas

Verantwortlicher Lehrer
Verhältnis mit Sabrina????!!!
Bevorteilt sie bei Benotung (?)
Sie saß während der Busfahrt in der Nacht neben ihm, den Kopf auf seiner Schulter
Sie war eifersüchtig auf die Verkäuferin im Skiladen (?)
Er war eifersüchtig auf Hallner (?)
Er hatte ihre Handynummer, keine von den anderen Schülern!
Besuchte sie ihn auf dem Zimmer im Bademantel (?)
War sie bei ihm, wenn sie nachts weg war (?)
In Berlin kam sie schon einmal morgens mit ihm im Auto zur Schule

Alibi? fügte der Kommissär seinen Notizen hinzu.

Die meisten Behauptungen stammten von der Schülerin Kati Müller, wurden aber auch teilweise von anderen Schülern bestätigt, wie z.B. die Anrufe per Handy. Die letzte Information stammte von der Schülerin Masha Jones. Traudner würde Wallroth intensiv befragen und plausible Antworten auf alle offenen Fragen erwarten.

B)   Bertram, Bert

Schwärmte für Sabrina. Verliebt (?)
Wurde von ihr ignoriert und abgelehnt
Schlimmer Streit wegen Nacktfotos!
Drohung: »Ich bring` dich um, du Schlampe!«(!!!)
Blickte sie seitdem immer drohend an

Alibi?

C)   Heine, Rocco

Sabrinas Reiseliebhaber (?)
Behauptet, mit Sabrina zu schlafen
Sehr eitel, sehr eifersüchtig, manchmal aggressiv
Ärger in der Gamshütte
Schwerer Streit in der Grotte!

Alibi?

Es folgten Informationen zu den anderen Personen, die ebenfalls als Täter infrage kommen konnten:

D)   Steiner, Julius

Sohn der Inhaber des Jugendhotels BERGBLICK
Geistig zurückgeblieben (Unfall)
Glotzt die Mädchen »immer so komisch an« (Kati)
Wurde von Sabrina beim Spannen erwischt (Kati)
War sehr wahrscheinlich am Tatabend in der Nähe
der Grotte (!!!)
»Sah aber ganz anders aus, andere Kleidung« (Juliane)

E)   Hallner, Hubert

HAUPTVERDÄCHTIGER
Bezahlte Sabrinas Getränke in der Grotte
(Hoher Geldbetrag)
Wollte dafür Sex (Wallroth)
Bekam Tritt in die Eier (Toll)
Folgte ihr ins Freie (Toll)
»Die nehm`ich mir!«(Toll)
Wohnt in Tamsweg

F)		Disco-Bekanntschaft

Personalien unbekannt
Ca. 25 Jahre alt
Kurz geschnittenes braunes Haar
Gebräuntes Gesicht
Sportlich durchtrainierte Figur
Unterhielt sich lange mit Sabrina G.
Lud sie zu einem Getränk ein
Hat die Diskothek früh wieder verlassen
Kannte offensichtlich den DJ
Sepp Maurer befragen!!!

Der Mann, der die Leiche gefunden hatte, befand sich noch nicht auf seiner Liste. Sogar den Namen hatte er wieder vergessen. Traudner gab ein:

G) Name?		(Bei Leitner bzw. Steffner erfragen)

Fand die Leiche
Informierte die Polizei per Handy
Nannte seinen vollen Namen
Wirkte (auf Steffner) mitgenommen und verstört
Zeigte sich unkooperativ und aggressiv bei der
Befragung (Steffner)

Weitere wichtige Informationen zu den beiden letztge-nannten Männern würde er spätestens morgen zusammentragen müssen. Dann würde er sofort mit den Einzel-Befragungen beginnen. Natürlich würden auch diese Personen für die Tatzeit ein Alibi vorweisen müssen.

Traudner war zufrieden. Er merkte, dass er nach dem langen Arbeitstag langsam müde wurde. Zeit zum Schlafen, dachte er, als durch ein Klingelsignal der Eingang einer E-Mail auf seinem Notebook angekündigt wurde. Sein Assistent hatte ihm bei seiner Ankunft im BERGBLICK berichtet, dass sie den vermeintlichen Tatort gefunden hätten und die Kriminaltechniker dabei seien, ihn zu untersuchen und die Spuren zu sichern. Vielleicht war die Mail von der Spurensicherung und enthielt schon wichtige Einzelheiten vom Tatort. Kurz darauf klingelte es ein zweites Mal. Die beiden Mails würde er noch öffnen.

Zu seinem Erstaunen kam die erste von der Rechtsmedizinerin, die die Tote am Fundort und anschließend in ihren Räumen in Tamsweg untersucht hatte. Er las sie mit größter Aufmerksamkeit. Sie enthielt eine erste Kurzinfo mit bereits gesicherten Untersuchungsergebnissen. Er freute sich, dass die Kollegin seiner Bitte nachgekommen war und die Untersuchung der toten Schülerin ihren anderen Fällen vorgezogen hatte. Die Eile hatte er ihr gegenüber am Telefon damit begründet, dass so die vorgesehene Abreise der Schülergruppe vielleicht doch noch wie geplant erfolgen könnte.

Die Details, die für ihn wichtig waren, kopierte er und übertrug sie in den entsprechenden Ordner.

Bei Sabrina Gehrke war ein Hämatom am Kopf, seitlich, rechts oberhalb der Schläfe entdeckt worden.

Zugefügt durch einen heftigen Schlag mit einer konisch geformten Stange oder einem ähnlichen stumpfen Gegenstand.

Die Art der Schlagverletzung am Kopf lässt darauf schließen, dass der Täter größer ist als das Opfer und stark bzw. kräftig sein muss.

Der Täter hat mit links zugeschlagen, ist also mit hoher Wahrscheinlichkeit Linkshänder.

Die wahrscheinliche Todesursache ist jedoch ein Schädelbruch, den sich die junge Frau bei einem Sturz mit dem Hinterkopf auf die steinerne Mauer der Brückenbegrenzung zugezogen hat.

Sie war bereits tot, als sie in den Fluss geworfen wurde. In ihrer Lunge befindet sich kein Wasser.

Bei der Toten wurden weiterhin leichte Hautabschürfungen an der linken Wange und auf dem Handrücken der linken Hand festgestellt.

Es gibt keinerlei Spuren, die auf einen Kampf schließen lassen.

Sie war zum Zeitpunkt der Tat stark alkoholisiert.

Es liegt kein sexuelles Vergehen vor. Allerdings hatte die Frau innerhalb der letzten vierundzwanzig Stunden Geschlechtsverkehr.

»Mit Rocco Heine oder mit Wallroth?«, dachte Traudner laut. Das mussten sie herausfinden, notfalls durch eine DNA-Probe.

Zudem ließen die vorläufigen Untersuchungsergebnisse der Kollegin offen, ob der Täter von Anfang an vorgehabt hatte, das Mädchen umzubringen, oder ob die Tat im Affekt begangen worden war. Mord oder Totschlag? Auch das mussten sie herausfinden beziehungsweise beides in Erwägung ziehen bei ihren Ermittlungen.

Seine Kollegin hatte ihre Mail mit "Schönen Feierabend" geschlossen. Feierabend brauchte er jetzt wirklich, wollte aber als Allerletztes noch die zweite Mail, die von den Spurensicherern kam, lesen und bearbeiten. Gähnend öffnete er sie und übernahm in seine Datei:

Der Tatort lag auf der Fleischerbrücke nicht weit entfernt vom Fundort.

Im Schnee auf dem Boden und an der Steinmauer der Brücke waren winzige Blutspuren der Toten entdeckt worden.

Außerdem hatte man an der Mauerkante ein paar vereinzelte Haare der Frau, Fasern ihrer Kleidung und Hautpartikel gefunden.

Fußspuren, die eindeutig zuzuordnen wären, waren nicht mehr auszumachen.

In der Nähe des Tatortes war ein Zigarettenstummel gefunden worden. Marke Gauloises, ohne Filter.

Selten! hielt Traudner fest.

Die Tatwaffe bzw. das Tatwerkzeug war nicht entdeckt worden. Ebenso wenig hatte man eine Handtasche oder das Handy von Sabrina Gehrke gefunden.

Der Kommissär atmete tief durch und fuhr seinen Apple herunter. Die Müdigkeit hatte sich inzwischen in seinem ganzen Körper ausgebreitet.

Er schaute auf seine Armbanduhr. Er dachte an Anna. Ob er sie jetzt noch anrufen konnte? Sicher würde sie noch wach sein. Auf Gran Canaria ging man nicht so früh schlafen. Außerdem war Anna erst seit zwei Tagen dort. Sie würde sich bestimmt viel zu erzählen haben mit ihren Eltern, die sich vor ein paar Jahren auf der Insel ein Ferienhaus gekauft hatten und im Winter dort lebten. Um diese Zeit würden wahrscheinlich alle noch bei einem Glas Rotwein und Tapas auf der großzügigen Terrasse sitzen und ihr seltener gewordenes Beisammensein genießen. Traudner hatte das Bedürfnis, sich vor dem Einschlafen noch ein wenig mit Anna zu unterhalten, unbeschwert, über schöne Dinge. Abstand von der Arbeit gewinnen. Er wollte ihr fröhliches Lachen hören, ihre warme, dunkle Stimme. Danach konnte er mit einem angenehmen Gefühl ins Bett gehen und würde auch gut einschlafen können. Das wusste er. Er griff nach seinem Handy und wählte Annas Nummer.

*

Zehnter Skitag

Es war genau sechs Uhr in der Früh, als Traudner schon wieder geweckt wurde. Das Schlagen der Kirchenuhr war so laut, dass der Kommissär sofort hellwach war. Trotzdem war es ihm nicht gelungen, den flüchtigen Gedanken aufzufangen, der im Moment des Aufwachens durch seinen Kopf geschwebt war. Aus Erfahrung wusste er, jetzt würde auch intensives Nachdenken bzw. Konzentrieren nicht helfen. Der Gedanke war weg, würde aber, das wusste er auch, irgendwann im Laufe des Vormittags plötzlich und völlig unerwartet wieder auftauchen.

Traudner stand abrupt auf, obwohl er an Gesicht und Händen spürte, dass es in seinem Zimmer wesentlich kälter war, als in seinem mollig warmen Bett. Kein Wunder, das Hotel ZUR BURG war ein altes Fachwerkgebäude. Es stand unter Denkmalschutz und konnte wegen der fehlenden zusätzlichen Außenisolation lange nicht so gut beheizt werden wie moderne oder modernisierte Gasthäuser. Schnell ging der Kommissär ins Bad. Der Raum war relativ klein und wurde elektrisch beheizt. Daher war er in kurzer Zeit angenehm warm. Während Traudner sich auf der Klobrille niederließ, dachte er daran, wie er in früheren Zeiten, dabei war das gerade mal fünf Monate her, um diese Zeit seine erste Zigarette des Tages angezündet hatte. Da war er wieder, der flüchtige Gedanke. Doch diesmal bekam der Kommissär ihn zu fassen. *»Ihh, eklig der Typ. Der hat eine Zigarette nach der anderen geraucht. Und alle ohne Filter. Der muss doch gerochen und geschmeckt haben wie ein Aschenbecher!«,* hatte eine der Schülerinnen mit angewidertem Gesicht über Hallner erzählt. Das musste er sich unbedingt merken und herausfinden, welche Zigarettenmarke Hallner rauchte! Damit er den Gedanken nicht verlor, führte er als Gedächtnisstütze Zeige- und Mittelfinger seiner rechten Hand wie beim Rauchen zum Mund und inhalierte tief und genüsslich. Iihh, machte er jetzt auch, als er das Aroma wahrnahm, das sich inzwischen in dem kleinen, engen Bad ausgebreitet hatte.

Zurück in seinem Zimmer zog Traudner seine Laufkleidung und seine Joggingschuhe an, griff nach der Wollmütze und den warmen, reflektierenden Neopren-Handschuhen und betrat den menschenleeren Flur. Um diese Zeit schliefen die Touristen noch. Sie hatten ja Urlaub und zum Urlaub gehöre nun mal Ausschlafen, redeten sie sich ein. Traudner dagegen liebte es, früh aufzustehen, auch in seiner Freizeit. Und besonders, wenn er Urlaub hatte. Man hatte einfach mehr vom Tag. Und wenn er, wie jetzt, an einem Fall arbeitete, konnte er sowieso nicht mehr einschlafen, sobald er einmal wach war. Das wusste er. Tausend Gedanken schossen ihm dann durch den Kopf. Und da kein Gedanke aktiv bearbeitet und abgeschlossen werden konnte, wurde er dabei immer unruhiger, statt die Bettruhe zu genießen. Also hatte er sich angewöhnt, morgens nach dem Aufwachen sofort aufzustehen und als Erstes eine halbe, maximal eine Stunde zu joggen, wann immer dies möglich war. Auch wenn er außerhalb arbeiten und übernachten musste, so wie jetzt. Eine Sporttasche mit den Laufutensilien führte er stets in seinem Auto mit. Im Laufe des letzten halben Jahres hatte er so nicht nur vier Kilo an Gewicht verloren, sondern konnte im Anschluss an das Laufen ohne schlechtes Gewissen ausgiebig und manchmal auch deftig frühstücken, ohne wieder zuzunehmen. Außerdem war nach dem Morgentraining der Kopf frei und er fühlte sich großartig. Ein weiterer Vorteil war, dass es ihm, seit er morgens joggte, mühelos gelang, auf das Rauchen zu verzichten, obwohl er über zwanzig Jahre lang geraucht hatte. Zuletzt eine ganze Packung am Tag.

Der Himmel war wolkenlos und es würde für die Touristen heute wieder ein wunderschöner Skitag werden. Nur die Schülergruppe aus Berlin würde nach diesem tragischen Ereignis den Tag nicht genießen können. Die jungen Leute und ihre Lehrer taten ihm leid. Sie hatten sich ihre Skifahrt mit Sicherheit anders vorgestellt. Sofort nach seiner Rückkehr ins Hotel würde er im BERGBLICK anrufen und dem Lehrer sagen, wen aus der Gruppe er noch einmal befragen musste, und einen Zeitpunkt und einen Treffpunkt vereinbaren. Entschlossen lief der Kommissär los.

Wallroth schreckte auf. Beinahe zeitgleich spürte er den kaum auszuhaltenden Druck, der wie von einer eisernen Faust auf seinen Magen ausgeübt wurde. Der Strom der Erinnerungen an die furchtbaren Ereignisse breitete sich wie heiße Lava in ihm aus. Er hatte die ganze Nacht kaum ein Auge zugemacht, sondern sich unmittelbar nach dem schwierigen Telefonat mit Dr. Schreiber, angezogen wie er war, auf sein Bett geworfen. Zuerst hatte er einfach nur geweint. Vor Trauer um das Mädchen, zu dem er ein besonderes Verhältnis gehabt hatte. Vor Anspannung. Vor Angst, dass alles aufgedeckt werden könnte. Aus Panik, dass er an den Ereignissen zerbrechen würde. Dann hatte er sich stundenlang im Bett herumgewälzt und war nur hin und wieder, für Sekundenbruchteile, wie es ihm vorkam, in eine unruhige Schlafphase gefallen. Erschöpft stand der Lehrer auf. Weitere Details des gestrigen Abends drangen unerbittlich in sein Bewusstsein vor. Die Ankunft der beiden LKA-Beamten, seine plötzlichen Vorahnungen, die untrügliche Gewissheit schon beim Anblick des ersten Fotos. Die Befragung der Schüler, der Schock, den einige Mädchen kaum zu verkraften schienen, ihr Weinen. Glücklicherweise hatte sich die Polizeipsychologin, die kurz vor dem

Beginn der Befragung eingetroffen war, um die Schüler und um Kristina gekümmert. Dann die Fahrt nach Tamsweg. Beinahe hätte er sich im Auto des Kriminalbeamten übergeben. Während der eigentlichen Identifizierung befand er sich in einer Art Trancezustand. Anders hätte er die Situation wahrscheinlich gar nicht durchgestanden. Er wusste nicht mehr, wie lange er im Raum mit der Toten gewesen war, nur, dass er sie eindeutig identifiziert hatte. Wieder zurück im BERGBLICK war die Polizeipsychologin noch da. Er hatte ihr Hilfsangebot nicht in Anspruch genommen. Er hatte nur eine Weile mit Kristina gesprochen und war dann sofort auf sein Zimmer gegangen, um sich zu sammeln und zu überlegen. Als er wieder einigermaßen klar denken konnte, hatte er sein Handy genommen und mit zitternden Fingern die Privatnummer von Dr. Schreiber gewählt. Zum Glück war der Schulleiter zu Hause gewesen. Oft war er nämlich abends in seiner Funktion als B-Jugend-Trainer beziehungsweise als Präsident des bekanntesten Berliner Rugby-Clubs unterwegs. Der Schulleiter war schockiert gewesen. Er hatte Sabrina persönlich lange und gut gekannt. Sie war in seinem Leistungskurs in Englisch und, seit sie damals als Neuntklässlerin neu auf die Schule gekommen war, eine wichtige Spielerin im Rugby-Mädchen-Team des JESSE-OWENS-GYMNASIUMS, das seit vielen Jahren von Dr. Schreiber gecoacht wurde.

Dem Schulleiter hatte mehrmals die Stimme versagt, als sie gemeinsam überlegt hatten, wie sie jetzt vorgehen sollten. Dann hatte Dr. Schreiber entschieden und erklärt, er würde umgehend mit der Polizei in Berlin Kontakt aufnehmen und den Fall mit den zuständigen Fachleuten erörtern. Vielleicht würden die Polizeibeamten zusammen mit einer Polizeipsychologin oder einem Geistlichen die Mutter des Mädchens »morgen früh«, wie Dr. Schreiber gehofft hatte, informieren. Morgen früh war jetzt.

Wie würde Andrea auf die furchtbare Nachricht reagieren? Würde sie zusammenbrechen? Würde sie automatisch ihm die Schuld geben? Musste er sofort nach Hause fahren, um bei ihr zu sein? Das würde der Kommissär nicht erlauben! Wallroth hörte die Turmuhr der BARTHOLOMÄUS-Kirche von gegenüber siebenmal schlagen. Er spürte wieder das Gefühl, sich übergeben zu müssen. Er hielt sich am Schrank fest und atmete ganz tief ein und aus, versuchte sich nur auf seine Atmung zu konzentrieren. Es gelang ihm nicht. Was würde passieren, wenn herauskam, dass er mit der Mutter des toten Mädchens seit nun fast einem Jahr ein Liebesverhältnis hatte. Würde Andrea sagen, dass sie zusammen waren? Nach einem Elternabend hatte er sie damals in seinem Auto mit in die City genommen. Sie wohnten nicht weit voneinander entfernt und Andreas' Wagen war in der Werkstatt gewesen. Sie hatten sich während der Fahrt so angeregt unterhalten, dass sie anschließend in einer Bar um die Ecke noch ein Glas Wein getrunken hatten. Eine Woche danach waren sie zusammen essen gewesen, in einem neuen Restaurant, das sie ihm unbedingt hatte zeigen wollen. Und einige Tage später besuchten sie zusammen einen von allen Kritikern hoch gelobten Film. So hatte es damals angefangen. Er hatte ihre Beziehung eigentlich schon vor einiger Zeit beenden wollen, weil ihm die Heimlichtuerei allmählich zu anstrengend wurde. Auch fürchtete er sich da bereits vor dem Gerede und dem Tratsch, der an der Schule zwangsläufig kursieren würde. Er war nämlich nie sicher, ob Sabrina gegenüber ihren Freundinnen in der Schule würde dichthalten können. Aber er hatte das offene Gespräch mit Andrea und den zu erwartenden Konflikt gescheut, war feige gewesen.

Und dann war noch etwas anderes hinzugekommen. Am frühen Nachmittag des Neujahrstages, sie lagen noch zusammen im Bett, hatte ihn Andrea, nachdem sie sich gerade leidenschaftlich geliebt hatten, mit einem vielsagenden, geheimnisvollen Blick angesehen. »In Zukunft geht das nicht mehr so einfach«, hatte sie ihm urplötzlich und ohne vorher auch nur irgendeine Andeutung gemacht zu haben, eröffnet. »Ich hab` in der nächsten Woche einen Termin bei meiner Frauenärztin. Ich lass` mir die Spirale entfernen!«

Als sie seinen entgeisterten Blick gesehen hatte, fügte sie hinzu: »Ich hab` jetzt lange genug verhütet, jetzt bist du dran!«

Danach hatten sie nur noch zwei- oder dreimal miteinander geschlafen. Sie hatte ihm jedes Mal vorher versichert, es könne noch nichts passieren. Trotzdem war es für ihn nicht mehr so wie vorher gewesen. Er war völlig verkrampft und verunsichert wegen der möglichen Konsequenzen. Aber in dieser Situation hatte er erst recht nicht den Mut gehabt, mit seinen Trennungsabsichten herauszukommen.

Auch gestern hatte es ihm wieder an Mut gefehlt, hatte er sich wieder vor der Wahrheit gedrückt. Hätte er nicht Dr. Schreiber gegenüber sein heimliches Verhältnis mit der Mutter von Sabrina erwähnen müssen? Wie würde der Schulleiter jetzt reagieren, wenn er davon erfahren würde? Immerhin verband sie eine in Jahren gewachsene kollegiale Freundschaft und sie hatten sich bisher stets aufeinander verlassen können, wenn es Schwierigkeiten in der Schule gab. Was würde jetzt passieren? Schließlich hatte er die Tochter seiner Geliebten in der Kursphase nicht nur in Mathematik, sondern auch in mehreren Sportkursen unterrichtet und benotet. Konnten seine Noten als objektiv und fair den anderen Schülern gegenüber betrachtet werden? Wie würden Eltern reagieren, wenn sie davon hörten? Würde jemand klagen? Wie würde die Schulbehörde handeln? Was würden die Schüler denken oder vielleicht sogar bei Facebook posten über ihn?

Und jetzt war da auch noch Kristina. Lange hatte er versucht, sich zurückzuhalten und nicht auf die teilweise sehr offensichtlichen Flirts der attraktiven jungen Kollegin einzugehen. Aber in der Nacht, als sie sich auf dem Rückweg von der GROTTE, beide leicht angeheitert, körperlich nahe gekommen waren, war Kristina im BERG-BLICK noch `auf einen Absacker` mit in sein Zimmer gekommen und die ganze Nacht geblieben. Idiotischer-

116

weise hatte er sogar die Frage nach einer Frau in seinem Leben ohne Not verneint.

Unfähig, der Wucht der auf ihn niederprasselnden Fragen standhalten zu können, warf Wallroth sich wieder auf sein Bett.

Drei Minuten nach acht betrat Traudner voller Elan und gestärkt durch ein reichhaltiges Frühstück die Polizeiinspektion Mauterndorf. Sein Assistent Steffner sowie Inspektor Leitner waren schon da und schlürften genüsslich ihren heißen Kaffee aus den Bechern mit den alten Gendarmeriewappen. Traudners Kaffeedurst war vom ausgiebigen Frühstück im Hotel ZUR BURG gestillt und er startete sofort mit der Arbeit des vor ihnen liegenden Tages, indem er sein Macbook auspackte, aufklappte und hochfahren ließ. Sobald er den benötigten Ordner geöffnet hatte, erläutere er den beiden Kollegen seine Aufzeichnungen vom gestrigen Abend. Danach folgte die Auflistung der nächsten Arbeitsschritte: »Als Erstes will ich, dass der Hallner hergebracht wird, der ist nämlich zum jetzigen Zeitpunkt unser Hauptverdächtiger. Am besten schicken Sie sofort eine Streife los zu dem, Leitner. Dann können Sie ihn anrufen und ihm sagen, dass er sich bereithalten soll.«

»Und wenn er nicht zu Hause ist?«

»Dann lassen Sie ihn suchen!«

Leitner stellte seine Tasse ab und begann mit seiner Arbeit.

»Dann will ich mir den Kerl persönlich anschauen, der die Tote am Fluss gefunden hat. Wie heißt der noch gleich, Inspektor?«

Traudner tippte *Robert Mittermeier* in sein Notebook ein.

»Wenn wir die beiden befragt haben, sind die Berliner an der Reihe. Wir kommen nicht umhin, sie genau unter die Lupe zu nehmen. Vielleicht können wir sie ja schnell wieder von unserer Liste streichen«, spekulierte der Kommissär. Er sah seinen Assistenten an und fuhr fort:

»Pass auf, Steffner, ruf den Lehrer an und sag ihm, er kann mit seiner Gruppe ins Skigebiet fahren. Er soll aber zusammen mit seinen Schülern Rocco Heine und Bert Bertram pünktlich um 11:00 Uhr an der Tal-Station der Großeckbahn erscheinen. Ich kenn` den Betriebsleiter. Der kommt aus Radstadt. Wir lassen uns von dem einen Raum zur Verfügung stellen und ich vernehme die drei dort. Dann bringen wir den Tagesablauf der Schülergruppe nicht so sehr durcheinander.«

Traudner überflog noch einmal seine Notizen. »Leitner, was können Sie uns denn über diesen Julius Steiner sagen. Die Schülerinnen scheinen sich vor dem zu fürchten. Einige meinten sogar, der könnte das Mädchen umgebracht haben.«

»Der Julius? Wieso? Was soll denn der gemacht haben?«, antwortete der Inspektor nach kurzem Zögern leicht beunruhigt.

»Keine Ahnung. Wir ermitteln in einem Tötungsdelikt. Totschlag vielleicht oder sogar Mord. Da will ich jede noch so kleine Einzelheit, Inspektor!«, entgegnete Traudner unwirsch. »Auch, wenn die Steiners Freinde von Ihnen sind! Die Zeit drängt.«

»Na ja«, begann der Inspektor vorsichtig, »vor drei, vier Jahren hat ein Mädel aus Berlin ihn angezeigt, weil er sie im Dunkeln vor dem Skiraum angefasst haben soll. Unsittlich. Er hat das abgestritten. Ich hab` die Sache damals bearbeitet und beide vernommen. Aber es stand Aussage gegen Aussage. Es gab auch keine Zeugen damals. Dann hat sie zwei Tage später die Anzeige wieder zurückgenommen. Die Johanna hat mir lange danach mal im Vertrauen erzählt, als sie zu viel Wein getrunken hatte, dass sie dem Mädel ein bisschen was als Wiedergutmachung gegeben hätten. Das ist aber nicht offiziell.«

Leitner atmete hörbar tief aus.

»Den will ich um dreizehn Uhr hier haben. Und seine Mutter soll gleich mitkommen!«, befahl Traudner.

Der Inspektor verdrehte die Augen. Dann wandte sich der Kommissär seinem Assistenten zu. »Steffner, der Discjockey, der an dem Tatabend in der GROTTE gearbeitet hat, muss dringend befragt werden. Der ist ein wichtiger Zeuge. Die Lehrer haben doch mit dem gesprochen und einiges erfahren. Wir brauchen von dem jedes noch so kleine Detail zu dem Fall. Den quetschst du richtig aus. Lass dir von dem Inspektor Name und Adresse geben und ruf ihn an, damit er zu Hause bleibt. – Ach so! Ganz wichtig sind mir die Namen der Mitarbeiter und der Gäste, die um Mitternacht noch in der Disco waren oder kurz davor gegangen sind. Und frag ihn unbedingt, ob er weiß, wer der junge Mann war, mit dem Sabrina am frühen Abend lange gesprochen und etwas getrunken hat. Die beiden standen direkt vor seinem Podium, haben die Schüler gesagt. Der muss das mitbekommen haben. Der Mann hat auch mit dem Discjockey selbst gesprochen. So das wär`s.«

Er überlegte kurz. »Ganz wichtige Informationen schickst du mir sofort per SMS oder per Mail!«

»Zu Befehl, Sir!«, salutierte Steffner und machte sich an die Arbeit.

Zu Traudners Erstaunen traf Robert Mittermeier bereits kurz nach neun Uhr in der Inspektion ein. Leitner hatte bei der Sparkasse angerufen, als er den jungen Mann zu Hause nicht erreicht hatte, und die lag nicht weit vom Gebäude der Mauterndorfer Polizei entfernt. Er zog sich seinen Parka aus und setzte sich, adrett angezogen wie der Traum von einem Schwiegersohn, an den Tisch in dem kleinen Nebenraum, den Traudner als Verhörzimmer nutzen wollte. Der Gesichtsausdruck des jungen Mannes passte nicht zu seiner aparten Kleidung.

»Was soll das? Wieso rufen Sie in der Sparkasse an? Was sollen die Kollegen denken? Und wenn sich das bei den Kunden rumspricht? Die denken doch gleich, ich hab` was mit der Sache zu tun! Und dann entstehen sofort Gerüchte! Wir sind hier in einem Dorf!«

Der Mann war völlig aufgebracht.

»Beruhigen Sie sich, Herr Mittermeier. Es geht doch nur um eine kurze Befragung«, entgegnete Traudner betont freundlich.

»Na und, hätte das nicht Zeit gehabt bis heute Nachmittag?«

»Nein, leider nicht, wir stehen sehr unter Zeitdruck. – Können wir jetzt beginnen? Dann sind Sie auch bald wieder bei Ihrer Arbeit.«

Traudner hatte sein Macbook bereitgestellt und begann. »Mein Name ist Traudner, ich bin Kommissär beim LKA und untersuche die Umstände, unter denen die junge Frau, die Sie am Mittwochnachmittag gefunden haben, zu Tode gekommen ist. Erzählen Sie mir bitte einmal ganz genau und in allen Einzelheiten, wie Sie die Leiche gefunden haben!«

»Ich hab` Ihrem Kollegen doch schon alles gesagt!«

»Trotzdem! Vielleicht fallen Ihnen ja doch weitere Details ein.«

Widerwillig begann der junge Mann. Als er mit seiner Darstellung fertig war und auch ein paar Fragen des Kommissärs beantwortet hatte, war Traudner nichts Unschlüssiges oder Verdächtiges aufgefallen.

»Haben Sie die Tote gekannt oder vorher schon einmal gesehen?«

»Das hab` ich Ihrem Kollegen doch auch schon gesagt! Nein, ich kannte sie nicht!«

»Und gesehen?«

»Nein, ich hab` sie vorher noch nie gesehen. Ich kann mich zumindest nicht daran erinnern.«

»Also könnte es sein, dass Sie die Frau doch schon einmal gesehen haben?«

»Ich sagte doch bereits, nein!«

Traudner hielt die Antwort, versehen mit einem Fragezeichen und einem Ausrufezeichen, fest, als sein Macbook eine eingehende Mail anzeigte.

»Nur der Vollständigkeit halber, Herr Mittermeier, und weil wir das jeden fragen müssen. Aber das wissen Sie auch sicher aus Fernsehkrimis. Wo waren Sie zur Tatzeit in der Nacht von Dienstag auf Mittwoch?«

»Soll das jetzt eine Falle sein?«, antwortete der Mann gereizt. »Das kenne ich auch aus Fernsehkrimis. Woher soll ich wissen, wann die Tatzeit war? Aber egal, wann die Frau umgebracht wurde, ich war Dienstagnacht zu Hause. Ich hab` mir noch die Spätnachrichten angeschaut und nach den Spätnachrichten bin ich ins Bett gegangen, so etwa gegen halb eins.«

»Und woher wissen Sie, dass die Frau umgebracht wurde?«

»Sonst würde doch wohl nicht das LKA ermitteln, – oder? Außerdem haben Ihre Kollegen das gesagt. Als sie die Leiche untersucht haben und ich warten musste.«

»Gibt es jemanden, der oder die Ihre Angaben bestätigen kann?«, fragte Traudner.

»Ja, mein Irish-Terrier. Aber den werden Sie wohl kaum als Zeugen akzeptieren. Kann ich jetzt gehen?«

Der junge Mann griff bereits nach seinem Parka, den

er über die Stuhllehne gehängt hatte. »Ab zehn Uhr haben wir starken Publikumsverkehr in der Sparkasse und viele unserer Kunden sind Geschäftsleute und haben wenig Zeit!«

Traudner nickte zustimmend. »Ja, ich hab` alles aufgenommen. Falls doch noch Fragen sind, melden wir uns. Vielen Dank, dass Sie sich die Zeit genommen haben, Herr Mittermeier.«

Der Kommissär stand auf und gab dem Mann die Hand. Kaum hatte er sich wieder gesetzt, konnte er sehen, dass die eingegangene Mail von Steffner war. Er öffnete sie und las überrascht: *'Der Mann, der sich am Abend in der Diskothek mit Sabrina Gehrke unterhalten hat, heißt Robert Mittermeier'.*

»Leitner, der Mittermeier muss bleiben!«, rief Traudner und eilte in den Nachbarraum.

Dort drehte sich Robert Mittermeier überrascht um. Er hatte gerade die Tür geöffnet und war im Begriff zu gehen. »Wieso das denn jetzt?«, fragte er unwirsch.

»Das erzähle ich Ihnen, wenn wir wieder sitzen.«

Sie gingen beide zurück in das Verhörzimmer und Traudner schloss die Tür.

»Ziehen Sie Ihren Mantel ruhig aus, ich weiß nicht, wie lange unsere Unterhaltung jetzt noch dauern wird!«, wies er den jungen Mann an. – »Herr Mittermeier, Sie haben behauptet, die Tote vorher noch nie gesehen zu haben. Es gibt aber Zeugen, die sicher sind, dass Sie am Tatabend in der Diskothek GROTTE lange mit der jungen Frau gesprochen haben.«

»Ja«, stimmte Robert Mittermeier nach kurzem Zögern schließlich zu. »Genau. Jetzt fällt' s mir wieder ein. Das war ganz früh an dem Abend. Das hatte ich vergessen.«

Der Kommissär zeigte deutlich seinen Unmut.

»Und worüber haben Sie gesprochen?«, fragte er.

»Belanglosigkeiten. Musik, Skifahren, ihre Lehrer. Nichts Wichtiges.«

»Seltsam«, entgegnete Traudner.

»Wieso seltsam? – Dass ich das nicht erwähnt habe? Glauben Sie, ich will mich von Ihnen in die Sache reinziehen lassen, nur weil ich die junge Frau zufällig schon einmal kurz gesehen habe? Zum Tatverdächtigen werden? Mein ganzes Privatleben durchleuchten lassen?«

Er stockte, schien seine letzte Äußerung zu bereuen.

»Wieso?«, hakte Traudner nach, »haben Sie etwas zu verbergen?«

»Nein, ich will nur meine Ruhe! Außerdem will ich so schnell wie möglich Filialleiter werden. Da kann ich so eine Geschichte nicht gebrauchen. Ich habe eine Leiche gefunden und das als ordentlicher Staatsbürger sofort der Polizei gemeldet – leider. Weiter habe ich nichts getan! Oder glauben Sie, wenn ich mit der Sache auch nur das Geringste zu tun hätte, hätte ich von meinem Handy aus angerufen und mich mit meinem vollen Namen gemeldet? Fragen Sie Herrn Leitner!«

Erschöpft brach der junge Mann ab. Dann fügte er hinzu: »Ich war übrigens höchstens eine halbe Stunde in der GROTTE und bin dann wieder gegangen. Die Stimmung war fad.«

Traudner glaubte dem jungen Mann irgendwie, obwohl dieser in einem wichtigen Punkt nicht die Wahrheit gesagt hatte, und entließ ihn. Er notierte sich jedoch als weiteren Stichpunkt *'Privatleben!'*.

»Ich bin' s, Daniel. Kannst du sprechen?«

Mittermeier stand in der alten Telefonzelle neben der Post. Die wurde fast nur noch von Gästen benutzt, die nach Hause anrufen wollten und die teuren Gebühren ihres Mobilfunkanbieters nicht zahlen wollten oder konnten. Meistens wurde sie von Schülern umlagert, die mit einigen Münzen in der Hand das Pflichttelefonat mit Zuhause führen wollten oder mussten. Um diese Zeit war die Zelle jedoch meist unbesetzt.

»Hallo Robby, das ist ja eine Überraschung, so früh am Morgen! Ich bin alleine. Der Küchenchef und die Chefin sind zum Markt, um einzukaufen. Hast du schon wieder Sehnsucht nach mir?«

»Hör zu, es gibt Stress. Aber das erzähl` ich dir später genauer, nicht jetzt am Telefon. – Du musst sofort unsere Kontakte auf deinem Handy löschen! Meine Nummer, alle Anrufe von mir, jede SMS zwischen uns, einfach alles, was darauf hinweisen könnte, dass wir uns kennen. Hast du mich verstanden? Das machst du jetzt, sofort! Und zwar absolut gründlich!«, sprach Mittermeier mit gedämpfter Stimme.

»Warum denn, was ist denn los, Robby?«

»Die Polizei sitzt mir im Nacken. Und wenn alles herauskommt, bist du auch geliefert. Mitgegangen, mitgefangen, mitgehangen. Das kennst du ja. – So, mehr später, ich muss wieder zur Arbeit. – Ach so, und keine Anrufe mehr in nächster Zeit, weder vom Handy noch vom Festnetzanschluss! Ich melde mich bei dir.«

Mittermeier legte auf, drehte sich vorsichtig um, um sich zu vergewissern, ob ihn jemand gesehen hatte, und verließ die Telefonzelle.

»Wo bleibt denn der Hallner? Die Zeit läuft uns langsam weg«, nörgelte Traudner, als er wieder ins Inspektionsbüro kam, um sich einen Becher Kaffee zu holen.

»Soll ich noch mal anrufen?«, fragte der Inspektor und wendete sich dem Telefon zu, das im selben Augenblick zu klingeln begann. »Polizeiinspektion Mauterndorf, Inspektionsleiter Leitner«, hörte der Kommissär ihn sagen.

»Ach, der Dieter. Das ist aber schnell gegangen. Dafür kriegst a Flasche Obstler, wannst im März kimmst. – Wie heißt die? Moment, ich nehm` mir einen Stift und schreib' mir alles auf. *Alicia Wolters, geboren am 7.1.1962.* Ja, hab` ich. *Argentinische Allee 133,* okay, *14169 Berlin.* Gut. Und der Wagen ist ein *weißer Renault Clio, Kennzeichen B-CZ 5612.* – Ja genau. – Gut, mei

Freind. Vielen Dank noch mal für deine Hilfe, Dieter. Dann sehen wir uns im März und ich nehm' mir auch wieder einen Tag frei. Ja, ja, Überstunden hab' ich eh genug. Passt schoa, Dieter. Servas.«

Traudner schaute den Inspektor fragend an und hatte sehr wohl registriert, dass während des kurzen Telefonates etwas in seinem Kopf kurz 'geflackert hatte, aber nicht zum Leuchten kam', wie er das nannte. – Wieder einmal.

»Das war ein Kollege aus Berlin, der kommt schon seit zehn Jahren jedes Jahr im März nach Mauterndorf. Sehr guter Skifahrer. Den hab' ich mal auf der PANORAMA-HÜTTE kennengelernt. Und den hab' ich gestern angerufen, weil eine Touristin aus Berlin mit ihrem Wagen den neuen Audi von dem Wallner heftig gerammt hat und einfach weggefahren ist. Unfallflucht! – Und der Dieter hat mir die Besitzerin des Fahrzeuges ermittelt. Jetzt geb' ich eine Suchmeldung an unsere Streifenwagen und lass' mir von den Hotels und Gasthöfen die Gästelisten faxen. Vielleicht find' mer sie.«

»Is der Wallner auch a Freind von Ihnen, dass Sie sich so reinhängen?«

»Naa, aber bevor die Frau wieder weg ist, in Deutschland. Dann wird der Fall nur komplizierter. Und der Schaden beläuft sich mit Sicherheit auf mehrere tausend Euro. Davon kann man ausgehen.«

»Na, dann suchen Sie die Frau. Aber unser Fall hat absoluten Vorrang, Inspektor! Is des kloar?«

Traudner fragte sich, warum es in seinem Kopf geflackert hatte. In diesem Augenblick wurde die Tür aufgerissen und ein laut schimpfender Mann, begleitet von zwei Streifenpolizisten in Uniform, betrat den Inspektionsraum.

»So, da wär` er, der Hallner! Viel Spaß mit ihm«, grinste der Jüngere der beiden Polizisten.

Während der Kommissär Hallner ins Vernehmungszimmer bat, instruierte Leitner die beiden Streifenbeamten. »Heim kommt der alleine. Für euch hab` ich eine neue Aufgabe! Eine Personensuche. Folgendes: Eine Frau aus Berlin hat Dienstagnacht das Auto von dem Wallner, – ein ziemlich neuer Audi –, gerammt und ist dann einfach weggefahren. Die Frau fuhr einen weißen Renault Clio mit dem Kennzeichen B - CZ 5612. Haltet eure Augen auf, ob ihr den Wagen irgendwo seht. Außerdem überprüft ihr die Parkplätze an den Talstationen in Mauterndorf, am Fanningberg und am Katschberg nach dem Wagen. Aber holt euch keinen Sonnenbrand dabei. Und wenn ihr schon mal da seid, stattet den Skischul-Büros einen Besuch ab und überprüft die Kurslisten von denen. Aber gründlich! Vielleicht haben wir ja Glück und sie macht einen Skikurs. Dann finden wir sie.«

»Kann man hier rauchen?«, wollte Hallner als Erstes wissen und suchte in seiner Jackentasche nach seinen Zigaretten und nach seinem Feuerzeug.

»Selbstverständlich nicht!«

»Bled!«, erwiderte er gereizt und setzte sich an den Tisch im Verhörraum.

»Herr Hallner, mein Name ist Traudner. Ich bin Kommissär beim LKA und leite die Ermittlungen in einem Tötungsdelikt.«

»Na und? Was hab` ich damit zu tun?«

»Bei der Toten handelt es sich um Sabrina Gehrke«, fuhr Traudner fort.

»Und wer soll das bitt` schön sein?«

»Sie kennen die Tote. Sie waren am Dienstag, den 14.02. zusammen mit der jungen Frau in der Diskothek GROTTE hier in Mauterndorf.«

»Na und? Da waren noch mindestens hundert andere an dem Abend. Ihre ganze Schulklasse war da!«

»Aber niemand außer Ihnen ist um Mitternacht hinter der jungen Frau her nach draußen gelaufen!«, wurde der Kommissär jetzt energisch. »Und niemand außer Ihnen hat gebrüllt `Will die mich verarschen? Die nehm` ich mir!` – Dafür gibt`s Zeugen. Sogar mehrere!«

Jetzt verriet Hallners Blick Unsicherheit. »Brauch` ich jetzt etwa einen Anwalt?«

»Nein, es geht hier zunächst mal nur um eine Zeugenbefragung!«

Der Kommissär forderte ihn auf, den gesamten Verlauf des Abends in der Disco genau zu schildern.

»Wollen Sie auch wissen, wie oft ich pissen war und ob die Kleine einen BH trug?«, begann er, jetzt wieder spürbar gereizt.

Während der Mann sprach, tippte Traudner die wichtigen Einzelheiten aus Hallners Darstellung in sein Macbook. Später würde er sie mit der Aussage des Discjockeys vergleichen, die Steffner mitbringen würde.

Als Hallner geendet hatte, fragte der Kommissär:

»Ach, apropos Rauchen. Welche Zigarettenmarke rauchen Sie, Herr Hallner?«

»Wieso? Wollen Sie mir jetzt doch eine anbieten? – Obwohl hier nicht geraucht werden darf? – Weil ich so freundlich war?«

»Beantworten Sie bitte meine Frage!«, entgegnete der Kommissär genervt.

»Gauloises ohne Filter. Wieso?«

»Am Tatort wurde ein Zigarettenstummel gefunden. Gauloises, ohne Filter. Wir werden herausfinden, ob der von Ihnen stammt!«

Erregt beugte sich Hallner nach vorne und schlug mit beiden Händen auf den Tisch. »Was soll der Scheiß? Ich hab` Ihnen doch alles ganz genau erklärt! Und jetzt noch einmal, damit Sie`s mir endlich glauben! – Als ich aus der GROTTE rauskam, war die Alte schon lange weg. Nicht mehr zu sehen, weit und breit nicht. Ich bin sofort wieder rein. Draußen lagen bestimmt dreißig Zentimeter Schnee und es war saukalt. Fragen Sie doch den Sepp und die anderen!«, schrie er. »Die können Ihnen das bezeugen!«

»Das werden wir«, erwiderte Traudner betont gelassen. »Und sonst? Haben Sie sonst irgendeine Beobachtung gemacht? Draußen? Auf der Straße? An der Fleischerbrücke? Denken Sie nach! Wir brauchen jedes Detail von diesem Abend.«

Hallner überlegte kurz. »Das Einzige, was ich in der

Nacht noch gesehen hab`, war a depperte Alte, die einen geparkten Audi gerammt hat und einfach davongefahren ist. Die war sicher besoffen. – Aber das war viel später. Und das war in der Ufergasse.«

»Wann war das?«, wollte der Kommissär wissen.

Der andere überlegte. »Ich hab` ja gesagt, ich bin gleich wieder rein und hab` mir noch ein Bier bestellt, um wieder runterzukommen. Und als der Sepp dann alle rausgeschmissen hat, bin ich los und zu meinem Auto. Das muss so gegen halb eins gewesen sein. Ja. Und da hab` ich die gesehen, wie die in den Audi reingefahren ist.«

»Haben Sie den Vorfall der Polizei gemeldet?«

Hallner sah ihn verständnislos an und begann zu grinsen. »Nein, natürlich nicht!«

»Und wieso nicht?«

»Ich war nicht mehr ganz nüchtern.«

Sein Grinsen wurde breiter. »Aber ich weiß Gott sei Dank, wann meine Freindl von der Streife nachts Pause machen. Und ich weiß auch, wo. Deshalb bin ich schnellstens nach Hause.«

Traudner schwieg. »Und wie kommt Ihr Zigarettenstummel an den Tatort?«, fragte er unvermittelt.

»Weiß ich doch nicht! – Außerdem, woher wollen Sie wissen, dass der von mir ist?«

Hallner dachte kurz nach. »Ach so, auf dem Weg zum Auto hab` ich noch eine geraucht, zum Wärmen. Und da musste ich auch über die Fleischerbrücke. Wenn die Fleischerbrücke der Tatort ist, – das ist doch so, oder? –, dann bin ich ja am Tatort vorbeigekommen. Vielleicht hab` ich da zufällig die Kippe weggeschmissen.«

»Wir werden das prüfen«, entgegnete Traudner. »Wir werden außerdem genau prüfen, wann und wie lange Sie das Lokal verlassen haben. So, das wär`s fürs Erste von meiner Seite aus. Aber mein Kollege Leitner wird sicherlich noch einige Fragen an Sie haben zu dem Unfall in der Ufergasse, Herr Hallner. Melden Sie sich bitte draußen bei ihm. Danach können Sie gehen. Halten Sie sich aber in den nächsten Tagen zu unserer Verfügung!«

Sichtlich erleichtert stand Hallner auf. »Habedere und viel Erfolg bei der Suche, Herr Kommissär.«

Wenn alles so verlaufen ist, wie Hallner behauptet hat, überlegte der Kommissär, dann hatte er sich praktisch entlastet. Als Zeuge hatte er ihnen jedoch kaum, eigentlich fast gar nicht weitergeholfen.

Vielleicht hatte die Berliner Autofahrerin etwas gesehen, sinnierte Traudner. Der Parkplatz ihres Wagens lag nicht weit von der Fleischerbrücke entfernt.

Heute Morgen, als er von seinem winterlichen Lauf zurückgekommen war, hatte er einen Anruf auf seiner Mailbox. Die fleißige Rechtsmedizinerin, die im Amt als Frühaufsteherin bekannt war, hatte ihm mitgeteilt, der Todeszeitpunkt liege zwischen 24:00 Uhr und 0:30 Uhr. Dabei seien die niedrigen Außentemperaturen bereits mitberücksichtigt. Traudner wusste, er konnte sich auf die Arbeit der erfahrenen Kollegin verlassen. Vielleicht hatten sie Glück und die Frau war auf dem Weg zu ihrem

Auto in der Nähe des Tatortes vorbei gekommen und hatte tatsächlich etwas beobachtet. Immerhin ging es, wenn man die Aussage Hallners zugrunde legte, bei der Tatzeit um einen Zeitraum von etwa zehn Minuten. Die seien bestimmt verstrichen, bevor er der Frau hinterhergelaufen sei. Allerdings müsste die Autofahrerin dann nicht erst unmittelbar vor halb eins zu ihrem Auto gegangen sein, sondern früher. Vielleicht hatte sie eine Weile gebraucht, um den Wagen vom Neuschnee zu befreien oder das Eis von den Scheiben zu kratzen. Ebenso gut könnte sie auch im Anschluss an ein Date in ihrem Auto gesessen und `die Zigarette danach` genossen haben. Oder einfach ein paar Minuten gewartet haben, bis die Wirkung des Alkohols, den sie wohl getrunken hatte, etwas nachgelassen hatte. Letzteres hätte allerdings nicht besonders viel gebracht. – Egal. Auf jeden Fall wäre es gut, wenn Leitner die Frau schnell finden würde und er selbst sie dann ebenfalls befragen könnte, dachte Traudner.

Er lehnte sich auf seinem Stuhl zurück und verschränkte die Hände hinter seinem Kopf. Woher wusste Leitner überhaupt von dem Unfall?

»Habedere, Inspektor«, war aus dem Nachbarraum zu hören. Dann fiel die Tür ins Schloss.

»Inspektor! Kommen Sie mal kurz?«

Leitner trat in den kleinen Büroraum und nahm auf einem der freien Stühle Platz. Erwartungsvoll sah er den Kommissär an.

»Wer hat Ihnen den Unfall in der Ufergasse überhaupt

gemeldet? Der Hallner war`s auf jeden Fall nicht, hat er mir gesagt.«

»Naa, des woar der Berger Franz. Der woar gestern Mittag scho hier.«

»Und wieso der Berger Franz?«

»Na, der hat den Unfall in der Nacht doch selbst beobachtet. Und dann die Fahrerflucht.«

»Das heißt also, der war zur Tatzeit auch in der Nähe des Tatortes!«

»Ja scho.«

»Dann muss der doch irgendwas mitbekommen haben. Das gibt`s doch nicht!« Er schwieg kurz. »Oder vielleicht ist der ja sogar unser Täter.«

In Leitners Gesicht zeichnete sich blankes Entsetzen ab. »Der Franz doch net! Der bringt doch keine junge Frau um! Niemals!« Der müsste doch schön blöd sein, wenn er zuerst eine junge Frau umbringt und am nächsten Tag zur Polizei spaziert und einen Unfall meldet, der ungefähr zur Tatzeit in der Nähe des Tatortes passiert ist. Diesen Gedanken behielt Leitner jedoch für sich. Stattdessen sagte er zu dem LKA-Beamten: »Wenn der Franz sonst noch etwas beobachtet hätte, hätte er mir das gemeldet.«

Er räusperte sich. »Der hat doch mit seinem Räumfahrzeug in der Ufergasse geparkt. Von dort kann man die Fleischerbrücke gar nicht einsehen. Und gekommen ist der oben von der Burg. Dann hat er hier unten noch einen Teil vom Markt geräumt....«

Er bemerkte den verständnislosen Blick Traudners.

»So heißt bei uns eine Straße. – Und dann hat er Pause gemacht und danach erst die Frau gesehen.«

»Egal, der wird auf jeden Fall noch einmal befragt. Und es wäre gut, wenn jemand seine Angaben bezeugen könnte. Vielleicht hat er ja wen getroffen auf seiner Tour.«

Wortlos verließ Leitner das Büro des Kommissärs.

Wallroth war nach der schlaflosen Nacht überhaupt nicht in der Verfassung zum Skifahren. Aber natürlich hatte er sich aufgerafft und auch allen Schülern die Anweisung erteilt, mit auf den Berg zu kommen. Es war wieder herrliches Wetter und er hatte gehofft, dies und die sportliche Betätigung würden die Jugendlichen etwas ablenken und auf andere Gedanken bringen. Dies war auch der Rat der Polizeipsychologin gewesen.

Doch die Atmosphäre war gedrückt. Die Schüler sprachen kaum, kein fröhliches Lachen, wie sonst, nicht mal ein Lächeln auf einem der Gesichter. Wallroth hatte einen nicht sehr steilen, wenig befahrenen Hang zum Üben ausgesucht. Er wollte nicht riskieren, dass jemand, weil ihm die nötige Konzentration fehlte, stürzte und sich verletzte. Bewusst hatte er schwierige Technikelemente als Inhalt für den heutigen Skiunterricht gewählt, um die Schüler mindestens zeitweise in ihrer Konzentration zu fordern und mit ihren Gedanken etwas von dem schlimmen Ereignis weg zu bringen.

Der Lehrer schaute auf seine Armbanduhr. Er hatte von der Polizei die Anweisung erhalten, mit Bert und Rocco um elf Uhr an der Talstation zu sein. Es war jetzt viertel vor elf. Er fragte sich, ob Kommissar Traudner wirklich einen der beiden Jungen verdächtigte. Der Kommissar wusste zwar von Roccos Verhältnis mit Sabrina und ihrem heftigen Streit in der GROTTE. Auch die Geschichte mit dem Nacktfoto von Bert war bei der Befragung der Schüler ans Tageslicht gekommen, inklusive seiner Drohung. Aber die beiden Jungen waren keine Gewalttäter, sie brachten doch keine Mitschülerin um. Dass er selber ebenfalls bei der Talstation erscheinen sollte, irritierte ihn und machte ihn noch mehr nervös, als er ohnehin schon war. Die beiden Schüler waren junge Erwachsene und kannten den Weg ins Tal. Er würde sich sogar anstrengen müssen, damit sie ihn auf der langen, teilweise sehr steilen Talabfahrt nicht abhängen würden. Ob der Kommissar ihn auch befragen wollte? Gerade jetzt, wo er sich eigentlich als Skilehrer und als Psychologe um seine Schüler kümmern musste? Kaum vorstellbar. – Man würde sehen.

Er hatte die beiden Jungen am Morgen bereits informiert. Sie hatten sich sehr erstaunt gezeigt und zunächst aufgebracht protestiert. Als er ihnen jetzt ein Zeichen gab, nickten jedoch beide mit dem Kopf. Kurz darauf bremste Rocco, der mit seiner Gruppe in Sichtweite geübt hatte, mit seinem Board neben Bert und seinem Lehrer.

»Wir sollen in circa fünfzehn Minuten im Tal sein. Wir

müssen jetzt los. Wir fahren aber zusammen und in kontrolliertem Tempo. Klar? Ich will nicht, dass noch etwas passiert! Die Zeit reicht locker«, erklärte Wallroth und stieß sich mit seinen Stöcken kräftig ab.

Als Steffner zwanzig Minuten vor elf wieder in der Inspektion eintraf und sich noch schnell einen Kaffee einschenkte, bevor er zu Traudner ins Büro ging, konnte er hören, wie das Faxgerät in immer kürzeren Abständen zu rattern begann. Gästelisten, wegen eines Autounfalls, erfuhr er von Leitner, dem die Sorge über die Arbeit, die vor ihm lag, schon ins Gesicht geschrieben schien. Ausgerechnet heute hatte sich sein Kollege Gruber wieder einmal krank gemeldet. Zum Glück würde die Zivilangestellte, die den Inspektor stundenweise im Innendienst unterstützte, gleich kommen und ihm helfen.

Traudner hatte zufrieden registriert, dass sich der Inspektor auch an die Hotels in den Nachbargemeinden gewandt hatte. Das erhöhte ihre Chancen, die Autofahrerin schneller zu finden. Würde die Suche zu keinem Erfolg führen, würde er ihn anweisen auch die kleineren Pensionen zu überprüfen. Was seine Kollegen noch nicht wussten, die Frau aus Berlin wurde nicht mehr nur wegen Unfallflucht gesucht. Sie war möglicherweise wichtige Augenzeugin eines Gewaltverbrechens. Und dies rechtfertigte den großen Aufwand, den sie betrieben.

»Ein ganz schön großer Aufwand, den der Leitner da

betreibt wegen dieser Unfallflucht-Geschichte«, bemerkte auch Steffner, nachdem er auf einem Stuhl in dem kleinen Nebenraum Platz genommen hatte, um seinem Chef die Ergebnisse seiner Befragung des Discjockeys vorzustellen.

Sein Chef ging nicht auf seine Äußerung ein. Er sah nervös auf seine Armbanduhr. »Es ist schon fast dreiviertel elf. Lass uns schnell noch die Aussagen von dem Discjockey mit denen von Hallner vergleichen. Ich muss dann los. Ich hab` nicht mehr viel Zeit!«

Der Streifenwagen des Bezirkspolizeikommandos Tamsweg rollte langsam auf den einzigen, für den Chef reservierten freien Parkplatz vor dem Skischulbüro der Skischule FRANZ GOLDNER am Katschberg.

»Des is a Schmarrn, diese Sucherei. Des bringt so und so nix«, moserte Wagner.

Die beiden Streifenpolizisten betraten das Büro.

»Griaß di , Susi. Gut schaust heute wieder aus! – Bist eigentlich immer noch verlobt mit dem Waldschrat?«, grinste Berners die Sekretärin schelmisch an.

»Griaß euch. Welch freundlicher Besuch zu dieser Tageszeit. Den Waldschrat hab` i überhört, Martin.«

»Susi, es gibt ein bisschen Arbeit. Wir brauchen die Listen aller erwachsenen Skikursteilnehmer dieser Woche. Wir suchen jemanden«, erklärte Berners.

»Wen sucht`s ihr denn ausgerechnet bei uns?«

»Wir suchen eine Alicia Wolters«, antwortete der Polizist in amtlichem Tonfall.

»Eine Alicia Wolters ist in keinem Kurs bei uns. Da bin i mir ziemlich sicher. – Weshalb sucht`s ihr die denn?«

»Dienstgeheimnis«, lächelte Wagner. »Aber die Listen musst uns trotzdem ausdrucken.«

Kurz darauf staunte Susi. »Hier haben wir einen Leon Wolters.«

»Bingo! Vielleicht ist das ja ihr Mann. Hast du seine Heimatadresse? In welchem Hotel wohnt der hier bei uns?«

»Moment. – Der wohnt in Nürnberg und hier bei uns ist der im Gasthof SONNENHEIM untergebracht, in Maria Pfarr.«

»Vielleicht sind die geschieden. Er lebt in Nürnberg und seine Ex in Berlin. Oder die führen eine Fernbeziehung. – Wo ist denn der jetzt?«

»Die sind mit dem Chef unterwegs. Privatunterricht, vier Leute. Jetzt erinnere ich mich. Der Bursche ist höchstens zwanzig und hat seine Freundin dabei. Die heißt, Moment, Silvia Horn«, erklärte Susi. »Das ist nicht ihr Mann!«

»Ruf den jetzt trotzdem mal an. Dein Chef hat doch bestimmt sein Handy dabei. Fragst den Wolters, ob er eine Alicia Wolters aus Berlin kennt!«, sagte Berners.

»Siehst, hoab i dir doch gesagt, des is a Schmarren, des bringt so und so nix«, moserte Wagner, als er ein paar Minuten danach den Streifenwagen startete.

Beim Vergleich der Informationen seines Assistenten mit seinen eigenen Aufzeichnungen zur Befragung Hallners konnte Traudner auf den ersten Blick keine Differenzen erkennen. Die Beschreibungen des Verlaufs des Abends stimmten in den wesentlichen Punkten überein. Allerdings mussten die Angaben zu dem Zeitpunkt, zu dem Hallner die Diskothek verlassen hatte, noch einmal ganz genau von ihnen überprüft werden. Dazu würde Steffner sich gegen vierzehn Uhr mit Josef Maurer in der GROTTE treffen. Er musste eine Stoppuhr mitnehmen, die Zeit messen und den zeitlichen Ablauf ganz genau ermitteln. Bei der Gelegenheit würde er auch das Barpersonal, die Kellner und zwei namentlich bekannte Besucher der Disco, die um Mitternacht noch in dem Lokal waren, befragen. Die hatte Steffner ebenfalls zu vierzehn Uhr einbestellt. Die vier oder fünf anderen Besucher, die um diese Zeit noch in dem Tanzlokal gewesen waren, waren leider namentlich nicht bekannt. Sie waren höchstwahrscheinlich Touristen, keine Einheimischen.

»Oh, ich muss unbedingt los, Steffner«, bemerkte Traudner nach einem erneuten Blick auf seine Uhr. »Um elf bin ich doch mit dem Lehrer und den beiden Jungen an der Talstation verabredet. Ich nehm` den Wagen. Und du kannst von hier aus folgendes machen: Du rufst in den Fremdenverkehrsbüros der Umgebung an und sagst, sie sollen ihre E-Mail-Verteiler genau überprüfen. Wenn sie eine Alicia Wolters aus Berlin finden, sollen sie sich wieder bei dir melden. Vielleicht hat die ja per E-Mail Informationsmaterial angefordert. Vielleicht hat sie sich sogar ein Zimmer reservieren lassen! Dann finden wir sie schneller. So, jetzt muss ich aber wirklich los. Bin spätestens um dreizehn Uhr wieder hier. Servas.«

Steffner schaute seinem Chef verständnislos hinterher. Was hatten sie mit der Unfallflucht-Geschichte zu tun?

»Inspektor, ich bin jetzt für eine Weile unterwegs«, wandte sich der Kommissär im Inspektionsraum an seinen zweiten Kollegen, während er eilig seinen Mantel anzog und sich den warmen Schal um den Hals wickelte.

»Falls inzwischen jemand von der Presse anruft,– ganz egal, ob die vom KURIER oder von der SALZBURGER ZEITUNG –,geben Sie keine Detailinformationen heraus! Unter keinen Umständen sagen Sie etwas zur Identität des Mädchens! Dann haben die Schüler und Ihre Freundin aus dem BERGBLICK keine ruhige Minute mehr.«

»Und was soll ich denen sagen?«

»Weibliche Leiche, ca. 20 Jahre alt. Identität konnte noch nicht ermittelt werden. Ursache für den Tod noch unklar. Das vorläufige Obduktionsergebnis konnte nicht endgültig klären, ob ein Unfall oder ein Tötungsdelikt vorliegt. – Mehr nicht! Das reicht für die.«

»Und wenn die fragen, weshalb das LKA ermittelt?«

»Reine Routine. Bei allen Leichenfunden, bei denen die Todesursache unklar ist, ermitteln wir. Und zwar so lange, bis die Todesursache zweifelsfrei feststeht.«

Leitner nickte und hörte nur noch, wie die Tür des Inspektionsraumes ins Schloss fiel.

Um drei Minuten nach elf kam Traudner auf dem etwa zur Hälfte mit Fahrzeugen belegten Parkplatz an der Talstation der Kabinenbahn an. Er fand eine Lücke für seinen Wagen in der Nähe des Gebäudes und konnte von dort aus die drei Wartenden sehen. Auch Theo, der Betriebsleiter der Liftanlage, den er während der Hinfahrt per Handy angerufen hatte, wartete schon oben am Eingang zur Station. Traudner entschuldigte sich für die Verspätung und begrüßte den Betriebsleiter per Handschlag. Dann nahm er den Schlüssel für den Büroraum in Empfang, den sie für die Befragung nutzen konnten. Der Kommissär hatte sich auf der Fahrt hierher überlegt, dass er die Reihenfolge der Befragungen nach der Schwere der Verdachtsmomente festlegen würde. Deshalb bat er Rocco und den Lehrer zunächst noch auf zwei Stühlen vor dem Büro Platz zu nehmen und zu warten, während er Bert eintreten ließ. Der Lehrer schaute ihn überrascht an, sagte jedoch nichts. Rocco setzte sich und steckte sich sofort die Stöpsel seines Kopfhörers in die Ohren.

»Nimm Platz!«, forderte der Kommissär den Jungen auf. Er hatte die Tür des Büros geschlossen und seinen Schal und die Handschuhe auf einem stählernen Aktenschränkchen, das gleich neben dem Eingang stand, abgelegt. Seinen Mantel behielt er an, denn der Raum war kaum beheizt. Er stellte sein Macbook auf den Schreibtisch, ließ es hochfahren und setzte sich dem Jungen gegenüber an den Tisch. »Du hattest einen schlimmen Streit mit Sabrina«, begann Traudner. »Kannst du mir die

Situation noch einmal schildern? Möglichst in allen Einzelheiten. – Auch die Vorgeschichte.«

Der Junge schaute ihn unfreundlich an. »Was hat das denn mit ihrem Tod zu tun?«, fragte er.

»Das werden wir sehen. Fang doch mal an!«

Nachdem Bert geendet hatte und offensichtlich nichts mehr hinzufügen wollte, erkannte der Kommissär, dass er den Satz mit der Todesdrohung weggelassen hatte. Deshalb fragte er nach. »Du hast Sabrina gedroht, sie umzubringen?«

Bert zuckte zusammen. »Ja, weil ich wütend war«, sagte er nach einer Schrecksekunde. »Wie kann die in unseren Duschraum kommen. Wenn das ein Junge tun würde, der würde fertiggemacht oder von den Lehrern sofort nach Hause geschickt. Und dann fotografiert die mich nackt! Und droht, das Foto bei Facebook zu posten. Am liebsten hätte ich sie zusammengeschlagen!«, brach es aus dem Jungen heraus. Tränen der Wut traten in seine Augen.

»Und warum hast du es nicht gemacht?«

»Ich bin kein Schläger. Ich hab` noch nie jemanden verprügelt! Und ein Mörder bin ich erst recht nicht«, fügte er hinzu.

Der Kommissär glaubte ihm, obwohl er Formulierungen wie diese schon oft gehört hatte. »Könnte es denn sonst jemand aus eurer Gruppe getan haben?«

Der Schüler schaute ihn erschrocken an, sagte aber nichts.

»Was denkst du? Würdest du einem von euch die Tat

zutrauen? Hätte jemand aus eurer Gruppe einen Grund gehabt? – Ein Motiv?«

Traudner ließ Bert etwas Zeit zu überlegen und beobachtete ihn ganz genau. Er erhielt jedoch keine Antwort. Der Junge schüttelte nur schweigend den Kopf. Als der Kommissär gerade seine nächste Frage stellen wollte, begann Bert plötzlich zu sprechen: »Rocco war übertrieben sauer, weil Sabrina ihm in der GROTTE vor allen ins Gesicht geschlagen hat und weil sie sich mit diesem alten Typen abgegeben hatte. Aber deshalb bringt der Sabrina doch nicht um! Mit Sicherheit nicht! – Vielleicht war's ja auch dieser Typ mit dem sie sich in der GROTTE betrunken hat. Von uns war das auf jeden Fall keiner!«

Traudner nickte zustimmend. »Wo warst du in der Tatnacht zwischen 24:00 Uhr und 0:30 Uhr nachts?«, wechselte er plötzlich das Thema.

»Auf meinem Zimmer. Ich hab' geschlafen. Ich war müde.«

»Kann das jemand bezeugen?«

»Höchstens mein Zimmernachbar. Aber ich weiß nicht, wann der nach Hause gekommen ist. Thorsten hatte doch Geburtstag.«

»Und sonst? – Niemand?«

»Nein.«

»Wie heißt dein Zimmernachbar mit Nachnamen?«

»Mohn, Thorsten Mohn.«

Schade, dass er nicht in einem Viererzimmer schläft, dann gäbe es mehr potentielle Zeugen, dachte der Beamte. Dann entließ er den Jungen und notierte sich anschließend: *sehr aufgeregt (emotional) beim Verhör. Alibi überprüfen. Zimmernachbar heißt Thorsten Mohn.*

Der Kommissär rief Rocco herein und sah, wie Bert schon eine Gondel nach oben bestieg. Er wollte und musste offensichtlich nicht warten. Nachdem beide Platz genommen hatten, begann Traudner provozierend: »Du bist sehr eifersüchtig. Außerdem eitel und jähzornig!«

»Wer erzählt denn so einen Scheiß?«, fragte der junge Mann empört.

»Die meisten deiner Mitschüler.«

»Und jetzt soll ich aus Jähzorn Sabrina getötet haben? Geht aber nicht. Ich lag im Bett! Völlig breit! Da müssen Sie sich schon einen anderen suchen!«

Dann sprudelte es geradezu aus ihm heraus, wie er etwas später in die GROTTE gekommen war, sich mit Sabrina zusammen gut amüsiert hatte und wie dann Hallner gekommen war. Er schilderte auch den Streit genau, nannte den Grund dafür und erzählte, wie er zusammen mit Cornelius die Party wütend verlassen hatte, obwohl sein Kumpel Max seinen achtzehnten Geburtstag feierte.

»Und was hast du dann gemacht?«, fragte Traudner.

»Wir sind zurück ins Hotel und haben auf unserem Zimmer Wodka Red Bull getrunken bis zum Abwinken. Anschließend weiß ich nichts mehr.«

»Und Cornelius? Hat der auch so viel getrunken?«

»Am Anfang schon. Dann hat er aber langsamer und weniger getrunken.«

Traudner machte sich Stichpunkte und fragte dann:

»Hast du später euer Zimmer noch einmal verlassen? Bist du noch einmal weggegangen?«

»Wie denn? Auf allen Vieren vielleicht und auf Socken?«

»Wieso auf Socken?«

»Na, Schuhe hatte ich keine mehr an, als ich am Morgen aufgewacht bin, nur meine Klamotten.«

Und auf Traudners verständnislosen Blick ergänzte er:

»Wir dürfen im Haus keine Straßenschuhe tragen. Die lassen wir immer unten im Schuhregal. Ich musste am Mittwoch Cornelius fragen, wo ich sie abgestellt hatte. Ich hab` sie gar nicht mehr gefunden.«

»Wieso das denn? Du sagst doch, du hättest dich erst auf eurem Zimmer betrunken.«

»Weiß ich auch nicht. Vielleicht war ich so wütend oder gefrustet, dass ich alles, was an dem Abend passiert war, von meiner Festplatte gelöscht habe. Oder es war der Wodka.«

Traudner schwieg bewusst und widmete sich seinem Laptop. `Schuhregal, Cornelius befragen`, tippte er ein, bevor er Rocco Heine, der seinen Ausführungen offensichtlich nichts mehr hinzuzufügen hatte, erlaubte zu gehen.

Der Schüler beeilte sich wegzukommen.

Jetzt fiel Traudner ein, dass er den Nachnamen von Cornelius gar nicht erfragt hatte. Der Vorname war selten. Er würde ihn auf der Teilnehmerliste der Skifahrt finden, die er sich von dem Lehrer hatte ausdrucken lassen.

146

»Entschuldigen Sie, dass Sie etwas warten mussten, aber ich dachte mir, die Befragung der Jungen geht schneller als Ihre«, sagte Traudner, während die beiden Männer Platz nahmen. Der Lehrer schaute sehr überrascht.

Die Schreibtische von Leitner und Frau Brenner waren inzwischen zu großen Teilen bedeckt mit Gästelisten aus den Feriendomizilen der umliegenden Ortschaften, konnte Steffner sehen. Er selbst hatte in dem großen Büro am Schreibtisch von Gruber Platz genommen und ging seinen Beschäftigungen nach. Leitner wollte sich die Listen aus Mauterndorf vornehmen, während Frau Brenner die eingegangenen Faxe aus Maria Pfarr überprüfte.

»Joa mei, Steffner, seid's ihr denn heutzutage nur Blinde beim LKA?«, schimpfte Leitner auf einmal scherzhaft.

»Pass auf! Das ist Beamtenbeleidigung, Leitner. Das gibt ein Diszi.«

»Ich bin selber Beamter, falls der Herr Kommissär-Assistent das vergessen haben sollte.«

»Aber in der niedrigeren Besoldungsgruppe! – Spaß beiseite. Was gibt's denn, Leitner?«

»Na hier, im BERGBLICK, bei der Johanna. Da wohnt zurzeit eine Alena Wolters. Die müsst ihr doch gesprochen haben. Ihr habt doch die Schülergruppe aus Berlin befragt.«

»Zeig her!«, erwiderte Steffner erstaunt und sah sich

das Fax aus dem BERGBLICK an.

Ganz deutlich sichtbar, als Letzter auf der Liste der Berliner Reisegruppe stand der Name Alena Wolters.

»Ich ruf` mal den Traudner an. Der hat doch auch eine Teilnehmerliste«, fuhr Steffner fort, während er auf die Schnellwahltaste seines Handys drückte. Aber wie zu erwarten war, hatte Traudner während der Befragung der Schüler und des Lehrers sein Handy ausgeschaltet. Er hasste es, in wichtigen Ermittlungsphasen in seiner Konzentration gestört zu werden.

»Vielleicht ist die ja die Tochter. Und mit dem eigenen Wagen hierhergekommen«, schaltete sich Frau Brenner ein, »und zugelassen ist der auf ihre Mutter. Möglich ist ja heutzutage bei den jungen Leuten alles. – Und dann hat die den Unfall gebaut.«

»Nein«, widersprach Steffner, »das ist absolut verboten. Bei der Klassenreise meiner Tochter durfte noch nicht einmal die zweite Lehrerin mit ihrem eigenen Auto fahren. Obwohl sie in ihrem Kombi die Kisten mit Wassersportgerät transportieren wollte. Die passten nämlich nicht mehr in den Bus. Das hat versicherungstechnische Gründe. – Aber wisst ihr was? Es könnte doch sein, dass die Mutter in Mauterndorf Urlaub macht, während ihre Tochter hier auf Skifahrt ist.«

»Da würde sich die Tochter aber sehr freuen«, entgegnete Leitner und schaute seinen Kollegen kopfschüttelnd an.

»Haben wir denn heuer nur Wolters als Feriengäste?«, rief Frau Brenner plötzlich verwundert.

»Hier im Gasthaus SONNENHEIM in Maria Pfarr, da wohnt ein Leon Wolters. Vielleicht ist das der Mann? Oder der Bruder oder der Sohn. Wer weiß?«

»Naa«, entgegnete Leitner, »den haben der Wagner und der Berners schon entdeckt und mir gemeldet. Der kommt aus Nürnberg, ist zwanzig Jahre alt, hat seine Freundin dabei und kennt keine Alicia Wolters.«

»Notier dir das trotzdem!«, verlangte Steffner.

»Beschreiben Sie doch einmal Ihr Verhältnis zu Sabrina!«, Herr Wallroth.

Der Kommissär lehnte sich auf seinem Stuhl weit zurück, verschränkte bewusst die Arme vor der Brust und blickte seinem Gegenüber direkt in die Augen.

»Wie bitte?« Der Lehrer schaute ihn mit erkennbarer Empörung an.

»Ja, Sie haben richtig verstanden. Ihr Verhältnis zu Ihrer Schülerin Sabrina Gehrke.«

Nach kurzem Zögern setzte Wallroth an: »Sie war meine Schülerin. Ich ihr Lehrer.«

»Weiter!«

»Weiter gibt's nicht viel. Ich kannte sie, seit sie in der neunten Klasse zu uns an die Schule kam. Sie meldete sich damals für meine Tennis-AG an, hörte aber nach dem ersten Halbjahr wieder auf. In der zehnten Klasse hatte sie bei mir Mathe. Und dann wieder in der Oberstufe. Da war sie im Mathe-Leistungskurs. – Ach so, sie nahm am Grundkurs Fitness teil. Den leite ich. Das war`s.«

»Haben Sie sie bevorzugt?«

»Wie soll das gehen? In Mathe? – Und für die Fitness-Tests gibt`s auch festgelegte Bewertungstabellen. Da kann man niemanden bevorzugen.«

»Die Schüler haben aber den Eindruck!«

Wallroth antwortete nicht.

»Was war während der nächtlichen Busfahrt?«

»Jetzt reicht`s mir. Ich lasse mir von Ihnen nichts unterstellen! Wollen Sie mir ein Verhältnis mit einer Schülerin anhängen? Wollen Sie mir am Ende noch die Tat unterjubeln? Brauche ich etwa einen Anwalt?«, empörte sich der Lehrer.

»Ich will Ihnen überhaupt nichts unterstellen«, erwiderte der Kommissär. »Ganz im Gegenteil. Ich will alle Faktoren genau überprüfen, und zwar durch präzise Befragungen. Dies ist kein Verhör. Sie brauchen keinen Anwalt. – Dennoch gibt es nach wie vor ein paar ungeklärte Punkte. Einige Ihrer Schüler erzählen zum Beispiel hinter vorgehaltener Hand, wenn Sabrina nachts nicht in ihrem Zimmer war, sei sie bei Ihnen gewesen. – Einmal wurde sie gesehen, wie sie, nur in einem Bademantel bekleidet, aus Ihrem Zimmer kam.«

»So ein Schwachsinn! Jeder hat doch mitbekommen, dass Sabrina nachts bei Rocco Heine war. Der hat sich doch damit gebrüstet, mit Sabrina zu vögeln. Das ist auch Kollegin Toll und mir nicht entgangen. Zuerst hab´

ich`s nicht geglaubt, weil die Jungs sich zu viert ein Zimmer teilen. Aber Montagnacht bin ich wach geworden, weil ich Geräusche auf dem Flur gehört habe. Und morgens hab´ ich dann bemerkt, dass die Tür zu einem unbewohnten Zimmer auf unserem Flur offen war. Da wusste ich sofort Bescheid. Ich hab` die Johanna darum gebeten, das Zimmer zu verschließen«, schimpfte der Lehrer. »Sie können sie fragen!«

Traudner machte sich Notizen. Nachdem sich Wallroths Ärger wieder gelegt hatte, fuhr er scheinbar unbeeindruckt mit seiner Befragung fort. »Wo waren Sie zur Tatzeit zwischen 24:00 Uhr und 0:30 Uhr?«

»Ich war auf meinem Zimmer und lag im Bett. Ich hab` noch etwas gelesen.«

»Kann das jemand bezeugen?«

»Nein.«

Der Kommissär hielt fest: *Wallroths Alibi bleibt vage. Behauptet, auf seinem Zimmer gewesen zu sein. Alleine!*

Als der Lehrer kurz darauf alleine in der Kabinenbahn Richtung Großeck saß, griff er in seine Jackentasche, nahm sein Handy heraus und schaltete es ein. Die Anrufe in Abwesenheit ignorierte er. Er konnte jetzt nicht zurückrufen. Nicht in dieser Verfassung. Wallroth wählte Kristinas Handynummer. Nur die Mailbox sprang an.

»Hallo, ich bin`s, Thomas. Ich hab´ dem Kommissar nichts von uns gesagt. Ich wollte dich nur informieren, falls er dich noch einmal befragt. Bis gleich. Tschüss.« Er schaltete das Handy wieder aus.

Etwa zur gleichen Zeit schaltete Traudner sein Handy an und sah, Steffner hatte angerufen. Sein Assistent hatte jedoch keine Nachricht hinterlassen. Da er im Begriff war, zur Inspektion zurückzufahren, ersparte sich der Kommissär den Rückruf.

»Ja der Julius. Wie geht`s dir denn, Bursche?«, rief Leitner erfreut, »und griaß di, Johanna. Mei, schaust wieder gut aus!«

Steffner schreckte von seiner Arbeit auf. Er hatte gerade die Mail aus der Touristeninformation Mauterndorf bekommen. Eine Alicia Wolters hatte man nicht im Verteiler. – Aber eine Alena Wolters hatte Anfang Dezember per Mail um Informationsmaterial gebeten und sich auch einen Prospekt per Post nach *14169 Berlin, Argentinische Allee 133,* schicken lassen. Seltsam, dachte Steffner, Alicia Wolters, Alena Wolters, Leon Wolters, kein Name tauchte während ihrer Ermittlungen bisher so gehäuft auf. Ob das etwas zu bedeuten hatte oder wirklich nur reiner Zufall war?

»Leitner, wie war noch mal die Adresse von Alicia Wolters in Berlin?«

»Moment! I schau` nach.«

»Das ist dieselbe wie die von Alena«, stellte Steffner verwundert fest, als sein Kollege geantwortet hatte.

»Alena Wolters, die im BERGBLICK wohnt, ist also tatsächlich die Tochter von Alicia Wolters, die du wegen

Fahrerflucht suchst!«, rief er.

»Ist doch super, Steffner. Dann gehst hin und fragst sie, wo ihre Mutter ist.«

»Sie fahnden doch nach der Frau wegen Fahrerflucht, Herr Inspektor«, kam postwendend zurück. Gleichzeitig fragte sich der Kripobeamte jedoch, weshalb ihn sein Chef auch nach ihr hatte suchen lassen.

»Setzt euch. Der Kommissär kimmt glei«, forderte Leitner die beiden Steiners auf. Der Inspektor hatte den Satz noch nicht ganz beendet, als Traudner urplötzlich im Inspektionsraum stand. »Grüß Gott. Aber zwanzig Minuten brauch` ich noch«, fügte er, an die Steiners gewandt, hinzu, nachdem er auf seine Uhr geschaut hatte. »Ihr seid`s a bisserl früh.«

Er schenkte sich einen Kaffee ein und sein Assistent folgte ihm ins Nachbarzimmer. »Es gibt einen Erfolg zu vermelden«, begann Steffner, nachdem er die Tür geschlossen hatte. »Wir sind auf eine Alena Wolters gestoßen. Das ist höchstwahrscheinlich die Tochter von Alicia Wolters. Gehört zur Schülergruppe aus Berlin und wohnt im BERGBLICK. Schau mal auf deiner Kursliste nach!«

Jetzt wusste der Kommissär, was heute Morgen das kurze Blinken in seinem Kopf ausgelöst hatte. Der Name Wolters in Leitners Telefonat mit dem Kollegen aus Berlin. Er musste ihn unbewusst schon einmal registriert haben. Und das musste auf der Teilnehmerliste des Berliner Skikurses gewesen sein. Irgendwas war mit dem Namen gewesen. Traudners Macbook, das er, wie meistens, sofort nach Betreten seines Büros eingeschaltet hatte, war inzwischen hochgefahren und er schaute sich die Teilnehmerliste, die ihm der Lehrer gemailt hatte, an. Ganz am Ende auf der alphabetisch geordneten Liste stand:

NR. 26   Alena Wolters, geb. 16.04. 1988.

Nichts Außergewöhnliches war zu entdecken. Doch Traudner war sich sicher, es gab eine Besonderheit, irgendetwas war da. Er nahm einen Ordner aus seiner Aktentasche und suchte den Ausdruck der Liste, den er sich ebenfalls von dem Lehrer hatte geben lassen, heraus. Sofort sah er es. Der Name Alena Wolters war mit Bleistift durchgestrichen. Das Mädchen war zwar angemeldet, hatte dann jedoch kurzfristig wegen finanzieller Probleme nicht mitkommen können. Wallroth hatte das kurz erwähnt.

»Schade«, bemerkte Steffner, »dann kann sie uns doch nicht sagen, wo ihre Mutter hier wohnt. – Es sei denn, wir rufen sie einfach in Berlin an. – Aber jetzt erklär mir endlich mal, wieso wir diese Frau Wolters eigentlich suchen? Was hat die mit unserem Fall zu tun?«

Traudner öffnete das Papier des Schokoriegels, den er in seiner Aktentasche gefunden hatte, und schaute seinen Kollegen nachdenklich an. Während er den Kaffee und die Süßigkeit genoss, weihte er ihn in seine Spekulationen ein. »Vielleicht hat Alicia Wolters Dienstagnacht die Tat beobachtet. Ihr Wagen parkte ganz in der Nähe der Fleischerbrücke. Auf dem Weg zu ihrem Parkplatz könnte sie etwas gesehen haben.«

154

»Du meinst, sie könnte für uns eine wichtige Zeugin sein? Ich hab` mich schon die ganze Zeit gewundert, was der Leitner für einen Aufwand betreibt, um sie zu finden. – Wegen eines Blechschadens! Und dann sollte ich ihn auch noch bei seiner Suche unterstützen.«

Johanna Steiner war sichtlich nervös. Sie konnte kaum auf dem Stuhl sitzen bleiben, der mit drei anderen in der Reihe gegenüber dem Tresen an der Wand stand. Unablässig reichte sie ihr dünnes Paar Lederhandschuhe von einer Hand in die andere und wieder zurück. Wenn Leitner sie so freundlich begrüßt und dabei gelächelt hatte, konnte es doch eigentlich nicht so schlimm werden. Trotzdem. Warum wollten sie Julius verhören im Zusammenhang mit dem toten Mädchen? Urplötzlich fühlte sie erneut dieses Stechen in der Brust, das sie auch gespürt hatte, als Leitner sie, ihren Mann und Julius ins Polizeirevier bestellt hatte. Auf ihre überraschte Frage, wieso, was ihre Familie mit dem Tod des Mädchens zu tun habe, hatte er nur geantwortet, es handele sich lediglich um eine Routinebefragung, als Zeugen. Mehr dürfe er ihr am Telefon nicht mitteilen, um die laufenden Ermittlungen nicht zu behindern.

Ihr Mann war nicht mitgekommen. »Sag dem Leitner, ich hab` wieder Probleme mit dem Magen und starke Schmerzen. Ich kann nicht kommen!« Mit diesen Worten hatte er sich gedrückt und sie alleine mit Julius losgeschickt. Vielleicht war es besser so. Wer weiß, was der hier anrichten würde, zumal er den Leitner nicht mochte. Er nahm dem Rudi immer noch übel, dass er, Heribert Steiner, angesehener Landwirt, Gasthof- und Grundbesitzer in Mauterndorf, damals in der Hochzeitsnacht mit Johanna nicht der Erste gewesen war. Nun musste sie alleine dafür sorgen, dass man ihrem Sohn hier nichts anhängen würde und sie ihn wieder mit nach Hause nehmen konnte. Nur diesmal würde es viel schwieriger. Nicht ihr treuer Freund und Ex-Verlobter Rudi Leitner, – der dann schließlich die Margret damals heiratete, als sie sich für den wohlhabenderen Steiner entschieden hatte –, sondern ein Kommissär von der Kriminalpolizei untersuchte den Fall. Ihre Angst wuchs und sie konnte nicht länger auf ihrem Stuhl sitzen bleiben. »Wo habt`s ihr denn hier die Toiletten, Rudi?«

»Draußen auf dem Gang. – Für Damen die zweite Tür links.«

Johanna verließ den Raum und ging an den Toiletten vorbei ins Freie. Julius war an dem Abend, als das Mädchen umgebracht wurde, nicht in seiner Wohnung gewesen. Obwohl den ganzen Abend über Licht in der Küche gebrannt hatte und der Fernseher lief. Als sie ihn in den Stall holen wollte, weil die Rosi bald kalben würde, war er nicht da. Sie hatte sich gewundert und ihn überall gesucht und laut gerufen. Julius war weg. Schließlich war sie auf die Idee gekommen, die Nummer von ihrem Schwager anzurufen. Sie wusste, Julius blieb manchmal etwas länger in dessen Wohnung, wenn er sich um die Katzen von Alois kümmerte, weil er sie so gern hatte.

Besonders die kleine gescheckte. »Die haben doch sonst keinen. Die sind doch den ganzen Tag alleine«, hatte er ihr einmal gesagt. Zum Glück war Julius dort gewesen. Er klang am Telefon etwas garstig, war jedoch sofort nach Hause gekommen. Warum er sich aber zum Füttern der Katzen so ordentlich angezogen hatte, war ihr schleierhaft. Er hatte es ihr auch nicht erklären wollen, sondern nur verschämt auf den Boden geschaut, als sie ihn gefragt hatte. Wie immer, wenn ihm etwas unangenehm war oder wenn er bei irgendetwas erwischt worden war.

»Frau Steiner?«, war die Stimme des fremden Kommissärs aus dem Inneren der Inspektion zu hören.

Johanna betrat leise das Gebäude, schlug absichtlich die Tür der Damentoilette einmal laut zu und ging wieder in den Inspektionsraum hinein.

»Würden Sie bitte hier hinein kommen? Zunächst mal alleine«, forderte sie der Kriminalbeamte auf.

Sie folgte ihm in den Nebenraum und nahm Platz. Obwohl sie sich im BERGBLICK schon begegnet waren, nannten die beiden Beamten noch einmal ihre Namen.

»Frau Steiner, wir müssen im Zusammenhang mit dem Tod der Berliner Schülerin alle Begleitumstände ganz genau klären. Deshalb müssen wir auch Sie und Julius ausführlich befragen. Und wenn Sie beide uns alle unsere Fragen ehrlich und so genau wie möglich beantworten, können Sie sicher nachher wieder nach Hause gehen, ohne dass noch ein Verdachtsmoment besteht«, erklärte Trautner der Frau ruhig.

»Verdachtsmoment?«, reagierte Johanna Steiner aufgeregt. »Was für ein Verdachtsmoment? Was hat unsere Familie mit dem Tod der Berlinerin zu tun«, ging sie sofort in die Offensive. »Nur weil die bei uns wohnen?«

»Frau Steiner, Julius hat schon einmal einen weiblichen Gast Ihres Hotels sexuell genötigt. Vielleicht sogar beabsichtigt, die junge Frau im Skikeller zu vergewaltigen!«, schaltete sich jetzt Steffner ein, in der Rolle des bösen Polizisten.

Die Frau riss die Augen auf. »Wer behauptet denn so was?«, empörte sie sich.

»Das wissen wir von Inspektor Leitner. Wir wissen auch, dass Sie dem Mädchen Geld gegeben haben, damit sie ihre Anzeige zurückgenommen hat!«

Frau Steiner presste wütend ihre Lippen aufeinander.

»Der Leitner«, zischte sie.

»Außerdem wurde Ihr Sohn vor ein paar Tagen dabei erwischt, wie er die Berliner Mädchen beim Duschen beobachten wollte!«, wurde Steffner lauter.

Die Frau hob zum Protest an, besann sich jedoch eines Besseren.

»Also«, fuhr Traudner fort, »Sie beantworten uns jetzt ganz genau unsere Fragen und behindern uns nicht in unserer Arbeit. Und wenn wir Julius als Täter ausschließen können, können Sie ihn wieder mitnehmen.«

Die Frau atmete tief durch und begann zu erzählen. Nur das Detail mit seiner Kleidung ließ sie weg, denn inzwischen hatte sie eine Vermutung. Aber er war ihr Sohn und sie war seine Mutter.

»Wann ist Julius an diesem Abend genau nach Hause gekommen?«, fragte Traudner nach, als Frau Steiner geendet hatte. »Können Sie uns die Uhrzeit nennen?«

»So gegen dreiviertel elf. Mein Mann hatte um halb elf noch mal im Kuhstall nach der Rosi geschaut. Dann haben wir Doktor Hallberger angerufen und Julius gesucht. Dann hab` ich bei dem Alois angerufen. Dann ist Julius sofort gekommen.«

»Und wie lange hat das Kalben gedauert?«

»Na ja, die Rosi hat sich dann doch Zeit gelassen. So gegen eins war alles vorbei.«

»Und der Julius war die ganze Zeit im Stall?«, wollte Steffner wissen.

»Ja natürlich! Das sind doch seine Tiere. Das ist doch seine Aufgabe, sich um sie zu kümmern.«

Steffner war noch nicht zufrieden. »Und Sie, waren Sie auch die ganze Zeit im Stall?«

»Natürlich!« Und nach kurzem Zögern: »Ich war nur ein paarmal für kurze Zeit im Haus, um für die Männer etwas zu essen zu machen oder Getränke zu holen und Kaffee zu kochen.«

»Wir werden das überprüfen. Sie können jetzt gehen«, sagte Steffner gespielt streng.

»Vielen Dank für Ihre Mithilfe«, fügte Traudner hinzu.

»Sie können draußen bei Julius warten. Wenn wir Ihren Sohn brauchen, sagen wir Bescheid.«

Während Traudner die Befragung des Steiner Sohnes vorbereitete, verließ sein Assistent das Inspektionsgebäude. Sie hatten mehr Zeit gebraucht als erwartet. Es war bereits zehn Minuten vor zwei und in der Diskothek würden die einbestellten Zeugen auf die Polizei warten. Draußen war es inzwischen kalt geworden. Eine dunkle Wolkendecke hatte sich vor die Sonne geschoben und die Temperatur um gefühlte zehn Grad fallen lassen. Steffner wollte die kurze Strecke zu dem Tanzlokal trotzdem zu Fuß zurücklegen. Die frische Luft und die Bewegung würden ihm guttun. Außerdem konnte er sich beim Gehen einen vorläufigen Ablaufplan für die beabsichtigte Befragung der Zeugen zurechtlegen. Er zog den Reißverschluss seines Anoraks hoch, zog sich seine Wollmütze über die Ohren und setzte sich in Bewegung.

Vor der GROTTE war zu seiner Überraschung niemand zu sehen. Üblicherweise standen Zeugen, die irgendwo befragt werden sollten, nervös herum und rauchten. Vielleicht taten seine Zeugen das wegen der Kälte im Inneren des Lokals. Die Eingangstür war jedenfalls unverschlossen.

In dem hell erleuchteten und bei diesem Licht wenig einladend wirkenden Raum standen sieben Personen, als Steffner eintrat. Sepp Maurer, den er schon kannte, zwei Frauen und vier Männer. Steffner begrüßte die Anwesenden, stellte sich vor und fasste noch einmal kurz zusammen, weshalb er sie einbestellt hatte.

Die anschließende Befragung der Zeugen war jedoch zunächst schnell beendet. Alle waren in dem Tanzlokal geblieben und hatten sich die Auseinandersetzung zwi-

160

schen Hallner und dem Mädchen amüsiert angeschaut. Danach hatten sie interessiert darauf gewartet, wie Hallner nach dem Tritt in die Eier reagieren würde. Als er dann nach etwa zehn Minuten plötzlich aufgesprungen und `wie von einer Tarantel gestochen` und laut schimpfend raus gerannt war, hatten sich alle gewundert. Nicht überrascht waren sie allerdings, dass er nur wenig später frierend und gefrustet wieder zum Tresen zurückkehrte. Das seien höchstens ein, zwei Minuten gewesen. Zu wenig, um der Täter zu sein, wusste der LKA-Mann. Trotzdem musste er den Verlauf des Streites genau untersuchen und prüfen. »Der zeitliche Ablauf ist extrem wichtig!«, erklärte er. »Vor allem die genaue Dauer.«

Er hatte sein Handy in der Hand und suchte unter den Extrafunktionen die Stoppuhr. »Das müssen wir jetzt einmal ganz präzise messen. Ich schlage vor, wir spielen die ganze Szene einmal nach. Möglichst genau so, wie sie sich abgespielt hat. Einverstanden? – Wer übernimmt die Rolle des Mädchens? – Wer macht den Hallner?«

Steffner blickte fragend in die Runde. Betretenes Schweigen. Er wartete demonstrativ.

»Ich hab` meinen Sackschutz nicht mit«, versuchte Maurer einen Scherz. Als keiner wirklich lachen konnte, bot er an: »Okay, ich mach` den Hallner und du, mein Schatz, die Sabrina!« Dabei lächelte er die junge Frau, die gestern Abend gekellnert hatte, nicht gerade charmant an. Nach kurzem Zögern nickte sie.

»Komm, Lisbeth, ins Separee. Ich wollte dir schon immer mal unter deinen Pulli greifen und deine tollen Titten anfassen«, griff er im Niveau erneut daneben.

Die junge Frau warf ihm einen verächtlichen Blick zu.

»Kannst mir danach auch in die Eier treten!«

Die beiden gingen zu der Stelle, an der der Streit in der Tatnacht stattgefunden hatte. Auf Steffners Zeichen deutete die Frau den Tritt mit ihrem Knie in `Hallners` Weichteile an. Sie riss sich los, ergriff ihren Mantel und eine fiktive Handtasche, wie Steffner annahm, und stürmte aus dem Raum hinaus. Kurz darauf, als sie das Tor zur Straße geöffnet hatte, hörte man sie rufen. Dies war das verabredete Zeichen und Steffner drückte auf `Start`. Jetzt würde es interessant und ganz wichtig werden.

'Hallner' krümmt sich noch auf der gepolsterten Sitzbank und versucht langsam aufzustehen. Mit vorgebeugtem Oberkörper und sich mit beiden Händen den Unterleib haltend taumelt er, mehr als dass er geht, zum Tresen. »Babsi, mach mir einen Obstler! Aber einen doppelten!« Er durchsucht mit den Händen seine Hosentaschen, findet sein Zigarettenetui und sein Feuerzeug schließlich in der Brusttasche seines Hemdes und steckt sich eine an. Weil er den Rauch offenbar zu hektisch eingesogen hat, muss er mehrmals husten. Zwischenzeitlich hat die Barfrau das Glas mit dem doppelten Obstler auf den Schanktisch gestellt und wie von Geisterhand setzt Musik ein. `Bye, bye love`, hörte Steffner.

»Passt doch, oder?«, grinste Maurer, der eine Fernbedienung in der Hand hielt. Eine Minute fünfundvierzig war vergangen.

'Hallner' schüttet seinen Obstler hinunter, stützt seinen Kopf auf die rechte Hand und zieht gierig an seiner Zigarette. Kurz danach wechselt die Musik. `Wish you were here` von Pink Floyd setzt ein.

Steffner kannte und mochte das Stück. Es erinnerte ihn an aufregende Zeiten während seines letzten Jahres auf der Schule. Aber jetzt durfte er sich davon nicht in seiner Konzentration stören lassen.

»Passt doch auch«, hörte man wieder Maurers Stimme.

Kurz bevor das Stück endet, springt 'Hallner', eine neue Zigarette in der Hand, von seinem Barhocker und stürmt laut schimpfend nach draußen. »Die glaubt wohl, die kann mi verarschen, die Oalde. Aber mit mir nit! – Die nehm` i mir! Des is doch eh kloar!«

Als der Hallner-Darsteller Maurer den Hauptausgang erreicht hatte und sein Rufen zu hören war, stoppte Steffner die Uhr. »Elf Minuten zehn«, sagte er.

Falls es in etwa so abgelaufen war, hatte der Täter circa elf, maximal elfeinhalb Minuten Zeit gehabt, die junge Frau umzubringen, sie über die Brückeneinfassung der Fleischerbrücke in die Taurach zu werfen und über die Marktstraße in Richtung Ufergasse zu verschwinden. Sonst hätte Hallner ihn sehen müssen, als er nach draußen kam. Hatte er aber nicht. Stattdessen hatte er ein gesichertes Alibi und konnte nicht der Täter sein. Dazu reichten knapp zwei Minuten, die er draußen war, nicht aus, resümierte Steffner. Der Täter musste jemand anderer sein. Jemand, der kräftig zuschlagen konnte, stark genug war, die tote Frau über die Mauer der Brücke zu hieven und ins Wasser zu werfen, und schnell genug, um sofort außer Sichtweite zu gelangen.

Mit einer Reihe gesicherter Fakten, aber ohne dem Gesuchten wesentlich näher gekommen zu sein, verließ der LKA-Beamte wenig später das Tanzlokal. Ein Erfolg ist etwas anderes, dachte er bei sich und spürte deutlich die aufgekommene Enttäuschung.

Als Traudners Assistent zurück in die Inspektion kam, konnte er beobachten, dass seine Kollegen auch sehr konzentriert bei der Arbeit waren. Frau Brenner überprüfte noch immer die Belegungslisten der Beherbergungsbetriebe, Traudner saß bei geöffneter Tür im Vernehmungsraum und tippte etwas in sein Macbook und der Inspektionsleiter telefonierte. »Ich verstehe ja, dass Sie nicht jedem, der sich als Polizist ausgibt, am Telefon Auskunft über Ihre Schüler erteilen. Das ist auch richtig, Frau – Selçuk«, sagte Leitner, nach ganz kurzer Pause und nachdem er schnell auf seinen Notizblock geblickt hatte. »Aber wenn Sie auf Ihr Display geschaut haben, konnten Sie unsere Telefonnummer erkennen. Ich gebe Sie Ihnen jetzt noch einmal zum Mitschreiben. Dann vergewissern Sie sich bei der Auslandsauskunft oder im Internet und rufen mich zurück. Oder ich rufe Sie in zehn Minuten wieder an. Geht das, Frau Selçuk? – Einverstanden? Also, ich rufe in zehn Minuten wieder an und Sie sparen für das Land Berlin die teuren Auslandstelefon gebühren. – Ja, der Slogan `Arm, aber sexy` hat sich inzwischen sogar bis bei uns nach Mauterndorf herumgesprochen, Frau Selçuk«, lachte Leitner. Der Inspektor hatte offensichtlich in der Schule in Berlin angerufen.

Steffner klopfte an den Türrahmen und betrat das Büro seines Chefs. Er war neugierig auf den Austausch ihrer jeweiligen Arbeitsergebnisse. Als er sich gesetzt hatte, begann zunächst der Kommissär mit seinem Bericht. Die Befragung von Julius hatte nichts Neues ergeben. Er hatte das Gleiche erzählt wie seine Mutter. Katzen gefüttert, Anruf der Mutter, Rückkehr nach Hause, Einsatz bei der Geburt des Kalbes. Er konnte nur keine Zeitangaben machen. Auf die Frage, warum in seiner Wohnung Licht gebrannt habe, hatte er mit den Schultern gezuckt und gesagt, er wisse das nicht mehr. Da sein Alibi jedoch von Dr. Hollberger, dem Tierarzt, den Traudner noch während der Befragung von Julius per Handy erreicht hatte, ebenfalls bestätigt worden war, hatte der Kommissär an dieser Stelle nicht weitergebohrt. Auch die Anschuldigungen der Mädchen, Julius habe versucht, sie beim Duschen zu beobachten, hatte er nicht mehr erwähnt.

Nun berichtete Steffner von seinen Ergebnissen. Danach waren sich die beiden Beamten einig, Julius und Hallner mit an Sicherheit grenzender Wahrscheinlichkeit als Täter ausschließen zu können. Dies war zwar ein Ergebnis, nicht aber das, was sie sich insgeheim erhofft hatten. Als großen Erfolg bewertete es Traudner jedenfalls nicht. Er schien zu überlegen.

»Inspektor Leitner! Was ist jetzt eigentlich mit dem Berger geworden?«

Steffner zog die Augenbrauen zusammen. »Welcher Berger?«

»Der Zeuge, der den Unfall mit der Frau Wolters gemeldet hat.«

»Zeuge? Dann muss der doch zur Tatzeit in der Nähe der Fleischerbrücke gewesen sein. Und wieso erfahre ich davon schon wieder einmal nichts?!« Steffner war sauer.

Traudner wollte ansetzen, ersparte sich aber eine Antwort. Leitner war zu ihnen in den kleinen Büroraum getreten.

»Ich hab den Franz vorhin auf seinem Handy erreicht. Er hat nichts Verdächtiges gesehen in der Nacht, sagt er.«

»Das gibt`s doch nicht!«, unterbrach ihn Traudner lautstark. »Der soll gefälligst herkommen! Sagen Sie ihm das! Sofort!«

Der Inspektor wirkte irritiert. Er schluckte. »Dann fuhr er aber unbeirrt fort: »Der Berger sagt, er hat seine Schicht oben bei der Burg begonnen, dann hat er sich hinunter ins Dorf vorgearbeitet. Nachdem er im Markt geräumt hatte, hat er in der Ufergasse geparkt, um seine Pause zu machen. Unmittelbar darauf kam die Frau und hat den Unfall gebaut.«

Steffner schaltete sich ein, um die gereizte Stimmung etwas zu beruhigen: »Ist der Mann vertrauenswürdig?«

»Na kloar. I kenn den scho von klein auf. Außerdem hat der a Alibi. Als er dabei woar, den Markt zu räumen, ist ihm eine Kellnerin aus der MARKTSTUBEN begegnet. Die hot groad Feierabend gmoacht und wollt heimfoahrn. Des woar scho nach zwölwe. Des hob i überprüft!« Wütend schaute er den Kommissär an.

»Shit happens«, bemerkte Steffner mit hochgezogenen Schultern, während der Inspektor wortlos den Raum verließ.

»Ja , guten Tag noch einmal, Frau Selçuk. Inspektor Leitner, aus Mauterndorf«, hörten sie kurz darauf wieder Leitners Stimme aus dem Nebenraum. »Ich bin etwas aufgehalten worden. – Das ist prima. Dann geben Sie mir jetzt die Auskünfte? – Ja, erst einmal die Festnetznummer.« Leitner wiederholte die ersten Zahlen laut. »Null, Drei, Null. Ja, hab` ich. Acht, Eins, Drei.« Die übrigen Zahlen waren nicht zu verstehen. »Ja, jetzt bräuchte ich noch die Handynummer von Frau Wolters!«, rief er wieder lauter in den Hörer. Eine kurze Pause entstand, während er die Nummer notierte. »Jetzt hab` ich alles. Vielen Dank, Frau Selçuk, und einen schönen Feierabend.« Er legte auf. – »So, des hätt´ mer jetzt«, sagte er zufrieden. Kurz darauf war ihm seine verbesserte Laune bereits wieder vergangen.

»Guten Tag. Dies ist der Anschluss von Alena und Alicia Wolters«, hörte er zwei Frauenstimmen sagen.

»Wenn Sie nicht von der Polizei oder vom Finanzamt sind, nennen Sie uns Ihr Anliegen und Ihre Telefonnummer und wir rufen später zurück.«

Leitner legte erneut auf und wählte die Handynummer von Frau Wolters. Wieder die Mailbox. »Sackra!«, fluchte er. Er würde es später noch einmal versuchen.

Ob das wirklich bloß Zufälle waren, dachte Traudner auf einmal. Der Inspektor suchte eine Fahrzeughalterin aus Berlin wegen eines Falles von Unfallflucht, begangen in Mauterndorf. Er selbst suchte dieselbe Frau als mögliche Zeugin eines Gewaltverbrechens, begangen in Mauterndorf. Ausgerechnet die Tochter dieser Frau stand auf der Gästeliste eines Jugendgästehauses, ebenfalls in Mauterndorf — war aber gar nicht dort. `A bleede G`schicht`, fand er, beließ es aber dabei. Bei Gelegenheit würde er den Gedanken wieder aufgreifen.

Wallroth saß alleine in der Trogalm. Er hatte die Schüler seines Skikurses entlassen und ihnen freigestellt, entweder in kleinen Gruppen selbständig weiter zu fahren oder in die Unterkunft zurückzukehren. Auch Kristina hatte er nicht mehr gesprochen seit dem Anruf auf die Mailbox ihres Handys. Sie war mit ihrer Snowboard-Gruppe irgendwo Richtung Sankt Michael unterwegs.

Wallroth wollte einfach alleine sein. Er war am Rande seiner psychischen Leistungsfähigkeit angekommen. Vor ihm auf dem grob gefertigten Holztisch standen zwei leere Obstlergläser und ein Becher mit dampfendem Jägertee. Aber das war auch keine Lösung. Das wusste er. Eine Schülerin aus seinem Skikurs war tot und der verantwortliche Lehrer sitzt in der Skihütte und besäuft sich. Unmöglich! Außerdem wurden die tausend Fragen, die in seinem Kopf rotierten, dadurch auch nicht beantwortet. Wie ging es Andrea? Hatte man sie inzwischen über den Tod ihrer Tochter informiert? Hätte er es ihr selbst sagen müssen? Musste er sie jetzt anrufen? Konnte er sie jetzt schon anrufen? Würde sie überhaupt schon ansprechbar sein? – Und was war in der Schule jetzt los? Musste er Dr. Schreiber anrufen? Wie sollten die Teilnehmer der Skifahrt benotet werden? Ging das überhaupt, obwohl die praktische Prüfung heute nicht hatte stattfinden können? Hatte er sich strafbar gemacht, als er zusammen mit Kristina die Disco vor den betrunkenen Schülern verlassen hatte? Hatte er seine Aufsichtspflicht verletzt? War er schuld an dem Tod des Mädchens? – Der Tochter seiner Freundin.

Wallroth spürte, wie sein Herz zu hämmern begann. Das war in letzter Zeit häufiger vorgekommen. Er hatte es bisher immer verdrängt. Er bekam plötzlich Angst. Er konnte jetzt nicht länger auf dem Stuhl sitzen bleiben. Er musste sich bewegen. Energisch schob er den noch fast vollen Becher Jägertee weg, schloss die Schnallen seiner Skischuhe, griff im Aufstehen Skibrille, Wollmütze und seine Handschuhe und ging Richtung Ausgang. Er würde hoch zur Buckelpiste liften. Diese würde ihm so viel Konzentration abverlangen, dass die Panik, die sich in seinem Kopf und in seinem Körper auszubreiten begonnen hatte, gestoppt werden würde. Sein Handy ließ er weiter ausgeschaltet. Nachher würde er hoffentlich die Kraft aufbringen, dies zu ändern.

»Wir arbeiten konzentriert und mit all unserer Kraft«, sagte der Kommissär zu seinem Assistenten, »bringen viel heraus, kommen dem Täter dennoch nicht auf die Spur. Das gibt`s doch nicht. Das macht mich verrückt!«

»Vielleicht haben wir die Person noch gar nicht auf unserem Zettel.«

»Wie meinst du denn das?«

»War nur so ein Gedanke. Nichts Konkretes. — Am besten, wir fassen noch mal in aller Ruhe zusammen, wo wir im Moment stehen«, schlug Steffner vor. »Was wir bisher zusammengetragen haben und was wir schon wissen. Und danach, was wir als Nächstes herausfinden müssen.«

Traudner war einverstanden. Bereit, jedes noch so winzige Detail, was ihnen zusätzlich einfallen würde, seinen Aufzeichnungen hinzuzufügen, legte er die Finger auf die Tastatur seines Notebooks und begann zu sprechen und dabei gleichzeitig zu tippen:

»Eine tote junge Frau wird am Mittwoch, den 15. Februar, ca. 14:00 Uhr, aufgefunden.
Sie liegt im Wasser, in der Taurach.
Nicht weit von der Fleischerbrücke entfernt.
Bei der Toten handelt es sich um die Schülerin Sabrina Gehrke, 19 Jahre alt, aus Berlin.
Sie war hier in Mauterndorf mit einer Skigruppe.
25 Schüler, 10 Mädchen, 15 Jungen,
1 Lehrer, 1 Lehrerin.«

»Kommen zunächst einmal alle als Täter infrage«,

ergänzte Steffner.

*»Die Gruppe war vorgestern in der Diskothek GROTTE,
in der Nähe des späteren Tatortes.
Dort tauchte auch Hallner auf, angeblich Skilehrer.«*

*»Es gab einen wüsten Streit zwischen Rocco Heine und
Sabrina«,* fuhr Traudner fort. – *»Lass uns aber jetzt mal
bei der Toten bleiben, Steffner!
Die Tote erlitt eine Schlagverletzung rechts oberhalb der
Schläfe und eine Schädelfraktur am Hinterkopf. Letztere
war die Todesursache.
Als sie ins Wasser geworfen wurde, war sie bereits tot.
Es gab keine Anzeichen eines Kampfes.
Die Frau wurde auch nicht sexuell missbraucht.
Sie hatte erhebliche Mengen Alkohol getrunken.«*

»Ob sie vielleicht überfallen und beraubt worden sein
könnte? Immerhin wurde ihre Handtasche nicht am Tatort gefunden. Und dass sie eine dabei hatte, haben die
anderen Mädchen erwähnt«, überlegte Steffner laut.

»Wäre doch auch möglich! Vielleicht hat jemand in
der Disco gesehen, dass sie viel Geld in ihrem Portemonnaie hatte. – Oder jemand war scharf auf ihr teures
Handy.«

»Eher unwahrscheinlich«, entgegnete Traudner. »Das
Mädchen brauchte sein Portemonnaie den ganzen
Abend über gar nicht aus der Tasche zu holen. Die Getränke hat doch der Hallner bezahlt. Und ob sie ein teures Handy hatte, wissen wir nicht. Wir wollen auch jetzt
nicht anfangen zu spekulieren!«

»Das könnten wir aber herausfinden. Wir brauchen nur ihre Mitschüler zu befragen. Die wissen das!«

»Was wir wissen«, dabei deutete Traudner mit seinem ausgestreckten Zeigefinger auf sich selbst und dann auf Steffner, »ist, *niemand hat mit ihr zusammen das Lokal verlassen.* Dass sie alleine nach Hause gehen würde, konnte niemand wissen.«

»Höchstens diejenigen Schüler, die als Letzte vor ihr das Lokal verlassen haben. Die haben allerdings bei der Befragung ausgesagt, sie seien alle gemeinsam ins BERGBLICK zurückgekehrt.«

»Und für einen x-beliebigen Räuber«, setzte Traudner seinen Gedankengang fort, »wäre es nicht gerade verlockend gewesen, bei der Kälte und dem Schneefall einfach draußen vor der Disco zu warten, um zu sehen, ob sich eine Gelegenheit für einen Raub ergeben würde. Auch nicht wegen eines teuren Handys.«

»*Wir wissen aber nach wie vor noch nicht, ob der Täter geplant hat, das Mädchen umzubringen, oder ob die Tat spontan erfolgt ist. Letzteres könnte für einen Raub sprechen*«, blieb Steffner beharrlich.

Der Kommissär notierte ohne weiteren Kommentar den Gedanken seines Kollegen und ergänzte ihre Aufzeichnungen: »*Genauso wenig wissen wir, ob die Autofahrerin, die kurz nachdem die Berliner Schülerin umgebracht wurde, einen Unfall mit anschließender Unfallflucht begangen hat, den Tatort passiert und etwas Verdächtiges beobachtet hat. Die Fahrerin wird noch gesucht.*

Ein weiterer Unfallzeuge, Franz Berger, hat ausgesagt, in der Tatnacht keine verdächtigen Beobachtungen gemacht zu haben«

Traudner blickte seinen Kollegen an. »Lass uns zu den gesicherten Fakten zurückkehren.«

»Sabrina hatte offensichtlich einvernehmlichen Geschlechtsverkehr innerhalb der letzten 24 Stunden vor ihrem Tod.«

»Wir wissen noch nicht mit wem«, ergänzte Steffner.

»Das müssen wir unbedingt herausfinden!« Dann fügte er hinzu:

»Der Fundort ist nicht der Tatort. Der Tatort befindet sich auf der Fleischerbrücke.

Fleischerbrücke. Hmm. Das ist ja auch ein seltsamer Name für eine Brücke, oder?«, wunderte er sich im selben Augenblick.

»Wenn du auch ein Zimmer im Hotel ZUR BURG hättest, wüsstest du, warum die so heißt«, grinste der Kommissär. »Die alte Frau Pongauer hat mich bereits darüber aufgeklärt.«

»Und?«

»Na, auf der Brücke haben früher die Metzger ihr Fleisch angeboten. Daher hat die ihren Namen.« Traudner stutzte. »Apropos Fleischerbrücke. Wieso befindet sich der Tatort eigentlich auf der Fleischerbrücke? Die Brücke liegt doch gar nicht auf dem Heimweg des Mädchens!«

»Stimmt!«, nickte Steffner zustimmend und überlegte einen Moment. »Das ist ein wichtiger Fakt. Das müssen wir herausfinden.«

Nachdem sein Chef diese neue Erkenntnis fett gedruckt auf seinem Macbook festgehalten hatte, sprach dieser weiter:

»Das Tatwerkzeug ist ein stumpfer Gegenstand, eine Stange oder etwas Ähnliches, konisch geformt.
Wurde nicht gefunden.
Handtasche und Handy wurden ebenfalls nicht gefunden.
Die Tat ist zwischen 0:00 Uhr und 0:30 Uhr erfolgt.
Der Täter hatte mindestens zehn, allerhöchstens zwölf Minuten Zeit für die Ausführung der Tat und seine Flucht.
Er ist höchstwahrscheinlich Linkshänder.

Haben wir noch etwas vergessen?«, fragte Traudner abschließend.

Sein Assistent wollte verneinen, bemerkte dann aber:

»Gemeldet wird der Leichenfund von Robert Mittermeier aus Mauterndorf.
Er lügt. Behauptet, die Tote nicht zu kennen, obwohl er sich am Vorabend in der Diskothek lange mit ihr unterhalten hat, und macht sich dadurch verdächtig.«

»Gut. Kommen wir zu den möglichen Tatverdächtigen«, griff Traudner den Gedanken auf.

»Julius Steiner scheidet aus. Er war zur Tatzeit im Stall. Dafür gibt es drei Zeugen.
Hubert Hallner kann`s auch kaum gewesen sein. Er hat sogar sieben Zeugen, die ihn entlasten.«

»Dann bleiben der Lehrer und die beiden Schüler Rocco Heine und Bert Bertram und Mittermeier«, warf Steffner ein.

»Keiner von denen hat bisher ein gesichertes Alibi.
Ist einer von denen Linkshänder?
Und nach wie vor bleibt möglicherweise der große Unbekannte.«

Als Traudner alles notiert hatte, sah er seinen Kollegen nachdenklich an. »Einen Hauptverdächtigen sehe ich ehrlich gesagt nicht.«

»Was ist denn eigentlich mit den anderen Schüler- gruppen, die im BERGBLICK wohnen? An die haben wir überhaupt noch nicht gedacht!«, sagte sein Assistent plötzlich. »Vielleicht waren die ja auch an dem Abend in der GROTTE?«

»Stimmt! Lass uns das aber erst einmal zurückstellen. Die können wir immer noch befragen! Ich notier` mir das. – Weißt du was? Wir müssen jetzt als Allererstes die Alibis von unseren vier Tatverdächtigen genau unter die Lupe nehmen. Wer von denen immer noch keinen glaubhaften Zeugen hat, muss nach allen Regeln der Kunst in die Mangel genommen werden. Es könnte einer von denen gewesen sein! An den großen Unbekannten glaube ich nämlich nach wie vor nicht. Gegebenenfalls prüfen wir danach noch einmal die Angaben der Schüler, die die Disco als letzte vor Sabrina Gehrke verlassen ha- ben. – Was meinst du, Steffner? Wollen wir erst mal so vorgehen?«

»Ja! Eine bessere Idee hab` ich im Moment auch nicht.«

Die Buckelpiste als DO-It-Yourself-Therapiemaßnahme hatte für Wallroth nicht den gewünschten Erfolg gebracht. Kurz nach Einstieg in den äußerst schwierigen, sehr vereisten Hang war er schwer gestürzt. Seine Skier hatten sich gekreuzt und er war urplötzlich und wie von einem Katapult abgeschossen kopfüber nach vorne und in die Tiefe geflogen. Mit dem Gesicht zuerst war er auf einem der hart gefrorenen Buckel einige Meter weiter unten gelandet. Glücklicherweise hatten seine Bindungen ausgelöst, aber dadurch konnte auch einer seiner beiden Skier hinter ihm her fliegen und auf seinem nur durch eine Wollmütze geschützten, oder besser, nicht geschützten Kopf landen. Glück im Unglück, nicht die Kante oder die schwere Stahlbindung hatten ihn getroffen, sondern die breite, mit Kunststoff beschichtete Laufläche. Es hatte mehrere Minuten gedauert, bis er sich von dem Schreck und dem Schmerz des Sturzes erholt und sein Material, Sonnenbrille, Skistöcke und Skier, wieder beisammen hatte. Eine freundliche und sehr fesche Snowboarderin hatte ihm seinen zweiten Ski von oben mitgebracht und ihm diesen lächelnd vor die Füße gelegt, bevor sie im Stile eines Profis nahe der Fall-linie nach unten gebrettert war, wobei ihre goldene Lo-ckenpracht im Fahrtwind wehte. Er dagegen bewältigte danach den fast zur Gänze noch vor ihm liegenden Rest des Hanges im Stile eines blutigen Anfängers. Ohne die nötige Vorlage, ohne das notwendige Tempo, ohne Mut und in viel zu weiten Schwüngen fast rechtwinklig zur Falllinie. »Wenn mich jemand sieht!«, fluchte er, obwohl es wirklich Wichtigeres gab.

Jetzt saß er mit schmerzendem Gesicht in dem völlig überfüllten Skibus zum Orts-zentrum. Er hatte einen Sitzplatz bekommen, wurde aber ziemlich eingequetscht von seinem stark schwitzenden, unangenehm riechenden und für`s Skifahren viel zu dicken holländischen Sitznachbarn. Trotzdem gelang es ihm, sein Handy aus der Hosentasche zu bekommen. Er hatte sich endlich dazu durchgerungen, es wieder einzuschalten. Da es seit seinem Telefonat mit Kristina gegen Mittag ausgeschaltet gewesen war, wurde er jetzt auf dem Display über neun Anrufe in Abwesenheit und über eine neue Nachricht auf seiner Mailbox informiert. Er erkannte die Nummer von Schreiber dreimal, die Nummer von Kristina, zwei unbekannte Anrufer und die österreichische Nummer der Polizei. Diese wurde auch mehrmals angezeigt. Andrea hatte nicht angerufen. – Natürlich nicht.

»Mauterndorf – Marktplatz«, krächzte die Stimme des Busfahrers aus den Lautsprechern des Skibusses. Wallroth war erleichtert dem unangenehmen Geruch seines Sitznachbarn endlich entkommen zu können. Er stand vorsichtig auf, griff seine Skier und die Stöcke und arbeitete sich durch den noch ziemlich vollen Bus in Richtung Ausstieg. Der Bus hielt und ein großer Teil der anderen

Fahrgäste stieg ebenfalls aus.

Der Lehrer steuerte den Nebeneingang des BERGBLICK an. Von dort konnte er über den Hof, der inzwischen schon zu einem großen Teil in leichtem Dämmerlicht lag, unbemerkt zum Skiraum gelangen. Er hatte keine Lust sich den fragenden Blicken der Kollegen auszusetzen, die sich um diese Zeit oft vor dem Haupteingang ihrer Unterkunft aufhielten und mit ihren Schülern rauchten oder einfach nur quatschten. Natürlich hatten die anderen Skigruppen, die im BERGBLICK wohnten, von dem tragischen Todesfall bei den Berlinern gehört und waren neugierig darauf, Einzelheiten zu erfahren.

Im Kuhstall brannte Licht und am Klappern der Eimer hörte er, dass Julius seiner Arbeit nachging. Sonst bemerkte er niemanden. Die Fenster des Skiraumes waren dunkel. Der Lehrer öffnete die Tür, schaltete das Licht an und trat ein. Der kleine Raum war völlig zugestellt mit Skiern und Snowboards. Sogar ein paar Schlitten standen neben dem Schrank in einer Ecke des Raumes. Trotzdem gelang es ihm, seine Skier und die Stöcke in dem kleineren der beiden Skiständer unterzubringen Nachdem das erledigt war, machte Wallroth sich sofort auf den Weg zu Kristina. Wie würde es ihr wohl gehen, dachte er. Seine junge Kollegin tat ihm leid. Sie hatte sich so auf ihre erste Skifahrt als mitverantwortliche Lehrerin gefreut. Und dann diese Katastrophe.

Wallroth betrat das Hauptgebäude. Bei den Schuhregalen traf er Bert. »Was passiert denn jetzt, Herr Wallroth? Fahren wir nach Hause oder müssen wir hierbleiben? Keiner weiß etwas. Frau Toll auch nicht.«

»Der Kommissar hat mir zugesagt, dass wir höchstwahrscheinlich wie geplant nach Hause können. – Sobald er alle notwendigen Befragungen durchgeführt hat und sicher sein kann, dass keiner von uns Sabrina getötet hat. Und davon kann man ja wohl ausgehen!«

»Gott sei Dank! Alle wollen nach Hause. Ganz ehrlich, die Stimmung hier hält man kaum noch aus!«, entgegnete Bert. Er schnürte seine Schuhe zu und setzte sich seine Mütze auf. »Ich geh` mal zum Supermarkt«, verabschiedete er sich und ging Richtung Hauptausgang.

Der Flur in der ersten Etage war leer. Es war auch nichts zu hören von den Schülern. Wallroth klopfte zaghaft an Kristinas Zimmertür. »Einen Moment, ich komme«, hörte er sie, dann drehte sich der Schlüssel in ihrem Türschloss. Als sie die Tür öffnete, erkannte Wallroth sofort, dass seine Kollegin geweint hatte. Ihre Augen waren rot und sie waren schwarz gerändert. Sie war kreidebleich. »Kann ich reinkommen?«

»Ja«, antwortete sie leise.

»Wie geht es dir?«

»Furchtbar«, begann sie sofort wieder zu weinen. »Ich bin völlig am Ende. Seit wir wieder hier sind, hab` ich ununterbrochen geheult.«

Wallroth nahm sie vorsichtig in den Arm und hielt sie fest, bis er spüren konnte, dass sie sich ein wenig beruhigt hatte. »Wir müssen überlegen, wie wir den heutigen Abend mit den Schülern gestalten können. Und dann muss ich so schnell wie möglich Kontakt zu Dr. Schreiber aufnehmen. Der hat heute schon ein paarmal versucht, mich zu erreichen.«

Kristina zeigte auf einen freien Stuhl und sie nahmen beide Platz. »Bist du gestürzt?« Er winkte nur ab.

Traudner hatte eine Weile überlegt und sprach jetzt wieder zu seinem Assistenten: »Pass auf, du gehst jetzt ins BERGBLICK und befragst die beiden Jungs noch mal. Vielleicht ist denen inzwischen noch jemand eingefallen, der ihre Anwesenheit in der Unterkunft in der fraglichen Zeit bestätigen kann. Frag auch die Zimmerkollegen. Schließlich war um Mitternacht keiner mehr aus der Gruppe in der Disco. – Und den Wallroth schickst du zu mir. Den befrag` ich höchstpersönlich. Mir sind einige Ungereimtheiten aufgefallen. Der muss jetzt alle seine Karten offenlegen. Vielleicht hatte der ja doch etwas mit dem Mädchen und die hat ihn erpresst. – Ich bestell` mir außerdem noch den Mittermeier hierher. Und wenn wir damit fertig sind, machen wir Feierabend und du kannst wieder zu deiner Schwester.«

Steffner schaute auf die Uhr, verzog sein Gesicht und machte sich auf den Weg.

Der Kommissär stand auf und ging in den Nebenraum.

»Leitner, was ist denn jetzt mit der Frau Wolters?«

»Ich habe den ganzen Nachmittag versucht, jemanden zu erreichen. Aber ihre Tochter geht in Berlin nicht ans

Telefon und sie selbst geht auch nicht an ihr Handy. Ich hab` jetzt auf Anrufbeantworter und Mailbox gesprochen und um Rückruf gebeten. Sonst probier` ich`s morgen früh noch mal, bevor die Tochter zur Schule losgeht.«

»Sag mal«, wechselte er unbewusst zum Du, »hat eigentlich der Audi-Besitzer selbst schon Anzeige erstattet?«

»Der Wallner Karl? Naa, der war noch nicht hier. Der übernachtet oft oben in seiner Hütte, wenn die viel zu tun haben. Der hat dort keinen Handyempfang. Der weiß das vielleicht noch gar nicht.«

»Ist auch nicht wichtig, hat mich einfach interessiert. Ruf mir doch den Mittermeier noch mal an. Der soll herkommen, wenn seine Sparkasse zumacht. Unbedingt!«

Bevor Traudner wieder in seinen Raum ging, griff er selbst zum Handy. »Ja, Steffner, ich bin`s. Ich hab` was Wichtiges vergessen. Frag den Rocco, ob er Montagnacht mit der Sabrina geschlafen hat! Dann ist der Wallroth in dieser Sache aus dem Schneider. Vielleicht ersparen wir uns so eine DNA-Analyse. – Ach, und denk daran, die Berliner Schüler zu fragen, ob an dem Abend auch Schüler aus den anderen Skigruppen vom BERGBLICK in der GROTTE waren. Und wenn ja, wann die gegangen sind.«

Das Handy in Wallroths Hand zitterte, als er auf die Schnellwahltaste mit der Nummer von Dr. Schreiber drückte. Es war bereits sein dritter Anlauf. Zweimal hatte er kurz zuvor das Telefon wieder aus der Hand gelegt, noch bevor die Nummer auf dem Display erschienen war. Jetzt hörte er das Ertönen des Freizeichens und spürte gleichzeitig, wie sein Herz immer schneller zu schlagen begann. Er atmete tief durch. Schon nach dem dritten Klingeln hörte er die aufgeregte Stimme des Schulleiters. »Mensch Thomas, endlich! Ich versuche den ganzen Tag dich zu erreichen! Wieso meldest du dich denn nicht? Und wieso schaltest du dein Handy aus. Ich drehe hier fast durch!«

»Entschuldige! Ich bin fix und fertig.« Mehr konnte ihm Wallroth nicht entgegnen.

»Denkst du, ich nicht? Was glaubst du, was hier los ist? Ununterbrochen rufen Eltern bei mir an und wollen informiert werden. Und ich erreiche dich nicht!«, schrie Dr. Schreiber ins Telefon. Er war völlig empört.

Wallroth konnte ihn verstehen. Vorsichtig fragte er: »Was ist mit Sabrinas Mutter? Wer hat sie informiert? Wie hat sie es aufgenommen?«

Der Schulleiter, der sich wieder unter Kontrolle zu haben schien, informierte ihn ausführlich und beantwortete geduldig alle Fragen, bevor Wallroth seinerseits berichtete. »Die Ermittlungen der Polizei laufen auf Hochtouren. Die Schüler sind erschüttert, halten aber irgendwie durch. Genauso wie Kollegin Toll und ich. Der leitende Kommissar ist zuversichtlich, dass wir wie geplant am Freitagabend zurückfahren können. Sobald es etwas Neues gibt, melde ich mich sofort wieder. Du

182

kannst dich darauf verlassen!«, schloss der Lehrer seine
Ausführungen. Kurze Zeit später legte er erleichtert auf.

Als Steffner das BERGBLICK erreichte, musste er sich
zunächst einen Weg durch einen Pulk junger Leute bah-
nen, die vor dem Haus standen und rauchten. Dick ver-
mummt, die meisten mit tief ins Gesicht gezogenen Ka-
puzen, aus denen vielfach auch Basecaps und die dünnen Kabel ihrer Kopfhörer hervorlugten, standen sie vor
der Eingangstür und traten von sich aus keinen Zentimeter zur Seite, um ihm Platz zu machen. Ein paar Lehrer,
die dabeistanden und ebenfalls rauchten, sagten nichts
dazu. Unglaublich, dachte Steffner.

Im Haus selbst ging es zu wie in einem Taubenschlag.
Überall saßen, standen oder rannten Jugendliche verschiedenen Alters, viele von ihnen irgendwas lautstark
durch den Raum rufend. Kopfschüttelnd und froh, kein
Lehrer zu sein, ging Steffner zur Rezeption und fragte
nach der Berliner Gruppe oder ihrem Lehrer. Eine junge
Frau, die offenbar hier jobbte, wies ihm den Weg zu
ihrem Gruppenraum. Er trat ein. Hier war es ungewöhnlich ruhig und es herrschte unter den wenigen Anwesenden verständlicherweise eine bedrückende Stimmung. Er
bat zwei Schüler ihren Lehrer sowie Bert Bertram und
Rocco Heine zu holen. Provozierend langsam, wie er
fand, machten sie sich auf den Weg. Wenn er den Lehrer

zu Traudner in die Inspektion geschickt hatte, wollte er sich mit den beiden Jungen wieder in das Büro der Steiners zurückziehen. Die junge Frau an der Rezeption hatte ihre Chefin darüber informiert.

Ein paar Minuten später saß zunächst Bert und danach Rocco mit ihm zusammen am Tisch. Die Befragung ging relativ schnell. Bert erzählte ihm, er habe sich mit seinem Zimmernachbarn Thorsten über sein Alibi unterhalten. Daraufhin habe ihm dieser gesagt, als er kurz vor Mitternacht ins Zimmer gekommen sei, habe Bert im Bett gelegen und bereits fest geschlafen.

»Ich bin extra ganz leise gewesen, um Bert nicht aufzuwecken. Ich hab´ noch meine Mails gecheckt, die Geburtstags-SMSen gelesen und bin noch mal auf meine Facebook Seite gegangen. Dann hab` ich das Licht ausgemacht«, versicherte Thorsten kurz darauf persönlich, nachdem ihn Steffner dazu gebeten hatte.

Auch Roccos Alibi wurde durch seinen Zimmernachbarn Cornelius bestätigt. »Nachdem Rocco total dicht war und gepennt hat, hab` ich mir im Internet noch einen Film angesehen. Die haben nämlich hier W-LAN, – krass!«

Steffner hatte sich den Filmtitel notiert. `Bis zum Ellenbogen`hieß der Film. Die Polizei könne sein Notebook gerne checken, hatte der junge Mann angeboten. Steffner hatte keine Veranlassung ihm zu misstrauen, obwohl der Download des Films natürlich kein Beweis war für den Wahrheitsgehalt seiner Aussage. Doch auch Max und Florian, die ebenfalls in dem Vierbett-Zimmer schliefen, versicherten, Rocco habe völlig besoffen und vollkommen bekleidet auf seinem Bett gelegen und gepennt, als sie aus der GROTTE gekommen seien. Und Cornelius habe auf seinem Bett gelegen und sich auf seinem Laptop einen Film angeschaut. Alle Jungen wirkten glaubhaft. Steffner sah keinen Anlass, ihnen zu misstrauen.

Bevor der Kriminalbeamte zur Inspektion zurückkehrte, rief er seinen Chef an. »Die Alibis der Jungen sind ziemlich wasserdicht. Beide haben glaubhafte Zeugen, die versichern, dass sie sie zur Tatzeit in ihren Zimmern gesehen haben. Ach, und noch was. Rocco hat tatsächlich in der Nacht zu Dienstag mit Sabrina geschlafen, – ohne Kondom. Sabrina habe die Pille genommen, hat er erklärt.«

»Wie praktisch!«, entfuhr es Traudner.

»Die beiden haben sich in einem Zimmer getroffenen, das nicht belegt war. Die Tür war unverschlossen, sagt Rocco.«

»Hast du auch gefragt, ob Schüler aus den anderen Skigruppen in der GROTTE waren?«

»Ja, hab` ich. Die waren an dem Abend nicht da. Die waren alle zu einem Rodelabend am Fanningberg! Ich hab` auch einen ihrer Lehrer auf dem Flur getroffen. Der hat das bestätigt. Die sind erst nach ein Uhr nachts nach Mauterndorf zurückgekehrt.«

»Und waren auch alle ihre Schüler mit am Fanningberg?«

»Davon gehe ich aus«, antwortete er schnell.

»Gute Arbeit, Steffner!«

»Danke! – So, ich bin jetzt hier fertig und komme zurück in die Inspektion. Also dann, bis gleich.«

Traudner hatte sich, während er auf Wallroth und Mittermeier wartete, die Tatortfotos, die die Spurensicherer ihm geschickt hatten, noch einmal auf seinem Macbook angesehen. Wüsste man nicht, dass sie die Stelle zeigten, an der ein junges Mädchen umgebracht worden war, könnte man einige Aufnahmen für Postkartenmotive halten. Sie waren am späten Nachmittag gemacht worden, kurz nachdem der Tatort entdeckt worden war. Einige waren schwarz-weiß, andere farbig und mit Blitz aufgenommen. Auf dem ersten Foto erkannte Traudner die Fleischerbrücke von der Straßenmitte aus aufgenommen. Sie war schätzungsweise zwanzig Meter lang und führte über das kleine Flüsschen Taurach. Ihre Breite schätzte Traudner auf höchstens fünf bis sechs Meter. Rechts und links war sie begrenzt durch eine etwa siebzig bis achtzig Zentimeter hohe und fast ein Meter breite Steinmauer. Auf diese war die junge Frau mit dem Hinterkopf gestürzt und hatte sich die tödliche Verletzung zugezogen. Unmittelbar vor der Mauer stand auf jeder Seite ein Wachhäuschen aus dunklem Holz, mit weit nach unten ragendem und nach oben spitz zulaufendem

Dach. Die Häuschen sollten den Touristen veranschaulichen, wo früher die Wachsoldaten postiert waren, welche die Händler kontrollierten, wenn diese auf ihren Fahrten zwischen Italien und Deutschland mit ihren Waren die Brücke überqueren mussten, und von ihnen die Maut kassierten. Die Dächer der Wachhäuschen waren von einer dicken Schneeschicht bedeckt und an den Seitenrändern hingen lange, mächtige Eiszapfen herunter. Die schreckliche Tat passte überhaupt nicht zu diesem romantischen Motiv. Auf anderen Aufnahmen waren Spuren festgehalten, die an der Mauerkante und im Schnee auf dem Boden entdeckt worden waren. Leider waren keine eindeutig zuzuordnenden Fußspuren gefunden worden. Auch das Tatwerkzeug oder die Tatwaffe hatte man nirgendwo entdecken können. Nach den Fotos zu urteilen musste das Mädchen etwas hinter dem linken Wachhäuschen gestanden haben und in die Richtung geblickt haben, aus der die erste Aufnahme gemacht worden war. Der Täter musste demnach direkt neben dem Häuschen gestanden und sein späteres Opfer angeschaut haben. Dann hatte er ihr mit einem stumpfen Gegenstand, den er in der linken Hand gehalten haben musste, auf die rechte Seite ihres Kopfes geschlagen. Sie war mit dem Hinterkopf auf die Mauer gestürzt und dadurch getötet worden. Dann hatte der Täter sie über die Mauer in die Taurach geworfen und war geflohen. Die Tatwaffe hatte er entweder mitgenommen oder ins Wasser geworfen. Vielleicht würden sie Taucher einsetzen müssen, um sie zu suchen.

Ob die flüchtige Autofahrerin, die sie leider immer noch suchten, wirklich etwas gesehen hatte? – Oder ob sie vielleicht sogar die Täterin war, blitzte es plötzlich in Traudner auf. Gleich darauf schüttelte er unbewusst den Kopf. Das war doch sehr weit hergeholt und äußerst unwahrscheinlich. Warum sollte Alicia Wolters, die selber Mutter einer fast erwachsenen Tochter ist, von Berlin aus fast neunhundert Kilometer mit dem Auto nach Mauterndorf fahren, um dort mitten in der Nacht eine Schulkameradin ihrer Tochter zu töten? So ein Blödsinn!

Selbst wenn sie eine Psychopathin wäre, woher hätte sie wissen können, dass die Gruppe an dem Abend in der GROTTE war? Und woher hätte sie wissen können, dass Sabrina kurz nach Mitternacht als Einzige aus der Gruppe noch in der Disco sein würde und diese alleine verlassen würde? Nein, das konnte unmöglich sein, war sich der Kommissär sicher. Jede Überlegung in diese Richtung wäre reine Zeit- und Energieverschwendung.

Es klopfte an der Tür. Leitner blickte herein. »Der Herr Wallroth ist da. Ganz schön geladen«, fügte er nach einer kurzen Pause hinzu.

»Soll reinkommen!«

Traudner hatte in dieser schwierigen Phase der Ermittlungen keine Lust, auf irgendwelche Befindlichkeiten möglicher Tatverdächtiger Rücksicht zu nehmen.

»Setzen Sie sich«, forderte er den Lehrer auf, als dieser dabei war, seinen dicken Anorak und seine Handschuhe auszuziehen. Er schloss die Datei mit den Fotos.

»Es gibt noch eine Reihe von Ungereimtheiten zu klä-
188

ren. Deshalb möchte ich auch gleich anfangen.«

Er ließ dem Lehrer keine Zeit zu protestieren.

»Herr Wallroth, ich muss ausschließen können, dass Sie ein Verhältnis mit Ihrer Schülerin Sabrina Gehrke hatten und damit vielleicht von ihr erpresst wurden. Dann hätten Sie nämlich möglicherweise ein Motiv!«

»Ein Motiv? Ich? Was reden Sie denn da?«

»Ich rate Ihnen dringend meine Fragen jetzt sehr präzise zu beantworten!«, ging Traudner gar nicht auf die Bemerkungen des Lehrers ein. »Andernfalls gelten Sie als dringend tatverdächtig. Und dann fahren Sie morgen nicht zurück! Dann bleiben Sie hier!«

Der Lehrer wurde aschfahl. Seine Hände begannen zu zittern und er sah den Kommissär entsetzt an.

»Ich will alles ausschließen. Deshalb will ich jedes noch so winzige Detail erfahren. Damit das klar ist!«

Traudner schaute in sein Macbook. »Zitat: Schon bei der Abfahrt in Berlin haben sie sich die ganze Zeit Blicke zugeworfen und sie hat ihm sogar zugeblinzelt. Zitatende. Was sagen Sie dazu?«

Wallroth hatte sich wieder ein wenig gefasst. »Herr Kommissar, ich habe mit der schrecklichen Sache nicht das Geringste zu tun. Das schwör ich Ihnen!«

Diese Formulierung kannte Traudner und verzog keine Miene.

»Ich kann Ihnen alles erklären. Aber ich bitte Sie, die Angelegenheit vertraulich zu behandeln.«

Traudner schwieg, schaute sein Gegenüber jedoch mit fragendem Blick an.

»Ich bin seit einiger Zeit mit Sabrinas Mutter befreundet. Genauer ausgedrückt, wir sind ein Paar. Wir wollen aber nicht, dass unsere Beziehung bekannt wird. Das würde sonst an der Schule nur für Gerede sorgen, nicht nur bei den Schülern. Die Tochter meiner Freundin wird von mir unterrichtet. Jeder würde mir unterstellen, ich würde sie nicht objektiv bewerten können. – Wer kann das überhaupt, objektiv bewerten, niemand! – Die Nacht vor unserer Abreise habe ich bei Sabrinas Mutter verbracht. Als Andrea, meine Freundin, ihre Tochter abends zum Bus brachte, begrüßte ich sie freundlich, wie all die anderen Eltern auch. Vielleicht etwas zu förmlich. Das fand Sabrina witzig. Wahrscheinlich musste sie deshalb lächeln, als sich unsere Blicke trafen, und dabei hat sie mir zugeblinzelt. Das sollte vielleicht komplizenhaft wirken.«

»Sabrina wurde gesehen, wie sie nur mit einem Bademantel bekleidet zu Ihnen aufs Zimmer ging!«, fuhr der Kommissär regungslos fort.

Wallroth presste die Lippen zusammen und verzog sein Gesicht. »Das war ein Mal. Sabrina hatte gemeint, Julius hätte sie heimlich aus dem Fenster seiner Wohnung beim Duschen beobachtet. Sie regte sich über den dreckigen Spanner, wie sie ihn nannte, tierisch auf und war völlig empört. Vom Duschraum aus rief sie mich sofort an und kam direkt zu mir ins Zimmer, um sich zu beschweren. Sie ist ziemlich ausgerastet und ich konnte sie kaum beruhigen. Sie wollte Julius sogar anzeigen!«

»Nur im Bademantel? Ist das normal?«

»Sie kam doch direkt aus dem Duschraum! Außerdem

hab` ich sie schon öfter im Bademantel gesehen. Wenn ich am Wochenende bei Andrea übernachte, frühstücken wir oft zu dritt. – Haben wir oft zu dritt gefrühstückt«, korrigierte er sich leise. »Andrea bestand darauf, dass Sabrina sonntags mit uns frühstückte. Da trug sie auch häufig einen Bademantel, wenn sie sich anschließend noch einmal hinlegen wollte. So weltbewegend ist das nicht. Außerdem geht – ging der Bademantel bis zu den Knöcheln und er war bis zum Hals geschlossen, als sie bei mir war.«

»Wieso haben Sie beide jeweils von dem anderen die Handynummer? Die Handynummern der übrigen Schüler und Schülerinnen haben sie offensichtlich nicht.«

»Auch darauf bestand Andrea. Sie ist sehr ängstlich und wollte sicher sein, dass in jeder Notsituation telefonischer Kontakt möglich ist. Sabrina ist ihr einziges Kind.«

»Okay, Herr Wallroth. Kommen wir jetzt zur wichtigsten Frage. – Ihrem unbestätigten Alibi. Haben Sie inzwischen noch einmal darüber nachgedacht, ob jemand bestätigen könnte, dass Sie zur Tatzeit in Ihrem Zimmer waren?«, wollte der Kommissär wissen.

»Ja, habe ich. Es gibt jemanden.«

Traudner stutzte. »Und warum sagen Sie uns das erst jetzt? Das ist ja unglaublich! Sie behindern meine Arbeit! Wir sitzen hier und vergeuden viel Zeit mit einer Befragung, die möglicherweise gar nicht notwendig wäre, nur weil Sie mir nicht erzählen wollen, wer Ihr Alibi bestätigen kann!«, wurde der Kommissär nun laut.

»Entschuldigen Sie, Herr Kommissar. Ich erkläre Ihnen alles. Aber ich würde Sie noch einmal bitten, die Angelegenheit diskret zu behandeln.«

Nun riss Traudner der Geduldsfaden. »Wollen Sie mich verarschen?«, schrie er. »Alles, was Sie machen, sollen wir diskret behandeln. Überlegen Sie sich gefälligst vorher, was Sie tun! Und jetzt will ich wissen, ohne Wenn und Aber, wer Sie zur Tatzeit im BERGBLICK gesehen hat! Ich hab` nämlich noch viel Arbeit. Und wenn wir den Täter nicht finden, reist Ihre Gruppe auch nicht ab! Ist Ihnen das überhaupt klar?«

Kleinlaut erzählte Wallroth, wie seine junge Kollegin Dienstagabend nach der Rückkehr aus der GROTTE mit ihm auf sein Zimmer gekommen war und bis zum nächsten Morgen geblieben war.

»Dann schicken Sie sie morgen früh pünktlich um acht Uhr in die Inspektion, damit sie mir das persönlich bestätigen kann! Und notfalls später vor Gericht noch einmal, und zwar unter Eid!«, wies Traudner ihn an. Dann stand er auf und verließ wütend das Verhörzimmer.

Vor dem Tresen in Leitners Raum saß bereits Mittermeier und schaute ihn missmutig an. Traudner atmete tief durch, griff sich, während der Lehrer die Inspektion schweigend verließ, eine Halbliterflasche Mineralwasser aus Leitners Kasten und bat Mittermeier, schon einmal in den Nebenraum zu gehen. Er wollte den Tatverdächtigen noch ein wenig reizen und ging deshalb zunächst einmal in aller Ruhe zur Toilette. Danach aß er genüsslich eine Clementine, die der Inspektor ihm geschenkt hatte.

Er musste heute unbedingt noch einmal zum Supermarkt, um die Vorräte in der Inspektion wieder ein bisschen aufzufüllen. Er wollte sich hier nicht auf Kosten des Inspektors den Bauch vollschlagen.

»Wie lange soll ich denn hier noch warten?«, hörte er Mittermeier rufen. Sein Trick zeigte Wirkung. Er selbst hatte sich inzwischen wieder beruhigt.

»Ich habe heute auch noch etwas anderes zu tun!«, schimpfte der junge Mann.

Der Kommissär nahm Platz, goss sich ein Glas Mineralwasser ein und blickte sein Gegenüber ernst an. Ein Glas Wasser bot er ihm nicht an. »Herr Mittermeier, Sie stehen unter dem dringenden Verdacht, die junge Frau, deren Leiche Sie gestern gefunden haben, selbst umgebracht zu haben!«

»Was?«, schrie der Mann aufgebracht und sprang auf. »Wie kommen Sie denn auf den Schwachsinn?«

»Das will ich Ihnen erklären. Aber setzen Sie sich zuerst wieder hin! – Sie haben die Tote in der Nacht über die Brückenmauer in die Taurach geworfen. Kräftig genug dazu sind Sie ja als Kletterer. Sie konnten aber nicht sicher sein, ob die Tote mit der Strömung auch wirklich weggetrieben werden würde. Denn Sie wussten, dass an der Stelle, an der Sie immer trainieren, dichtes Geäst weit ins Wasser ragt und dass die Leiche an der engen Stelle dort möglicherweise hätte hängen bleiben können. Im Dunkeln war es Ihnen aber zu gefährlich, dorthin zu gehen und nachzuschauen. Außerdem wollten Sie es nicht riskieren, in der Nacht zufällig von jemandem in der Nähe des Tatortes gesehen zu werden. Deshalb haben Sie sich am nächsten Tag so früh, wie es möglich war, ohne dass einer Ihrer Kollegen in der Sparkasse sich wundern würde, frei genommen. Begründung: `Es ist so ein tolles Wetter, ich geh` Eisklettern`. Dann haben Sie die passende Kleidung angezogen, Ihren Rucksack genommen und sind zusammen mit Ihrem Hund losgezogen, wie immer. Niemand würde Verdacht schöpfen. Und als Sie die Leiche dann tatsächlich, wie befürchtet, an der Flussenge entdeckt haben, brauchten Sie nur noch die Polizei zu informieren. Und dann haben Sie geglaubt, dadurch, dass Sie mit Ihrem eigenen Handy anrufen würden und uns auch gleich Ihren vollen Namen nennen würden, könnten Sie die Polizei austricksen. Aber das war ein Trugschluss. Nicht mit uns!«

Traudner lehnte sich zurück und beobachtete aufmerksam die Reaktion des Mannes. Dieser war zunächst für eine Weile sprachlos. Dann wand er sich im wahrsten Sinne des Wortes in seinem Stuhl und schien dabei angestrengt zu überlegen.

Nachdem eine ganze Weile vergangen war, ohne dass einer der beiden Männer auch nur ein Wort gesprochen hatte, begann er zu reden. Langsam, leise, gleichförmig, ohne jede Betonung, als habe er sich seinem Schicksal ergeben.

»Ich bin schwul. Das weiß hier in Mauterndorf keiner. Wenn das herauskommt, bedeutet das für mich das Ende meiner beruflichen Karriere, das Ende meines Lebens hier in Mauterndorf. Für mich wäre das eine Katastro-

194

phe. Meine Zukunft läge in Trümmern.« Er hielt kurz inne. »Ich war an dem Abend mit meinem Freund zusammen. Er kam nach seiner Arbeit zu mir, so gegen 22:30 Uhr. Er arbeitet jeden Tag bis 22:00 Uhr. Er ist geblieben bis um 5:00 Uhr morgens. Dann ist er im Schutz der Dunkelheit wieder gegangen. Er hat mir erzählt, dass die Rentnerin aus der Wohnung nebenan gerade ihren Hund ausgeführt hatte, als er ankam, und ihn ins Haus gelassen hat. Sie glaubt, er sei mein Cousin. Ich habe also ein Alibi für die Tatnacht. Aber mein Freund ist erst sechzehn, zehn Jahre jünger als ich. Er ist Deutscher und macht hier bei uns in Mauterndorf eine Ausbildung. Er ist erst im zweiten Ausbildungsjahr. Wenn ich Ihnen seinen Namen nennen würde und Sie ihn befragen würden, würde das durchsickern. Inspektor Leitner ist nicht gerade als verschwiegen bekannt hier im Ort. Und dann würde mein Freund gefeuert. Auch seine berufliche Karriere, die sehr vielversprechend ist, wäre bereits zu Ende, bevor sie überhaupt begonnen hat.«

Robert Mittermeier blickte den Kommissär entschlossen an. »Ich werde Ihnen seinen Namen auf keinen Fall nennen!«, schloss er seine Schilderung ab. Dann sagte er nichts mehr.

Traudner überlegte. Er war keinesfalls so überzeugt von der Täterschaft des jungen Mannes, wie er es in seiner Begründung einige Minuten zuvor vorgegeben hatte. Ihm ging es auch überhaupt nicht darum, ein homosexuelles Verhältnis zwischen einem sechzehnjährigen Jungen und einem sechsundzwanzigjährigen Mann zu bewerten, geschweige denn öffentlich zu machen. Er wollte ausschließlich die Person finden, die das Mädchen umgebracht hatte. Und auf dem Weg dorthin wollte er Personen, die unschuldig waren, ausschließen können.

»Herr Mittermeier. – Ich mache Ihnen einen Vorschlag. Ich halte Ihre Angaben auf meinem Notebook fest, drucke sie aus und Sie unterschreiben mir Ihre Aussage. Sonst bekommt das Dokument zunächst niemand zu sehen. Ich wohne hier im Ort im Hotel ZUR BURG. Reden Sie mit Ihrem Freund. Wenn er einverstanden ist, schicken Sie ihn heute Abend dorthin. Ich sitze zwischen zehn und elf Uhr am Abend in der Gaststube, lese die Zeitung und trinke ein Bier. Er kann sich einfach zu mir an den Tisch setzten. Wenn er mir Ihre Angaben persönlich bestätigt, gelten Sie für mich als entlastet und wir behandeln die Angelegenheit diskret. Nur wenn der Staatsanwalt Klage gegen Sie erheben würde, was aber bei der dünnen Beweislage nicht zu erwarten ist, würde die Situation sich ändern. Aber auch dann müsste nicht zwingend erwähnt werden, dass Ihre Beziehung homosexueller Natur ist.«

Robert Mittermeier sah den Kommissär erstaunt an. »Ich dachte, ich sei dringend tatverdächtig!«

»Nicht mehr, wenn Sie ein verlässliches Alibi haben.«

»Ich denk` darüber nach«, antwortete er.

Nachdem er auf den Ausdruck seiner Aussage gewartet und diese unterschrieben hatte, verließ Mittermeier niedergeschlagen den Raum. Traudner stützte seinen Kopf in beide Hände und überlegte. Legte man die Ergebnisse der heutigen Befragungen zugrunde, so waren sie dem Täter wieder nicht weiter auf die Spur gekommen. Eigentlich waren sie bei ihrer Suche wieder `zurück auf Anfang`. Sie wussten zwar jetzt, wer als Täter mit höchster Wahrscheinlichkeit nicht infrage kam, doch ansonsten wussten sie nichts.

Konnte es tatsächlich sein, dass einer der Berliner Schüler kurz vor Mitternacht die Unterkunft unbemerkt noch einmal verlassen hatte? Einer, den sie vielleicht noch gar nicht auf ihrer Rechnung hatten. Wer könnte das gewesen sein? Was war das Motiv? – Kaum vorstellbar.

Gab es doch den großen Unbekannten? Hatte das Mädchen ihn nach Verlassen der Diskothek rein zufällig auf der Straße getroffen? Ihn vielleicht nach einer Zigarette gefragt? Und er hatte bemerkt, wie betrunken die Frau war, und ihr die Handtasche oder das Handy rauben wollen. Möglich wäre es, aber doch eher unwahrscheinlich. Warum hätte der Räuber sie erschlagen sollen? Traudner verwarf den Gedanken fast, als ihm noch etwas einfiel. Was, wenn das Mädchen den Räuber von irgendwoher gekannt hätte? Dafür könnte die Tatsache sprechen, dass von der Spurensicherung keinerlei Kampfspuren entdeckt worden waren. – Und wenn es mehrere Täter waren? Diese Möglichkeit hatten sie bisher noch gar nicht in Betracht gezogen. Zunächst würde er seine Überlegungen einmal für sich behalten und mindestens noch eine Nacht darüber schlafen, auch wenn die Zeit knapp war. Sie durften sich jetzt nicht verzetteln. Sie mussten auf ihrem eingeschlagenen Weg bleiben. Einen Tatverdächtigen nach dem anderen überprüfen. Erst danach müssten sie sich eventuell mit alternativen Überlegungen befassen.

In diesem Augenblick betrat Steffner das Büro. Ohne Zeit zu vergeuden, tauschten sie ihre Ergebnisse aus.

»Lass uns als Letztes für heute anhand der Namensliste noch einmal gemeinsam die gesamte Schülergruppe systematisch durchgehen. Vielleicht haben wir bei irgendjemandem etwas übersehen«, sagte Traudner. »Danach machen wir hier Schluss.«

Automatisch griff er zu seinem Notebook, öffnete die benötigte Datei und fasste zusammen:

- *Die Gruppe des JESSE-OWENS-GYMNASIUMS bestand ursprünglich aus zehn Mädchen und fünfzehn Jungen, einem Lehrer und einer Lehrerin.*

- *Ein Mädchen war tragischer Weise getötet worden.*

- *Die Lehrer hatten die Nacht zusammen verbracht, hatten also beide ein Alibi.*

- *Sechs Jungen hatten sich im Laufe der Befragung Alibis gegeben, die glaubhaft waren.*

- *Sieben Mädchen waren kleiner als Sabrina und viel zu zierlich, um sie auf diese Art und Weise töten zu können.*

- *Auch drei Jungen waren viel zu klein, um als Täter infrage zu kommen.*

- *Blieben sechs Jungen, die zumindest die körperlichen Voraussetzungen für die Täterschaft mitbrachten, und*

- *zwei Mädchen, Masha Jones und ein Mädchen namens Silke Werner, die in etwa die Größe des Täters beziehungsweise einer möglichen Täterin hatten.*

Wer von diesen acht Personen war Linkshänder?

»Oder Linkshänderin«, bemerkte Steffner plötzlich.

Die beiden LKA-Beamten sahen sich fragend an. »Oder Linkshänderin«, murmelte Traudner nachdenklich. Das würden sie in Erfahrung bringen. Dazu blieb allerdings keine andere Wahl, diese Schüler mussten morgen noch einmal genau unter die Lupe genommen werden.

Eine dreiviertel Stunde später stand Traudner endlich so wie Gott ihn geschaffen hatte unter der heißen Dusche in seinem Hotel und genoss ausgiebig die Duschkopfeinstellung `Tropenregen`. So einen Duschkopf werde ich mir zu Hause auch zulegen, nahm er sich vor. Daran wird Anna auch ihre Freude haben. Er rieb seinen Körper genüsslich mit dem neuen, wohlriechenden Duschgel ein, das er bei seinem Besuch im nahen Supermarkt zusammen mit dem Obst und den Getränken für die Inspektion erstanden hatte, und dachte daran, wie es sein könnte, wenn er jetzt hier zusammen mit Anna duschen würde und sie sich gegenseitig mit Gel einreiben würden. Der Gedanke erregte ihn. Genau in dem Augenblick hörte er das Geräusch. Er drehte sofort das Wasser ab. Da war es wieder zu hören. Sein Handy klingelte. »Sackra!«, fluchte er lautstark. Gleichzeitig öffnete er instinktiv seine Augen, um die Tür seiner Duschkabine zu öffnen. Sofort setzte das Brennen ein, das er so hasste. »Sackrament no amoal!«

Klatschnass wie er war, eilte er in sein Zimmer, griff nach dem Handy, das genau am gegenüberliegenden Ende des langen Tisches lag, und rutschte aus. Während er mit der linken Hand heftig auf die Tischplatte schlug und so einen Sturz gerade noch verhindern konnte, drückte er mit dem rechten Daumen reflexartig die grüne Sprechtaste und konnte gerade noch so ein `Traudner` herauspressen.

»Was ist denn bei Ihnen los? Werden Sie verprügelt oder haben Sie Damenbesuch? – Inspektor Leitner hier«, hörte er.

»Was ist los, Leitner? Ich steh` gerade unter der Dusche. Ich bin völlig nass, von oben bis unten mit Seife eingeschmiert und mir ist saukalt.«

»Entschuldigen Sie, dass ich störe. Aber ich dachte, es sei vielleicht wichtig. Alicia Wolters hat sich gemeldet, nicht lange, nachdem Sie und Steffner die Inspektion verlassen hatten. Das ließ mir jetzt keine Ruhe.«

Es dauerte ungefähr eine Viertelstunde, bis Traudner, frisch geduscht, gründlich abgetrocknet, warm angezogen und mit einem Glas Apfelschorle in der Hand, den Inspektor zurückrief und sich von seinem Kollegen ausführlich informieren ließ.

»Ich versuche mich kurz zu fassen«, begann Leitner. »Frau Wolters nimmt seit Freitag letzter Woche, das war, – Moment, – der 10.02., im Rahmen ihrer Ausbildung zur Heilpraktikerin an einem Seminar teil und befindet sich zurzeit an der Ostsee. Auf der Insel Usedom. Keine Ahnung, wo die genau liegt. Ihr Auto hat sie zu Hause gelassen, um Kosten zu sparen. Vier der Berliner Seminarteilnehmerinnen haben eine Fahrgemeinschaft gebildet und Frau Wolters ist im Auto einer dieser Frauen mitgefahren. Ihr eigener Wagen steht zu Hause in der Garage. Ihren Autoschlüssel hat sie mitgenommen, wie immer, hat sie mir versichert. Der hängt an ihrer Schlüsselkette. Ihre Tochter Alena ist zu Hause in Berlin. Sie hat zwar seit drei Monaten den Führerschein, darf aber nur in Begleitung eines erwachsenen Führerscheininhabers fahren, weil sie noch nicht achtzehn Jahre alt ist. Der Zweitschlüssel des Wagens liegt zu Hause in einer Schmuckkassette. Alena weiß das aber nicht. – Allerdings, und jetzt wird es interessant, hat Frau Wolters ihre Tochter seit ein paar Tagen nicht mehr gesprochen. Sie geht weder zu Hause ans Telefon noch an ihr Handy. Frau Wolters glaubt, ihre Tochter sei noch sauer, weil sie nicht mit auf die Skifahrt durfte. Das Geld hätte für zwei Reisen einfach nicht gereicht. Alena sei schon häufiger auf Distanz gegangen, wenn ihr etwas nicht gepasst habe und sie sauer auf ihre Mutter gewesen sei. Deshalb hat sich Frau Wolters auch nicht weiter Gedanken gemacht. Sie versucht jetzt, ihre Nachbarin telefonisch zu erreichen, und sie will die bitten, mal nach Alena zu schauen«, schloss Leitner seine Ausführungen.

»Okay, Leitner. Gut, dass du mich noch informiert hast. Vielen Dank für deinen Anruf. Wir fragen dann morgen noch einmal nach. Ich wünsch` dir einen schönen Feierabend.«

»Joa, der Ferdinand woartet scho. Der will raus. Also dann, bis morgen. Servas.«

»So ein Mist!«, dachte Traudner laut. »Da hat dieser Schneeräumer mit einer halben Flasche Obstler in der Birne das Autokennzeichen nicht richtig erkannt oder falsch aufgeschrieben. – Und wir haben höchstwahrscheinlich wieder viel Zeit auf einer falschen Spur vergeudet.« Einen schönen Freund hatte der Leitner da.

Verärgert steckte er sein Handy ein und ging hinunter in die Gaststube zum Abendessen.

»Grüß Gott, Herr Kommissär. Na, endlich Feierabend?«, begrüßte ihn die fast achtzigjährige Mutter des Hotelinhabers, als er das STÜBERL betrat. Die alte Dame ließ es sich nicht nehmen, abends in der kleinen Gaststube des Hotels ZUR BURG noch zu helfen. Lächelnd reichte sie ihm die Speisekarte über den Tresen.

»Feierabend macht ein Kriminaler erst, wenn er seinen Fall gelöst hat, Frau Pongauer«, entgegnete Traudner, ebenfalls lächelnd.

»Aber aan guten Hunger hams doch hoffentli mitgebracht. Heit gibt's nämli die Spezialität unseres Hauses.«

Traudner schaute die alte Dame fragend an.

»Heit gibt`s Hirschgulasch. – Mit Knödeln und Rotkraut. Besser als bei uns kriegn`s den nirgendwo sonst. Auch nit in Salzburg!«

»Na dann nehm` ich doch das Hirschgulasch. Und bringen`s mir bitte noch ein Weißbier dazu, Frau Pongauer. Aber a alkoholfreies.«

Der Kommissär ließ seinen Blick durch das Innere der urigen Gaststube schweifen. Der Raum war dank der alten Glühbirnen, die hier noch verwendet wurden, in ein warmes, leicht schummriges Licht getaucht. Er hatte ein Steingewölbe aus dem sechzehnten Jahrhundert und die Wände waren mit einer Vertäfelung aus ebenfalls sehr altem Zirbenholz geschmückt, was Traudner besonders gut gefiel. Auch das Mobiliar, die Sitzbänke entlang der Wände, die alten, grob gefertigten Holzstühle und die Tische mit ihren blank gescheuerten hellen Tischplatten luden zum Verweilen ein. Außer ihm waren nur noch fünf andere Gäste in dem gemütlichen STÜBERL. Vier ältere Männer saßen am Tisch vor dem grünen Kachelofen und spielten Karten. Ein wesentlich jüngerer Mann saß, noch in Arbeitskleidung, alleine auf einem Hocker am Tresen und blickte nachdenklich in sein zur Hälfte geleertes Bierglas. Traudner nahm sich eine der Tageszeitungen, die auf dem Tresen lagen, und wählte sich einen Tisch in der hintersten Ecke der Gaststube aus.

Hier würde er seine Ruhe haben und später auch ungestört mit dem Zeugen reden können. – Falls dieser überhaupt erscheinen würde. – Jetzt freute er sich jedoch zunächst auf sein Weißbier vom Fass und sein Hirschgulasch und auf die ausgiebige Zeitungslektüre.

Gegen 22:30 Uhr öffnete sich die Tür der Gaststube. Der Kommissär hob den Blick aus seiner Tageszeitung und musterte die Person, die den Raum betrat. Es war offensichtlich ein junger Mann. Er trug einen dicken schwarzen Parka, eine olivgrüne Hose mit sehr weiten Beinen und braune hohe Winterschuhe. Die Kapuze hatte er weit über den Kopf gezogen. Darunter trug er noch eine schwarze Wollmütze und ein breiter grauer Schal verdeckte die Hälfte seines Gesichtes, sodass er kaum zu erkennen war. Nach einem schnellen Blick durch den Raum kam er auf Traudners Tisch zu.

»Guten Abend. Sind Sie Kommissär Traudner?«

»Kommissär Traudner? Ja, der bin ich.«

»Ich bin Daniel Peters, der Freund von Robert. – Robert Mittermeier.«

Der Kommissär legte seine Zeitung weg, wies mit der Hand auf einen Stuhl neben sich und bat den jungen Mann Platz zu nehmen. Daniel Peters setzte sich jedoch auf den Stuhl, der Traudner gegenüberstand, mit dem Rücken zum Gastraum. Er schob die Kapuze seines Parkas nach hinten und nahm seinen Schal ab. Parka und Mütze behielt er an.

»Möchten Sie etwas trinken?«, fragte der Kommissär.

»Nein Danke, ich will gleich wieder gehen.«

»Vielleicht nur einen Kaffee?«

Der Junge überlegte einen Moment. »Okay, dann nehm` ich einen Tee, – Pfefferminztee.«

Während sie auf den Tee und eine Tasse Kaffee für Traudner warteten, erläuterte dieser dem Freund von Mittermeier, was er von ihm wissen wollte und warum seine Aussage von großer Bedeutung war. Nur als Frau Pongauer mit den heißen Getränken an ihren Tisch kam, hielt er kurz inne.

»Ich will auf keinen Fall, dass Robert Schwierigkeiten bekommt und in einen Mordfall verwickelt wird, mit dem er nichts zu tun hat«, begann Daniel Peters, nachdem er etwas von seinem Tee geschlürft hatte. »Ich werde natürlich bestätigen, dass Robert Dienstagnacht zu Hause war. Notfalls auch vor Gericht!«

Er selbst sei an dem besagten Abend gleich von der Arbeit zu seinem Freund gegangen und so gegen 22:30 Uhr dort angekommen. Dies könne auch eine Nachbarin bestätigen, mit der er beim Betreten des Hauses noch ein paar Worte gewechselt habe. Sie sei mit ihrem kleinen Hund unterwegs gewesen und gerade nach Hause zurückgekommen. Nach seiner Ankunft habe er seinem Freund schnell noch etwas Kleines zu essen gemacht, eine Gemüsepfanne. Und dann für sie beide einen leckeren Nachtisch, Vanilleeis mit heißen Himbeeren. Die Butter habe er weggelassen, die mache nämlich dick und besonders Robert müsse in seinem Alter bereits etwas auf sein Gewicht achten. Er solle schließlich knackig bleiben. Dann hätten sie sich noch eine Weile unterhalten über den Tag und die Arbeit und dabei Musik gehört und Rotwein getrunken. Ja, auch ein wenig gekuschelt, wenn der Kommissär es genau wissen wolle. Aber nichts Wildes und Aufregendes. Dazu seien sie beide viel zu müde gewesen. Immerhin sei Robert ja auch schon sechsundzwanzig. Nach den Spätnachrichten, die sie sich noch zusammen angeschaut hätten, seien sie etwa eine halbe Stunde nach Mitternacht beide gemeinsam ins Bett gegangen. Die genaue Uhrzeit wisse er natürlich nicht, er habe schließlich nicht auf die Uhr geschaut. Er sei über Nacht geblieben und habe gegen fünf Uhr morgens im Schutz der Dunkelheit die Wohnung verlassen. So und nicht anders sei der Abend verlaufen und dies würde er auch gerne unterschreiben. Notfalls sei er auch bereit, für seinen Freund vor Gericht auszusagen, wie er noch einmal ausdrücklich betonte. Dann würde er eben vorher mit seinem Chef sprechen.

»Hätten Sie keine Angst um Ihren Ausbildungsplatz? Ihr Freund machte sich große Sorgen deshalb.«

»Nein, mein Chef ist mit mir sehr zufrieden. Ich glaube nicht, dass der mich rauswerfen würde. Der will mich nach der Ausbildung unbedingt übernehmen. Ich sei außergewöhnlich talentiert, hat er schon öfter zu mir gesagt. Und darüber bin ich auch ganz happy.«

»Was für eine Ausbildung machen Sie denn«, fragte Traudner interessiert.

»Ich mache eine Ausbildung zum Koch. – Im WALD-HAUS. – Das ist das beste Restaurant Mauterndorfs. Wir haben sogar zwei Hauben!«, antwortete der Junge stolz. Traudner hatte von dem weit über die Grenzen Mauterndorfs bekannten Restaurant schon gehört, war selbst jedoch noch nie dort gewesen. Vielleicht sollte er das zusammen mit Anna einmal nachholen, zum Beispiel an ihrem Geburtstag. Als sein Geburtstagsgeschenk, eingebettet in einen Wochenend-Trip hierher nach Mauterndorf. Keine schlechte Idee, fand er.

Kurz darauf bedankte er sich bei dem jungen Mann für die Aussage, die dieser gemacht hatte, und teilte ihm mit, er würde sich melden, wenn er das Protokoll unterschreiben solle. Dann entließ er Daniel Peters, bezahlte die Rechnung und begab sich sofort auf sein Zimmer. Er hatte bemerkt, dass er sehr müde war und wollte bald schlafen gehen. Vorher würde er nur noch eine SMS an Anna schreiben.

*

Rückreisetag

Pünktlich um sechs Uhr wurde Traudner wieder geweckt und in seinem Kopf begann es schon zu arbeiten, bevor die Turmuhr der nahen Pfarrkirche SANKT BARTHOLO-MÄUS zu Ende geschlagen hatte.

Heute war Freitag und die Berliner Reisegruppe wollte eigentlich nach dem Abendessen so bald wie möglich zurückfahren, wie er von ihren Lehrern wusste. Das ging nur, wenn sicher war, dass der mutmaßliche Täter sich nicht unter den Schülern befand. Außerdem mussten sie sicher sein, alle Informationen, die sie von den Schülern und ihren Lehrern bekommen konnten, auch tatsächlich erhalten zu haben. Das bedeutete konzentriertes und zügiges Arbeiten den ganzen Tag über. Traudner warf die Bettdecke zur Seite, kämpfte sich hoch und beeilte sich ins Bad zu kommen. Zum morgendlichen Ausdauerlauf blieb heute keine Zeit. Dafür war zu viel zu tun. Als er sich angezogen hatte, fuhr er sein Macbook hoch. Er wollte die Zeit bis zum Frühstück nutzen, sich die Fotos vom Tatort noch einmal anzuschauen. Die Aufnahme von der Fleischerbrücke mit der Mauer und den beiden

Wachhäuschen öffnete sich. Irgendeine Ungereimtheit gab es auf dem Foto, das hatte er schon gestern gespürt. Aber er war nicht dahintergekommen, was es sein könnte. Vielleicht würde er jetzt, ganz früh am Morgen und unmittelbar nach dem Aufstehen, mit geschärftem Blick, die Ungereimtheit entdecken. Er konzentrierte sich und ließ sich viel Zeit. – Nichts. Er öffnete das nächste Bild, klickte wieder zurück. – Vergebens. Er kam einfach nicht drauf, was auf dem Foto nicht stimmte. Er würde es in der Inspektion noch einmal gemeinsam mit Steffner und Leitner anschauen. Er schaute auf die Uhr. Inzwischen war es fast sieben und Zeit für ein ausgiebiges Frühstück. Und das würde er sich auch heute nicht nehmen lassen.

Zehn Minuten vor acht kam der Kommissär in der Inspektion an. Zu seiner Überraschung saß die junge Berliner Lehrerin schon auf einem Stuhl und wartete auf ihn. Da er damit so früh nicht gerechnet hatte, war er für ihre Befragung noch gar nicht richtig vorbereitet. Er würde sie wohl noch ein paar Minuten warten lassen müssen. Sein Angebot, während des Wartens eine Tasse von dem frisch aufgegossenen Kaffee zu trinken, lehnte sie jedoch ab. Sie sei mit ihren Nerven so am Ende, dass sie gar keinen Kaffee mehr trinken könne, nur noch Beruhigungstee. Trotzdem musste sie sich jetzt noch etwas in Geduld üben.

Der Kommissär betrat, ebenfalls ohne Kaffee, sein kleines Büro und machte sich ein paar Stichpunkte zur Befragung der Lehrerin. Er wollte unter anderem wissen, welches Verhältnis sie zu der toten Schülerin hatte. Ob sie sie als Konkurrentin betrachtet hatte. Waren die Vermutungen der Schüler, Wallroth habe ein Verhältnis mit Sabrina, ihr auch zu Ohren gekommen? War sie eifersüchtig gewesen? Dann würde sie ihm detailliert den Verlauf der Stunden nach dem gemeinsamen Verlassen der GROTTE schildern müssen, natürlich ohne Sexdetails. Außerdem würde er sie fragen, wem aus der Gruppe ihrer Schülerinnen und Schüler sie eine solche Tat eventuell zutrauen würde. – Eine sehr unangenehme und schwierige Frage, das wusste Traudner.

Etwa zwanzig Minuten später hatte die junge Lehrerin die Befragung hinter sich gebracht und verließ sehr mitgenommen wirkend die Polizeiinspektion.

Traudner hatte ihre Antworten in einem extra angelegten Dokument nahezu wortwörtlich festgehalten:

»Ich kannte Sabrina nicht besonders gut. Ich bin erst seit Anfang des Schuljahres als Referendarin für Sport und Französisch am JESSE-OWENS-GYMNASIUM und sie hatte keinen Unterricht bei mir. Sie war auch hier nicht in meinem Snowboardkurs, sondern in der Skigruppe bei Herrn Wallroth.

Nein, ich habe sie nicht als meine Konkurrentin gesehen. Ich war auch nicht eifersüchtig.

Ja, von dem Gerücht habe ich auch gehört. Gerüchte über Verhältnisse zwischen Schülerinnen und Lehrern gibt es oft. Die werden von den Lehrpersonen jedoch meist nicht sehr ernst genommen.

Ja, ich wusste, dass Herr Wallroth mit Sabrinas Mutter zusammen ist. Das wussten die meisten Kollegen.«

Die junge Referendarin hatte, wenn auch sehr zögerlich und sehr leise, den Verlauf des Dienstagabends und der darauffolgenden Nacht mit Wallroth geschildert, was ihr erkennbar schwer fiel und peinlich war. Nur auf die Frage nach einem möglichen Tatverdächtigen unter den Schülern hatte sie ohne das geringste Zögern, ohne auch nur eine Sekunde nachzudenken laut und deutlich geantwortet und dabei zum ersten Mal Energie aufgebracht: »Von uns war das keiner. Dafür lege ich meine Hand ins Feuer!«

Traudner hätte ihr das gerne geglaubt, wusste aber, dass er das nicht konnte. Die Polizei musste sich an Fakten halten!

Zögernd betrat Wallroth den Warteraum der Praxis von Frau Dr. Oertl. Der kleine Raum war in hellen, freundlichen Farben gestrichen und wirkte mit den Holzdielen und den wenigen, aber offenbar sorgfältig ausgewählten Möbelstücken sehr gemütlich. Auf einem kleinen Tisch aus unbehandeltem Holz standen drei Glasflaschen mit verschiedenen Sorten Mineralwasser, zwei Kannen mit Tee sowie mehrere bunte Becher und Teetassen. Auf einem Sideboard, ebenfalls aus Holz, lagen ein paar Bildbände, mit Fotos, die offensichtlich in der Region aufgenommen waren. Ein großes Fenster ließ Tageslicht herein und ermöglichte den Blick in die verschneite Natur. Wallroth merkte, wie sich seine innere Unruhe sofort ein wenig legte. Anders als in Berlin, wo es in Arztpraxen oft sehr voll und dementsprechend unruhig war und hektisch zuging, herrschte hier eine wohltuende Ruhe. Nur eine weitere Patientin saß in einem gemütlichen Sessel und war in eine der für Arztpraxen typischen Zeitschriften vertieft. Wallroth grüßte leise und nahm Platz.

Nachdem er gestern gegen Abend das Polizeirevier verlassen hatte, hatte ihn urplötzlich ein starker Weinkrampf überkommen. Er war hinter das Bus-Wartehäuschen auf der anderen Straßenseite gelaufen und hatte sich versteckt, damit ihn niemand sah und ansprach. Es hatte sehr lange gedauert, bis sich auch das letzte unkontrollierte Zucken in seinem Körper gelegt hatte. Er war mit seiner Kraft am Ende. Er brauchte jetzt ärztliche Hilfe, um das Ganze weiter durchzustehen. Zumal auch sein Herz wieder einmal sehr stark und beängstigend schnell gepocht hatte. Zurück in der Herberge hatte er Johanna angesprochen. Diese hatte sofort in der Praxis von Frau Dr. Oertl angerufen, mit deren Mutter sie zusammen zur Schule gegangen und immer noch gut befreundet war, und ihm den Termin besorgt.

Den Schülern hatte er heute Morgen empfohlen, alleine oder mit Kristina ins hiesige Skigebiet zu fahren und selbständig zu trainieren. Diejenigen, die wollten, hätten dann nach der Mittagspause die Möglichkeit, ihre praktischen Prüfungen abzulegen. Dies sei aber absolut freiwillig. Er hatte ja von allen bereits eine Zensur für den `Allgemeinen Teil`. Außerdem hatte er in den zurückliegenden Trainingseinheiten auch einen Eindruck von ihrem fahrerischen Können und ihren technischen Fertigkeiten bekommen. Die Schüler waren mit der Regelung einverstanden. Ob es in Berlin Eltern geben würde, die gegen diese Art der Zensierung klagen würden, war jetzt zweitrangig.

Wallroth schaute auf das Display seines Handys. Keine neue Nachricht, kein Anruf. Er hatte Andrea immer noch nicht erreichen können, trotz zahlreicher Versuche. Es beunruhigte ihn, dass sie noch keinen Kontakt zu ihm gesucht hatte. In dem Telefonat mit Dr. Schreiber hatte er erfahren, dass es gelungen war, einen Seelsorger aus ihrer Gemeinde zu finden, der bereit gewesen war, ihr die schreckliche Nachricht zu überbringen. Auch ein Arzt war mit dabei gewesen und eine ehrenamtliche Helferin aus der Gemeinde war über Nacht bei ihr geblieben. Trotzdem war Wallroth zutiefst besorgt um seine Freundin. Er wäre jetzt gerne für sie da.

»Herr Wallroth«, hörte er seinen Namen und folgte der freundlich lächelnden Ärztin in ihr Behandlungszimmer. Die schon in diesem Moment spürbare positive Ausstrahlung der Ärztin beruhigte ihn sehr. Nachdem sie sich hingesetzt hatten, fasste er die schrecklichen Ereignisse der letzten Tage zusammen. Dann beschrieb er, was für ihn eher ungewöhnlich war, ganz offen, was dies alles mit ihm gemacht hatte. Die Ärztin hörte ihm die ganze Zeit aufmerksam zu, – geduldig und aufrichtig interessiert, ja augenscheinlich sogar Anteil nehmend. Wallroth spürte, wie gut ihm das tat. In Berlin war er einmal von einem Arzt mit den Worten empfangen worden: »Was? Ich soll für Ihre Krankenversicherung ein ausführliches Gutachten schreiben? Jetzt? Das dauert doch viel zu lange. Dafür hab` ich überhaupt keine Zeit! Schicken Sie mir per E-Mail als Anhang eine Worddatei mit den Angaben, die Sie in dem Gutachten haben wollen. Ich arbeite die dann mit ein. Aber jetzt geht das auf gar keinen Fall.« Dabei war er damals angemeldet gewesen und hatte einen festen Termin bei dem Arzt gehabt. Zeit, während des Gesprächs mit Wallroth ein Telefonat von außerhalb entgegenzunehmen und den Patienten am anderen Ende der Leitung ausführlich zu beraten, hatte sich der Arzt jedoch genommen. Anschließend hatte er auf die Schnelle und während Wallroth versucht hatte, seine damalige gesundheitliche Verfassung zu beschreiben, ein Befund-Fragment in sein Notebook gehämmert, es ausgedruckt und ihm ausgehändigt. Natürlich waren die wesentlichen Äußerungen Wallroths darin nicht enthalten. Kein Wunder, hatte ihm der Arzt beim eifrigen Tippen des Textes doch kaum aufmerksam und konzentriert zuhören können. Nur das Honorar, das er später gefordert hatte, war nicht knapp bemessen gewesen.

Zum Glück hatte Frau Dr. Oertl, für Wallroth deutlich spürbar, eine andere Auffassung vom Umgang mit Patienten und verfügte über ein hohes Maß an Einfühlungsvermögen. Als er geendet hatte, sprach sie ruhig und ihn dabei immer offen und direkt anschauend: »Ich schlage Ihnen jetzt folgendes vor: Wir messen Ihren Blutdruck und führen ein EKG durch. Wenn die Werte in Ordnung sind, haben Sie diese Sorgen schon weniger. Anschließend verschreibe ich Ihnen ein kleines Fläschchen sehr wirksame und auf rein pflanzlicher Basis hergestellte Beruhigungstropfen. Die nehmen Sie heute und in den nächsten Tagen. Das wird Ihnen helfen – ganz sicher! Und wenn Sie dann wieder in Berlin sind, gehen Sie zu Ihrem Schulpsychologen oder zu Ihrem Betriebsarzt und holen sich dort professionelle Hilfe. Sie haben doch sicher zu Hause Fachleute, an die sich Menschen mit Ihrem Beruf wenden können, wenn sie Probleme haben und Hilfe brauchen?«

Wallroth wusste es nicht.

»Vielleicht bekommen Sie bei Ihrem Krankheitsbild auch eine Kur oder Reha-Maßnahme verordnet. Erst recht nach diesem Schock. Das würde ich auf jeden Fall in Ihrer Situation für angemessen halten.«

Der Lehrer stimmte ihren Vorschlägen dankbar zu und sah, wie die Ärztin die Messung des Blutdrucks vorbereitete.

In diesem Moment erkannte er sie wieder. Natürlich! Schon als er im Wartezimmer aufgerufen worden war und die Ärztin angeblickt hatte, war sie ihm bekannt vorgekommen, obwohl er vorher noch nie in ihrer Praxis gewesen war. Vielleicht hatte er sie deshalb nicht sofort erkannt, weil sie ihre wilde Lockenpracht mit einem Zopfband eng am Kopf zusammengebunden und sich anstelle ihrer stylischen Sonnenbrille ihre Praxisbrille aufgesetzt hatte. Aber er war sich jetzt sicher. Die Ärztin war die attraktive Snowboarderin, die ihm nach seinem kapitalen Sturz auf der Buckelpiste den zweiten Ski von oben gebracht und freundlich lächelnd vor die Füße gelegt hatte, bevor sie weiter talwärts gejagt war. – Peinlich! Hoffentlich hatte sie ihn nicht auch wiedererkannt. Wenn ja, war sie so einfühlsam gewesen, sich davon nichts anmerken zu lassen.

Leitner stand in Traudners kleinem Arbeitszimmer und schüttelte den Kopf. »Das wird ja immer seltsamer, diese Unfallfluchtgeschichte. – Der Audi von dem Wallner ist auf der Fahrerseite wirklich völlig eingedrückt. Davon hab` ich mich gestern selbst überzeugt, als ich mit Ferdinand draußen war. Wir sind extra eine große Runde bis zur Ufergasse gelaufen. – Aber jetzt kommt`s. Das glaubt einem kein Mensch!« Er blickte seinen Kollegen an.

»Der Franz Berger beobachtet in der Nacht eine Frau, die den Schaden an dem Wagen verursacht hat und mit ihrem weißen Auto einfach wegfährt. Er gibt uns das Autokennzeichen des Wagens. Das Kennzeichen gehört zu einem weißen Renault Clio aus Berlin. Die Besitzerin des Autos befindet sich aber gar nicht in Österreich, sondern ist mit ihrer Seminargruppe seit dem letzten

Wochenende an der Ostsee, in Deutschland. Ihr Auto steht zu Hause in Berlin in der Garage, den Autoschlüssel hat sie mit. Ihre Tochter wollte eigentlich mit ihrer Schule nach Mauterndorf kommen. Ist aber nicht hier, sondern in Berlin geblieben, wie wir von dem Lehrer wissen. Frau Wolters hat ihre Tochter telefonisch immer noch nicht erreicht und beginnt allmählich sich Sorgen zu machen! Denn auch ihre Nachbarin hat das Mädchen zu Hause nicht angetroffen und auch seit Tagen nicht gesehen. Die Mutter kann sich das nicht erklären. Hat sie mir zumindest gerade am Telefon versichert. – Hmm, das soll jetzt mal einer verstehen.« Er schüttelte wieder den Kopf. »I versteh des jedenfalls net.«

»Du verstehst dich doch so gut mit der Schulsekretärin, Leitner«, war auf einmal die Stimme Steffners zu vernehmen, der, von beiden unbemerkt, die Inspektionsräume betreten hatte und grinste. »Ruf doch einfach noch mal in der Schule in Berlin an, frag, ob das Mädchen da ist und lass sie ans Telefon holen. Und wenn sie nicht da ist, fragst, wie lange sie schon fehlt und ob sie entschuldigt wurde. Wir müssen unsere Tochter immer sofort bei der Schule entschuldigen, wenn sie krank ist und zu Hause bleiben muss.«

Steffner setzte sich. »Aber vorher kannst du dir noch eine weitere unglaubliche Geschichte anhören, wennst magst. – Also, ich fahr` heute Morgen auf der Turracher Straße von Maria Pfarr in Richtung Mauterndorf. Leichter Schneefall. Es ist glatt, die Sicht ist nicht optimal, viel Gegenverkehr in Richtung Autobahn. Plötzlich wird an einem entgegenkommenden Wagen, ungefähr vierhundert Meter entfernt, Blaulicht eingeschaltet. Der Wagen schert aus, um die Kolonne vor ihm zu überholen. Es ist Polizei, kann ich erkennen. Und was tut der Fahrer, als er mich kommen sieht? Er drosselt nicht etwa das Tempo langsam, – mit dem Motor zum Beispiel –, wie das bei diesem Wetter und bei diesen Straßenverhältnissen jeder normale Autofahrer macht. Nein, der Idiot steigt voll auf die Bremse. Wie ein Anfänger! Und kommt mir entgegen geschossen! Wie ein herrenloser Ski auf dem Steilhang, nur viel größer und viel schwerer. Im letzten Moment konnte ich auf den Seitenstreifen ausweichen, sonst hätte der mich frontal erwischt. Und jetzt ratet mal, wer in dem Polizeifahrzeug saß? – Na? – Richtig, der Wagner und der Berners!«

»Wieso fahren die Deppen denn am frühen Morgen mit Blaulicht?«, fragte Leitner ungläubig.

»Vielleicht wollten sie pünktlich zur Frühstückspause kommen«, erwiderte Steffner und tippte sich an die Stirn.

Das Telefon auf Leitners Schreibtisch klingelte. Er schaute auf das Display. »Das sind sie«, sagte der Inspektor, »ich schalte mal auf Laut.«

»Griaß di, Rudi. Wagner hier. – Du hast doch gesagt, wir sollten die Augen mal aufhalten wegen dem gesuchten Fahrzeug aus Berlin.«

»Und dazu braucht ihr Blaulicht und du musst fahren wie a Wildsau?«, brüllte Leitner. »Und drängst andere Verkehrsteilnehmer in den Straßengraben!«

218

»Ja, a blede G`schicht, Rudi«, stotterte Wagner schuld-
bewusst, »erklär` i dir später.«

»Darüber schreibt ihr einen Bericht, wenn ihr zurück
seid, und zwar einen ausführlichen!«

»Siehst, das war doch der Steffner«, hörten die Männer den Wagner zu seinem Beifahrer sagen. »Ich hab`s
dir doch gesagt.«

Dann sprach er wieder mit Leitner. »Also, hier in Maria
Pfarr ist kein weißes Berliner Fahrzeug zu sehen. Wir
fahren dann mal weiter nach Tamsweg. Servas Leitner.
Du, nix für ungut.«

»Ihr schreibt`s mir dazu einen Bericht!«

Der Inspektor schnaubte verärgert. Nachdem er aufgelegt hatte, hob er den Hörer sofort wieder ab, um Steffners Vorschlag zu folgen und in der Schule in Berlin anzurufen. Sie mussten von dem Mädchen wissen, ob der
Wagen wirklich in Berlin in der Garage stand.

Im BERGBLICK angekommen riss die Referendarin die
Tür zu ihrem Badezimmer auf und hob den Toilettendeckel so schnell sie konnte hoch. Sofort schoss ein bitter
schmeckender Schwall aus ihrem Mund und füllte die
Toilettenschüssel mit dem, was sie eben eilig als Frühstück zu sich genommen hatte. Obwohl sie nur noch Tee
trank und gerade mal zwei Scheiben Weißbrot ohne
Butter und eine Banane gegessen hatte, konnte ihr Magen nichts mehr bei sich behalten. Sie war so fertig, wie

sie es bisher noch nie erlebt hatte. Ihre erste Skifahrt als mitverantwortliche Lehrerin und dann gleich so ein furchtbares Ereignis. Ein junges, lebensfrohes Mädchen wird umgebracht und sie war mit schuld. Niemals hätten sie Sabrina, so angetrunken wie sie war, in der Disco zurücklassen dürfen. Und erst recht nicht in so einer Begleitung. Dieser alte Anmacher! Doch wer hätte denn ahnen können, dass sie ganz alleine dort bleiben würde, wenn alle ihre Freundinnen zur Unterkunft zurückgingen. Außerdem war sie natürlich schon neunzehn und ging auch in Berlin alleine aus. Aber was würde passieren, wenn herauskam, dass sie in dieser Nacht mit ihrem Kollegen im Bett war? Würde sie ihr Referendariat fortsetzten können? Und was wäre im Falle einer Schwangerschaft? Der nächste Schwall suchte sich schmerzend und eklig schmeckend den Weg aus ihrem Mund. Wie sollte sie bloß den heutigen Tag durchstehen? Dabei musste sie heute alleine mit den Schülern ins Skigebiet fahren. Und das in einer dreiviertel Stunde.

»Lieber Gott, hilf mir!«, begann sie zu beten, während sie sich mit kaltem Wasser Hände und Gesicht wusch.

Nachdem es fast zehnmal geklingelt hatte und Leitner schon wieder auflegen wollte, nahm am anderen Ende der Leitung jemand ab.

»JESSE-OWENS-GYMNASIUM, Frau Selçuk am Apparat.

Guten Morgen, Günaydin.«

»Gün was?«, fragte Leitner verblüfft.

»Günaydin! Das ist türkisch und heißt guten Morgen«, antwortete die Sekretärin fröhlich.

»Grüß Gott. Das heißt auch so etwas Ähnliches wie guten Morgen«, entgegnete der Inspektor amüsiert.

»Hier ist noch einmal Inspektor Leitner aus Mauterndorf, Frau Selçuk«, sagte Leitner. Diesmal ohne auf seinen Spickzettel schielen zu müssen. »Ich bräuchte noch mal Ihre Hilfe. – Wir haben Frau Wolters inzwischen gesprochen, können aber ihre Tochter nicht erreichen. Ihre Mutter erreicht Alena auch nicht. Deshalb würde ich gerne von Ihnen wissen, ob Alena heute in der Schule ist?«

»Das kann ich Ihnen nicht sagen. Das weiß ich nicht.«

»Wie bitte?«, fragte Leitner ungläubig, »das wissen Sie nicht?«

»Wir sind eine große Schule, Herr Inspektor. Wir haben mehr als tausend Schüler und über hundert Lehrer und pädagogische Mitarbeiter. Da steht morgens keiner am Tor und begrüßt jede Schülerin und jeden Schüler mit Handschlag und weiß dann, wer da ist und wer nicht.«

»Das heißt, wenn Ihre Schüler morgens keine Lust haben und einfach zu Hause bleiben, während die Eltern bei der Arbeit sind, dann merkt das gar keiner?«

»Nein, so ist das natürlich auch nicht«, widersprach ihm die Sekretärin empört. »Die Lehrer notieren sich, wer in ihrem Unterricht fehlt, und übertragen ihre Notizen später auf speziell gestaltete Fehlzeitenlisten, die im Lehrerzimmer aufbewahrt werden.«

»Können Sie denn nicht mal eben ins Lehrerzimmer gehen und nachschauen?«, fragte Leitner.

»Ich war noch nicht fertig«, antwortete Frau Selçuk geduldig. »Später bedeutet nicht unbedingt noch am selben Tag. Das kann auch bedeuten, drei Tage später oder zwei Wochen später. Je nachdem, wann die Kollegen Zeit finden.«

Leitner räusperte sich. »Das heißt, ob Alena heute nicht in der Schule ist, steht in dieser Liste höchstwahrscheinlich noch gar nicht drin. Und ob sie am Montag, am Dienstag oder am Mittwoch gefehlt hat, vielleicht auch nicht.«

»So ist es, Herr Inspektor.«

»Und was machen Sie, falls Sie eine Schülerin dringend sprechen müssen? Geben Sie dann eine Vermisstenmeldung bei der Polizei auf und hoffen, dass die Ihre Schülerin in Ihrer Schule findet?«

»Nein, für diesen Fall haben wir eine Lautsprecheranlage im Haus. Wir machen dann eine Durchsage und hoffen, die Schülerin hört die und ist nicht gerade auf dem Sportplatz oder in der Tischtennishalle. – Oder auf dem Schulhof, weil wieder einmal zu viele Lehrer krank sind und der Unterricht ausfällt, weil es keine Vertretungslehrer gibt.«

Leitner schluckte: »Die Berliner.« War das bei ihnen in Mauterndorf auch so chaotisch? Leitner wusste es nicht. Er hatte keine schulpflichtigen Kinder.

»Ich mache Ihnen einen Vorschlag«, hörte er die Sekretärin sagen. »Ich schaue mal nach, wo die Schülerin Unterricht hat, und hole sie ins Sekretariat. Wenn wir wieder hier sind, rufe ich Sie zurück.«

»Das ist sehr nett von Ihnen. Gutes Gelingen. Und nehmen Sie sich Proviant mit, für den Fall, dass die Suche länger dauert«, lachte Leitner über seinen eigenen Witz.

Der Inspektor sollte Recht behalten. Nach etwa zwanzig Minuten läutete sein Telefon und Frau Selçuk war am Apparat und entschuldigte sich, dass es so lange gedauert habe. Sie erklärte ihm, der Oberstufenleiter, bei der sie den Stundenplan von Alena habe erfragen müssen, weil sie von ihrem Rechner aus irgendwie nicht ins System gekommen sei, sei nicht in seinem Büro gewesen. Deshalb habe sie auf ihn warten müssen. Als er dann endlich von der Toilette gekommen sei, hätten sie gesehen, dass Alena Sportunterricht habe und im Grundkurs Leichtathletik sei. Dieser Kurs finde auch im Winter auf dem Sportplatz statt, da die Turnhallenkapazität für ihre große Schule zu gering und die Halle durch drei andere Kurse belegt sei. Dort angekommen, habe Frau Selçuk festgestellt, dass der Kurs gerade unterwegs war zu einem winterlichen Ausdauerlauf im nahegelegenen Park. Etwas anderes war wegen der niedrigen Temperaturen und der vereisten Tartanbahn nicht möglich. Sie selbst habe die seltene Gelegenheit wahrgenommen und sich die Wintersonne ins Gesicht scheinen lassen. Als der

Lehrer dann schließlich mit seiner Gruppe zurück auf dem Sportplatz war, hatte man festgestellt, dass Alena heute fehlte.

Leitner atmete hörbar aus. Aber die Sekretärin hatte noch eine weitere Information für ihn. Sie hatte in die Fehlzeitenliste im Lehrerzimmer geschaut und gesehen, Alena war von einigen Lehrern bereits als fehlend eingetragen worden, und zwar schon seit Montag.

Das ist ja seltsam, dachte Leitner bei sich. Wieso ist sie denn dann zu Hause weder anzutreffen noch telefonisch zu erreichen? Er bedankte sich freundlich bei der netten Sekretärin, legte auf und ging mit seinen Neuigkeiten sofort zu den beiden Kripobeamten in den Nachbarraum.

Es klingelte an der Haustür. Die junge Frau erschrak heftig. Erst war es dreimal kurz zu hören gewesen, jetzt hielt jemand seinen Finger auf den Klingelknopf gedrückt. Es kam ihr ewig vor. Sie riss die Arme hoch und presste die Hände fest auf ihre Ohren. Sie hörte ganz deutlich das dumpfe Geräusch ihres schnellen Herzschlages. »Papa!«, rief sie verzweifelt. Aber ihr Vater war nicht da, wieder einmal. Eigentlich kannte sie das ja und war daran gewöhnt. Als sie drei Jahre alt gewesen war, hatten sich ihre Eltern getrennt und er war gegangen. Ganz, ganz weit weg, hatte ihre Mutter ihr damals erklärt. Viel zu weit, um ihn zu besuchen. Nur ein Foto war ihr geblieben von ihrem geliebten Papi. Dann waren Ansichtskarten gekommen, Karten zum Geburtstag, Weihnachtskarten mit Geldscheinen drin. Später hatte er zu diesen Gelegenheiten auch angerufen. Sie war größer und älter geworden, konnte alleine reisen und hatte ihn und seine neue Frau besucht. Doch insgesamt nur dreimal. Seine neue Frau mochte sie nicht, das hatte sie sofort gespürt. Außerdem hatten die beiden nur eine sehr kleine Zweizimmer-Wohnung und ganz wenig Geld.

Inzwischen war sie selbst eine Frau, fast erwachsen, wurde in einigen Wochen achtzehn und brauchte ihn mehr denn je. – Aber auch jetzt war er weggegangen, arbeiten. Es klingelte immer noch oder schon wieder. Sie wusste es nicht. Zögernd schlich sie zum Wohnzimmerfenster. Die Vorhänge waren noch zugezogen. Das war ihr recht. Sie wollte nicht gesehen werden und eigentlich auch niemanden sehen. Ganz vorsichtig zog sie einen der Vorhänge etwas zur Seite. Für einen kurzen Augenblick stockte ihr der Atem.

Leitners Telefon klingelte wieder, kaum dass er den beiden Kripobeamten von dem scheinbar verschwundenen Mädchen berichtet hatte. »Sackra!«, fluchte er und eilte zu seinem Schreibtisch. »Wagner, was ist denn nun schon wieder? Habt ihr noch ein Auto in den Graben gezwungen oder was?« Dann hörte er einen Moment zu.

»Was habt ihr? – Wo? – In Tamsweg?«

Der Inspektor schaltete das Telefon zum Mithören für die beiden Kripobeamten wieder laut.

»Ja, wir stehen hier im Talweg vor dem Haus Nr. 23. Das ist ein Mietshaus mit mehreren Wohnungen. Und auf dem Parkplatz davor steht ein weißer Renault Clio mit Berliner Kennzeichen, B-CZ 5612. An der hinteren Stoßstange sind Schäden, die eindeutig auf einen Crash schließen lassen. Das muss der Wagen sein. Und jetzt kommt`s. Auf dem Klingelschild, das zu der Wohnung im Erdgeschoss gehört, steht Wolters. Was sagst du jetzt, Leitner?«

»Das gibt`s doch nicht. Hat die Frau Wolters uns belogen? Ist die etwa gar nicht an der Ostsee, sondern hier? Mit ihrem Auto? Dann haben die in Tamsweg eine Ferienwohnung?«, rief der Inspektor entgeistert aus.

»Das glaub` ich nicht«, mischte sich jetzt Steffner ein. »Das wäre ja völlig bescheuert! Die Tochter darf nicht mit auf die Skifahrt nach Mauterndorf, weil`s Geld fehlt, und die Mutter ist zur selben Zeit in Tamsweg, ein paar Kilometer von hier entfernt in der eigenen Ferienwohnung und macht Urlaub. – Unmöglich!«

Leitner guckte skeptisch, überzeugt wirkte er nicht.

»Möglich ist alles. Vielleicht ist die ja heimlich mit ihrem Liebhaber hier und die ganze G`schicht mit dem Heilpraktiker-Seminar an der Ostsee ist gelogen.«

Leitner sprach nun wieder in sein Telefon. »Und, Wagner, habt ihr geklingelt? Ist sie da?«

»Wer?«

»Na, die Alicia Wolters, wer denn sonst?«

»Naa. I hab` Sturm `klingelt. Aber da macht koaner auf. Da is koaner.«

»Dann bleibt ihr da und wartet!«, befahl Leitner.

»Wie jetzt?«

»Ihr wartet, hab` ich gesagt! Bis ihr die Frau Wolters habt! Vorher rührt ihr euch nicht vom Fleck! Ist des kloar? Die muss ja irgendwann kommen.«

Der Inspektor knallte den Hörer auf. Nun guckte Steffner skeptisch.

»Inspektor, wenn du einen Augenblick Zeit hast, komm doch mal her. – Ich möchte euch mal eine Aufnahme vom Tatort zeigen. Dir auch Steffner. Irgendetwas stört mich auf dem Foto. Irgendetwas stimmt nicht. Ich weiß es, aber ich finde einfach nicht heraus, was es ist.«

Traudner öffnete die Aufnahme von der Fleischerbrücke auf seinem Rechner. Sie sahen die feucht glänzende Fahrbahn, die schwach das Laternenlicht reflektierte und nur an den seitlichen Rändern noch teilweise mit Schnee bedeckt war, und rechts und links die niedrigen Mauern, ebenfalls schneebedeckt. Davor auf beiden Seiten ein Wachhäuschen, jedes eindrucksvoll verziert durch eine dicke frische Schneeschicht und die auffällig langen, mächtigen Eiszapfen, die aussahen, als wären sie aus Glas.

»Das Einzige, was nicht stimmt«, sagte Leitner, der hereingekommen war und jetzt hinter den beiden LKA-Beamten stand, »ist, dass einer den schönen großen

Eiszapfen da vorne abgebrochen hat. Da ist jetzt eine Lücke. Und das zerstört die Symmetrie. Sonst wär's ein schönes Kalenderbild. – Für den Januar zum Beispiel oder den Februar, – oder auch den Dezember.«

Traudner betrachtete die Stelle auf dem Foto und plötzlich hatte er es. »Mensch, das Tatwerkzeug! Erinnerst du dich, Steffner? Eine konisch geformte Stange oder etwas Ähnliches. Das war eine Stange aus Eis, ein Eiszapfen!«, rief er aufgeregt. »Der Täter hatte keine Waffe, der hat dem Mädchen mit dem Eiszapfen auf den Kopf geschlagen! Darauf soll mal einer kommen.«

»Wenn wir dich nicht hätten, Leitner!«, grinste Steffner. »Beim LKA gibt's nur Blinde. Aber zum Glück haben die noch den Leitner.«

Traudner nickte dem Inspektor anerkennend zu und rief sofort bei den Kollegen der Spurensicherung an, um sie zu informieren.

»Guter Mann, der Leitner, haben die gesagt«, gab er deren Lob weiter. – »Das heißt doch aber«, wandte er sich jetzt an Steffner, »es war mit ziemlicher Sicherheit kein geplanter Mord. Der Täter hatte keine Waffe dabei und hat spontan nach dem Eiszapfen gegriffen. Dann war es also Totschlag! Wahrscheinlich im Affekt. Im Streit vielleicht? Hatte das betrunkene Mädchen Streit mit einem Mitschüler? Oder vielleicht doch mit einem Fremden? Wir haben auf jeden Fall noch viel Arbeit vor uns, Kollegen. Und keine Zeit zu verlieren!«

»Willi, da bewegt sich was.«

Berners stieß seinen Kollegen an, der die Augen geschlossen hielt und vor sich hin döste.

»Wo?«

»Am Fenster! Von der Wohnung im Erdgeschoss, der Vorhang. – Jetzt wieder! Die Frau ist in der Wohnung. Die will warten, bis wir wieder weg sind, und dann abhauen. Wir gehen da jetzt rein und nehmen die fest.«

Die beiden Polizisten setzten sich ihre Dienstmützen auf und gingen erneut auf die Haustür zu. Als auf ihr Klingeln nicht reagiert wurde, versuchten sie es bei den anderen Mietern und hatten Glück. Die Haustür wurde ohne weitere Nachfrage geöffnet. Ganz schön leichtsinnig, dachte Berners. An der Wohnungstür klingelten sie jetzt nicht mehr, sondern Wagner klopfte mit seiner Faust gegen die Tür. »Hier ist die Polizei! Öffnen Sie die Tür, Frau Wolters! Wir wissen, dass Sie in der Wohnung sind. Wir haben Sie gesehen. Sie müssen uns ein paar Fragen beantworten.«

Kurz darauf hörten sie, wie sich ein Schlüssel im Schloss drehte, und die Tür öffnete sich langsam. Vor ihnen stand überraschenderweise ein Mädchen, eine junge Frau.

»Ist Ihre Mutter zu Hause?«, fragte Wagner leicht verunsichert. Auch Berners sah die junge Frau verwundert an.

»Nein.«

»Wo ist die denn?«

»Keine Ahnung. – An der Ostsee.«

»Wollen Sie mich verarschen?«

»Nein.«

»Ist das Ihre Wohnung?«

»Nein.«

»Darf ich mal Ihren Ausweis sehen?«, schaltete sich jetzt Berners ein.

Wortlos drehte sich die junge Frau um und verschwand in einem Zimmer. Mit ihrem Ausweis in der Hand kehrte sie zurück.

Alena Wolters, las der Polizeibeamte. »Ist das Ihr Wagen da draußen? Der weiße Renault Clio mit dem Berliner Kennzeichen?«

»Nein, der gehört meiner Mutter.«

Die beiden Polizisten blickten sich fragend an.

»Und wie kommt der hierher?«

Das Mädchen antwortete nicht.

»Ich ruf` mal in der Inspektion an«, schlug Berners vor und verließ mit dem Ausweis in der Hand die Wohnung.

»Steffner, wir schauen uns noch einmal die Teilnehmerliste der Berliner Schülergruppe an. Wir müssen jetzt noch mal neu überlegen, wer von denen eventuell als Täter infrage kommen könnte und wen wir noch einmal überprüfen und befragen müssen. Wir rufen auch die Lehrer an. Die sollen uns sagen, ob sonst noch jemand mit Sabrina Gehrke Streit hatte. Dann sollen die uns die Schüler, die wir brauchen, herschicken. Wir beide befragen sie dann. Einen übernimmst du jeweils und den anderen übernehme ich. Das erspart uns Zeit«, ordnete der Kommissär an. »So machen wir`s!«

Leitner trat ein. »Der Wagner und der Berners haben eine Alena Wolters gefunden. Das muss die Tochter von Alicia Wolters sein. Auf ihrem Ausweis steht dieselbe Adresse. Ihr werdet`s nicht glauben. Die ist in Tamsweg! Und vor dem Haus, wo sie gefunden wurde, steht das Auto ihrer Mutter. Die sei irgendwo an der Ostsee, sagt sie auch. Dann wird das wohl doch stimmen.«

»Dann hat das Mädchen den Wagen vielleicht gefahren und den Unfall verursacht«, überlegte Traudner.

»Ich denke, die darf gar nicht alleine fahren. Die ist doch noch keine achtzehn. – Und wo hat die denn plötzlich den Autoschlüssel her?«, entgegnete Steffner.

»Werden wir sehen. Die sollen das Mädchen sofort herbringen! Vielleicht ist sie eine wichtige Zeugin und hat in der Tatnacht irgendetwas gesehen.«

»Oder vielleicht war sie es ja sogar selbst«, spekulierte Steffner.

Traudner blickte seinen Kollegen nachdenklich an und hob die Schultern. »Wer weiß?«

Nicht lange danach betrat eine junge Frau, begleitet von den beiden uniformierten Polizeibeamten, die Räume der Polizeiinspektion Mauterndorf. Grußlos, wie Traudner registrierte, und mit einem verschlossenen, ja abweisenden Gesichtsausdruck. Der Kommissär bat sie höflich in das kleine Vernehmungszimmer und forderte

auch den Inspektor und seinen Assistenten auf einzutreten. Alle nahmen Platz und die Beamten stellten sich vor.

»Sie sind Frau Alena Wolters. Ist das richtig?«, begann
Traudner ruhig.

Die junge Frau antwortete mit einem knappen Ja.

»Frau Wolters, bevor wir mit Ihrer Befragung beginnen, möchte ich Sie darüber belehren, dass Sie das Recht
haben, auf die Anwesenheit eines Anwalts zu bestehen.«

»Brauch` ich nicht!«, zischte Alena Wolters.

Leitner hielt die Antwort des Mädchens im Protokoll
fest.

»Außerdem«, fuhr der Kommissär sachlich fort, »können Sie verlangen, dass ein Erziehungsberechtigter bei
der Befragung anwesend ist, da Sie noch nicht volljährig
sind. Wollen Sie, dass wir Ihre Mutter informieren und
sie bitten hierherzukommen?«

»Nein! – Wie soll das denn überhaupt gehen? Die ist
doch an der Ostsee«, war die Antwort, die ebenfalls ins
Protokoll übernommen wurde.

Auf ein Zeichen des Kriminalbeamten begann Leitner
mit der Befragung. »Frau Wolters, ein Zeuge hat gesehen, wie in der Nacht von Dienstag auf Mittwoch dieser
Woche, so etwa gegen 0:30 Uhr, hier in Mauterndorf in
der Ufergasse ein parkendes Auto beschädigt wurde.«

»War ich nicht!«, fiel das Mädchen ihm ins Wort.

»Der Zeuge hat eine Frau in einem weißen Renault
Clio beobachtet, die den Unfall augenscheinlich bemerkt
hat, aber einfach weggefahren ist.«

»War ich nicht!« Sie schaute auf den Boden.

»Wenn Sie nicht gefahren sind, wer kommt sonst als Fahrzeugführerin infrage?«

»Keine Ahnung.«

»Hat Ihre Mutter den Wagen zu der fraglichen Zeit gefahren?«

»Die kann gar nicht gefahren sein. Die ist an der Ostsee. Hab` ich doch schon zweimal gesagt!«

Leitner blieb ganz ruhig. »Und wie erklären Sie sich dann, dass mit dem Fahrzeug, Renault Clio, weiß, Kennzeichen B-CZ 5612, das unsere Beamten heute Morgen in Tamsweg gefunden haben und das auf Ihre Mutter zugelassen ist, hier in Mauterndorf ein Unfall mit Unfallflucht begangen wurde?«

»Weiß ich doch nicht. Ist doch Ihr Job!«

»Und wie erklären Sie sich, dass an dem Wagen, der vor Ihrer Haustür in Tamsweg steht, Schäden an der hinteren Stoßstange zu erkennen sind, die auf einen Zusammenstoß mit einem anderen Fahrzeug schließen lassen?«

»Weiß ich doch nicht. Ist doch Ihr Job!«

»Frau Wolters, haben Sie den Wagen gefahren?«, bohrte der Inspektor scheinbar unbeeindruckt weiter.

Alena Wolters antwortete nicht. Wieder schaute sie mit verschlossenem Blick auf den Boden und überlegte. Die Beamten schwiegen und warteten bewusst.

»Ja, ich bin mit dem Auto gefahren. – Aber ich hatte keinen Unfall!«, fügte sie energisch hinzu. »Ich bin erst Mittwochmorgen hier angekommen. Fragen Sie doch meinen Vater! Der kommt gleich.«

Die drei Männer schauten sich fragend an.

»Ihren Vater?«, schaltete sich Traudner ein.

»Ja. Der wohnt in Tamsweg. Ich hab` ihn auf der Arbeit angerufen. Er wollte so schnell wie möglich herkommen, hat er gesagt.«

»Die Wohnung in Tamsweg gehört gar nicht Ihrer Mutter?«, fragte Leitner verwundert.

Im selben Moment klopfte es an der Tür und Wagner trat ein. »Hier ist ein Herr Wolters. Er sagt, er wäre der Vater von Alena Wolters.«

Der Kommissär stand auf, ging in den Inspektionsraum und schloss die Tür hinter sich.

»Guten Morgen. Wolters ist mein Name, ich bin der Vater von Alena.«

»Guten Morgen«, erwiderte Traudner.

»Meine Tochter hat mich angerufen und erzählt, dass sie von der Polizei hierhergebracht würde? Was ist denn passiert?«

Traudner stellte sich vor und schilderte dem Vater des Mädchens in aller Kürze den Sachverhalt, der die Befragung Alenas in der Gendarmerie unumgänglich machte. Er bat Herrn Wolters ins Vernehmungszimmer. Der Mann trat ein, grüßte die anwesenden Beamten mit einem Kopfnicken und umarmte Alena, die aufgestanden war. Dann setzte er sich auf den Stuhl, den Steffner neben Alenas Platz gestellt hatte. Jetzt fuhr Leitner fort:

»Wann genau sind Sie in Tamsweg angekommen?«

»So gegen sieben. Vielleicht viertel nach sieben.«

»Wieso wissen Sie das so genau?«

»Es begann langsam hell zu werden. – Ach so, die Nachrichten waren gerade vorbei. Und ich hab` mich geärgert, dass die schon wieder Werbung gebracht haben. Ist ja noch schlimmer als in Deutschland«, antwortete die junge Frau. »Nervt einen ja total ab!«

»Kann das jemand bezeugen, dass Sie erst morgens angekommen sind? Hat Sie jemand gesehen? Haben Sie jemanden bei Ihrer Ankunft vor dem Haus gesehen?«

»Ja, mein Vater. Der war schon wach. – Und ein Mann mit einem Hund. Den hab` ich auf der Straße gesehen. Aber ich weiß nicht, ob der mich auch gesehen hat. Mich kennt ja hier auch keiner.«

»Und auf dem Weg nach Tamsweg, in der Nacht? In einer Raststätte vielleicht? Haben Sie irgendwo etwas gegessen? Oder etwas gekauft?«, bohrte Leitner weiter.

Das Mädchen verneinte. Herr Wolters bestätigte die Angaben seiner Tochter. Mittwochmorgen habe es kurz nach sieben an seiner Tür geklingelt. Er habe gedacht, es sei seine Frau, die auf dem Weg zur Arbeit bemerkt habe, dass sie etwas vergessen habe. Dann sei plötzlich und völlig unerwartet seine Tochter in seine Wohnung getreten. Sie habe ihm erklärt, das Auto ihrer Mutter geliehen zu haben, obwohl sie eigentlich noch gar nicht alleine damit fahren durfte. Nach Österreich sei sie gekommen, weil ihr Freund auf Skifahrt in Mauterndorf sei und sie ihn unbedingt sprechen müsse. Den Grund dafür habe sie ihm nicht verraten wollen. Es sei jedoch sehr wichtig für sie gewesen, habe sie betont.

Jetzt übernahm Traudner die Befragung der jungen

Frau. »Frau Wolters, Sie könnten rein theoretisch gegen halb eins den Unfall in Mauterndorf gehabt haben, weggefahren sein, irgendwo geschlafen oder einfach nur gewartet haben und gegen sieben bei Ihrem Vater geklingelt haben. Das heißt, Sie haben nicht wirklich ein Alibi für die fragliche Zeit. – Sie brauchen also einen Zeugen oder einen Beweis dafür, dass es nicht so war, wie ich es beschrieben habe. Dass Sie in der Nacht noch nicht in Mauterndorf gewesen sein konnten.«

»Ich habe getankt.«

Traudner schaute das Mädchen überrascht an. Auch Leitner staunte jetzt.

»Wann?«

»Auf der Autobahn, so gegen fünf Uhr. Es war noch dunkel«, sprach sie fast tonlos weiter.

»Wissen Sie noch, wo das genau war?«

»Nein.«

»Und wieso können Sie sich so genau an die Uhrzeit erinnern?«

»Ich höre beim Autofahren immer Radio«, antwortete Alena genervt. »Und außerdem war ich krass müde.«

»Haben Sie den Tankbeleg noch?«

Die junge Frau nickte. »Ich glaube, ja.« Sie fingerte ihr Portemonnaie aus der Tasche ihres Anoraks, kramte darin herum und brachte einen Beleg zum Vorschein. Die Beamten schauten sich die Quittung an und überprüften die Daten:

»Und warum brauchen Sie für die letzten sechzig Kilometer zwei Stunden?«, fragte Leitner erstaunt.

»Ich hab` Ihnen doch gesagt, ich war müde. Nach dem Tanken hab ich etwas geschlafen. Im Auto war es einigermaßen warm und meine Mutter hat immer zwei Wolldecken im Kofferraum liegen.«

»Haben Sie Ihren Freund schon gesprochen?«, wechselte Steffner abrupt das Thema.

»Nein, ging noch nicht.«

»Warum haben Sie ihn nicht einfach angerufen oder auf Facebook mit ihm geschrieben? Das machen doch heutzutage fast alle jungen Leute so.«

»Ganz ehrlich, das ist meine Privatsache! Das geht die Polizei nichts an!«

»Aber die fahren doch heute Abend nach Berlin zurück, das wissen Sie doch bestimmt. Und trotzdem haben Sie Ihren Freund noch gar nicht gesprochen? Ist das nicht merkwürdig?«, fragte Steffner weiter.

»Privatsache! Kann ich jetzt gehen?«

Traudner nickte: »Ja.« Er sah keinen Grund mehr, die junge Frau länger festzuhalten.

Nachdem Alena Wolters mit ihrem Vater die Inspektion

verlassen hatte, schaute Steffner seinen Vorgesetzten fragend an. »Und, glaubst du ihr?«

Traudner hob die Schultern. »Der Tankbeleg entlastet sie. Eindeutig! Den kann sie nicht gefälscht haben, geschweige denn irgendwo zufällig gefunden haben. – Der Zeuge, dieser Schneeräumer, der muss sich vertan haben mit dem Kennzeichen. Die Typen sollen nachts gerne mal einen Obstler trinken. Oder auch mal zwei oder drei. Eine andere Erklärung habe ich nicht.«

»Aber merkwürdig bleibt das alles trotzdem«, entgegnete Steffner misstrauisch. »Wo kommen denn die Schäden an ihrem Wagen her? Ich bin der Meinung, den sollten wir von den Kollegen trotz allem noch mal genau unter die Lupe nehmen lassen!«

»Weißt du, was mich am meisten ärgert? Dass wir in unserem Fall nicht weiterkommen. Ich hatte gehofft, sie hätte vielleicht etwas Wichtiges beobachtet in der Tatnacht und uns als Zeugin weiterhelfen können. Aber wenn sie erst Mittwochmorgen angekommen ist, ist das unmöglich. Wir sind keinen Schritt weiter!«, stellte Traudner fest.

Berners steckte seinen Kopf in den Türrahmen. »Weshalb habt ihr die Kleine denn wieder gehen lassen? Der Leitner war doch ganz wild darauf, dass wir sie herbringen.«

»Weil sie ein Alibi hat. Die war zum Zeitpunkt des Unfalls noch gar nicht hier. Sie war noch auf der Autobahn«, antwortete Traudner.

»Die hat am Mittwochmorgen um fünf Uhr in der Früh

getankt, in Eben-Süd. Sie hatte den Tankbeleg noch«, fügte sein Assistent hinzu.

Berners machte große Augen, runzelte die Stirn und schaute die Kripobeamten missbilligend an. »Herr Kommissär, das kann gar nicht sein!«

»Wieso?«, fragten Traudner und Steffner fast gleichzeitig.

»An der Autobahntankstelle Eben-Süd tankt man, wenn man Richtung Deutschland fährt. Wenn man Österreich verlassen will! – Wenn man Richtung Tamsweg unterwegs ist, gibt es überhaupt keine Zufahrtsmöglichkeit zu dieser Tankstelle.«

»Bist du sicher?«, fragte Traudner erschrocken.

»Natürlich bin ich mir sicher. Hundertprozentig! Sie können auf einer Straßenkarte nachschauen oder im Internet! Eure Verdächtige war bereits wieder auf dem Weg nach Hause, als sie getankt hat! Das war, nachdem sie den Unfall in Mauterndorf hatte!«

»Und warum sollte sie wieder umkehren? Etwa damit wir sie hier festnehmen?«, wollte Traudner seinen offensichtlichen Fehler noch nicht akzeptieren.

»Weil sie kein Geld mehr hatte«, mischte sich Steffner ein. »Erinnerst du dich? Die hat nur für 30 Euro getankt, nicht mal zwanzig Liter. Wahrscheinlich hatte sie nicht mehr Geld. Und mit der Menge Benzin kommst du nicht bis nach Berlin. Und deshalb musste sie umkehren und ist zu ihrem Vater gefahren.«

Arno Wolters blickte seine Tochter von der Seite an. Seit sie gemeinsam das Polizeirevier in Mauterndorf verlassen hatten, hatte sie kein Wort gesprochen. Schweigend war sie eingestiegen, hatte sich angeschnallt und nach vorne gestarrt. Die ganze bisherige Fahrt über.

»Willst du mir nicht endlich erzählen, was passiert ist? Weshalb du nach mehr als fünf Jahren plötzlich vor meiner Haustür stehst? Weshalb du das Auto deiner Mutter nimmst, obwohl du gar nicht alleine damit fahren darfst? Du hast dich strafbar gemacht, auch wenn die Polizei uns hat gehen lassen. Die werden Anzeige erstatten. Fahren ohne gültigen Führerschein«, sprach er mit leiser, beruhigender Stimme. Er empfand tiefes Mitgefühl mit seiner nun fast volljährigen Tochter, die er so früh verlassen hatte, ja im Stich gelassen hatte.

Hätte er damals im Skiurlaub nicht diese attraktive, ledige Skilehrerin kennengelernt und wäre er nicht ein halbes Jahr später arbeitslos geworden. Hätte er in Berlin eine neue Arbeit gefunden und nicht die gut bezahlte Stelle in Radstadt. Dann wäre vielleicht alles anders gekommen. Aber hätte, wenn, wäre war Konjunktiv und half jetzt nicht weiter.

»Hmm?«, startete er einen neuen Versuch. »Ich möchte dir wirklich helfen, wenn ich es kann. Ich würde alles versuchen.«

»Ganz ehrlich, du kannst mir nicht helfen! Konntest mir noch nie helfen!« Dann schwieg Alena wieder.

Im Rückspiegel sah Arno Wolters einen Wagen mit eingeschaltetem Blaulicht schnell näherkommen. Er lenkte seinen grünen Polo so weit wie möglich nach rechts. Zu seinem Erstaunen bemerkte er, dass der Polizeiwagen jetzt sein Tempo reduzierte. Dann, das Fahrzeug befand sich inzwischen genau neben ihnen, öffnete sich die Scheibe der Beifahrertür und ein Polizist gab ihm Zeichen mit seiner Kelle. Er sollte der Polizei folgen und bei nächster Gelegenheit anhalten. Verwirrt begann er zu bremsen und suchte den Blickkontakt zu seiner Tochter.

»Fuck!«, fluchte die lautstark.

»Steffner, ich erreiche den Lehrer nicht. Der hat sein Handy ausgeschaltet. – Ich glaub' s nicht. Der will sich wohl den ganzen Stress vom Hals halten. Und was ist mit unserem Stress?« Traudner war wütend.

»Wir haben uns doch die Nummer der Lehrerin auch geben lassen. Ich versuch's mal bei der. Die jüngeren Menschen schalten ihre Handys selten aus.«

»Lass mal sein, Steffner. Machen wir nachher. Ich seh' gerade die Kollegen auf den Hof fahren. Die bringen das Mädchen zurück. Der Vater kommt ebenfalls mit, in seinem eigenen Auto.

Der Inspektor brachte Alena Wolters und ihren sichtlich irritierten Vater ins Verhörzimmer und schloss die Tür. Als beide zum zweiten Mal an dem kleinen Tisch Platz genommen hatten, begann Traudner leise, aber in einem energischen Tonfall: »Sie haben uns vorhin belogen, Frau Wolters. Das ist ärgerlich! Und kostet wertvolle Zeit! – Sie waren bereits auf dem Weg nach Deutschland, als Sie am Mittwochmorgen in Eben-Süd getankt haben. Und dann sind Sie umgekehrt, weil Sie gemerkt haben, dass Ihr Geld nicht ausreichen würde, um mit dem Wagen bis nach Berlin zu kommen. Ich betone noch einmal, wir stehen unter größtem Zeitdruck. Ich möchte, dass Sie uns jetzt die Wahrheit erzählen. Und zwar korrekt und ohne dass ich Ihnen noch viele zusätzliche Fragen stellen muss! Wir haben noch sehr viel Arbeit vor uns und können es uns nicht leisten, weitere Zeit zu verlieren. Ist das klar? Es geht nicht nur um Ihren Unfall und die Unfallflucht. Wir haben ein Tötungsdelikt aufzuklären!«

Die junge Frau erschrak. Auch ihr Vater schaute den Kommissär erschrocken an. Stille. – Keiner in dem kleinen Raum sprach.

»Ich hab` das nicht mehr ausgehalten«, begann Alena leise. »Alle meine Freundinnen durften mit zur Skifahrt, nur ich nicht. Mein Freund ist auch mitgefahren. Ich musste alleine zu Hause sitzen, nur weil meine Mutter das Geld für ihr beschissenes Seminar brauchte. Und dann seh' ich jeden Tag die Fotos auf Facebook. Rocco mit Sabrina in der Disco. Rocco mit Sabrina auf der Hütte. Rocco mit Sabrina auf Zimmerpartys. – Nice! Ich bin fast durchgedreht. Und als ich Juliane auf ihre Mailbox gesprochen hab', hat sie mir 'ne SMS geschickt: `*rocco ist hier mit sabrina zusammen. shit happens!*` – Der Typ hat das tatsächlich schon vor Beginn der Skifahrt geplant! –

Echt krass eyh! Richtig krass!«

Die Beamten sahen sich fragend an. »Ist das Ihr Freund? Dieser Rocco?«, fragte Traudner.

»Ja! – Und dann hab' ich einfach Mamas Auto genommen. Das stand ja in der Garage. Und dann bin ich hierhergefahren. Ich wollte unbedingt mit Rocco reden und der Schlampe wollte ich's zeigen. Ganz ehrlich, die nimmt mir nicht so einfach meinen Freund weg.«

»Und wann sind Sie losgefahren?«

»Am Dienstagmorgen. Die Uhrzeit weiß ich nicht mehr.«

»Schon vor der Skifahrt geplant?«, schaltete sich Steffner ein, »was meinten Sie damit?«

Alena schaute ihn irritiert an. »Ach, egal«, sagte sie schließlich.

Steffner schwieg.

»Und wann waren Sie in Mauterndorf?«, setzte Traudner die Befragung fort.

»Ich weiß nicht genau. Es war schon ziemlich spät. Ich glaub` so kurz nach zehn abends.«

»Und woher wussten Sie, wo Sie Rocco um diese Zeit hier in Mauterndorf finden würden?«

»Ich habe Max angerufen und ihm zum Geburtstag gratuliert. Und da hat der mir von der Party in der Disco erzählt. Und da bin ich einfach dahin.«

»Und wie haben Sie die Diskothek gefunden? Waren Sie schon einmal in Mauterndorf?« Traudners Assistent schaute die junge Frau prüfend an.

»Max hat am Telefon erwähnt, dass es hier nur die

eine gibt und dass sie nicht weit weg von ihrer Unterkunft liegen würde. Außerdem hat er den Namen GROTTE erwähnt. War nicht schwer zu finden. Ich hab` mir einen Parkplatz in einer Nebenstraße gesucht und in der Nähe der Disco gewartet.«

»Haben Sie Max am Telefon erzählt, dass Sie in Mauterndorf waren?«

»Nein, natürlich nicht.«

»Und deshalb sind Sie auch nicht in die Diskothek hineingegangen?«

»Das hatte einen anderen Grund. Meine Lehrer waren doch da drin. Die durften nichts mitkriegen. Ich hatte doch Schule!«, reagierte Alena fast empört.

»Aber Rocco Heine war doch gar nicht mehr da, der war doch schon früh nach Hause gegangen«, wunderte sich Traudner.

»Max hat gemeint, Rocco würde sich sicher schnell wieder abregen. Der würde garantiert wieder kommen. Das wäre so eine geile Party, die würde er nicht verpassen wollen, nur wegen Sabrina. Das hab` ich auch gedacht, so wie ich Rocco kenne. Der liebt Partys.«

Dann erzählte die junge Frau, dass sie sich in einem der Wachhäuschen bei der Brücke untergestellt hatte, weil es so stark geschneit hatte. Von dort konnte sie den Eingang der Diskothek beobachten ohne selber gesehen zu werden. Wenn ihr zu kalt war, lief sie die Straße hoch und runter, behielt jedoch dabei die Tür des Lokals immer im Auge. Nur ein paarmal ging sie für wenige Minuten weg. Zweimal, weil sie zur Toilette musste, einmal, um sich aus dem Auto noch etwas zu trinken zu holen. Genau in der Zeit müsste sie Rocco wohl verpasst haben, falls er wirklich noch mal in die Disco zurückgekommen war. Denn sie hatte ihn nicht gesehen. Sie hatte auch nicht mitbekommen, wie die Lehrer gegangen waren.

»Warum haben Sie denn Max nicht noch mal angerufen und nach Rocco Heine gefragt?«

»Hab' ich ja. Aber Max ist nicht mehr rangegangen.«

»Und wie ging's dann weiter?«, drängte Steffner.

»Ich bin dann irgendwann zurück zum Auto. Ich hatte keine Lust noch länger zu warten. Mir war saukalt.«

»Wann war das?«

»Keine Ahnung«, antwortete sie. – »Und als ich rückwärts aus der Parklücke gefahren bin, hab' ich zuerst das Auto auf der anderen Straßenseite nicht gesehen. Und als ich es gesehen habe und bremsen wollte, bin ich mit der Sohle von der Bremse gerutscht.«

»Wieso sind Sie dann einfach weggefahren«, griff jetzt wieder Leitner ein.

»Keine Ahnung.«

»Keine Ahnung! Keine Ahnung!«, schimpfte Steffner plötzlich, dem der Geduldsfaden riss. »Jede zweite Frage beantworten Sie mit 'Keine Ahnung'. Sie fahren einem anderen das Auto zu Schrott, hauen einfach ab und auf die Frage 'Wieso?' sagen Sie nur 'Keine Ahnung'. – So geht's nicht!«, wurde er noch lauter.

Das Mädchen erschrak und verlor die Fassung. Sie hielt sich ihre Hände vors Gesicht und begann laut und hemmungslos zu weinen. Sie tat Traudner leid. Der

Kommissär griff in die Innentasche seiner Jacke, die über der Stuhllehne hing, und brachte ein Päckchen Papiertaschentücher zum Vorschein. Zwei davon reichte er dem Mädchen. »Hier nehmen Sie das!«

Als Alena ihn anblickte und den Arm nach den Taschentüchern ausstreckte, flackerte etwas kurz in Traudners Kopf, war aber nicht zu greifen. Er merkte sich seine unbewusste Reaktion. Kurz danach war die junge Frau wieder ansprechbar. Der Kommissär fragte sie ruhig:

»Haben Sie denn Sabrina gesehen, als sie aus dem Tanzlokal kam?«

»Nein!«

»Das ist aber seltsam. Die kam nämlich etwa um Mitternacht raus. Und zehn Minuten nach ihr folgte ein Mann mit einer Zigarette. Da müssen Sie doch noch bei dem Wachhäuschen gestanden haben?«, wunderte sich Traudner. »Denn Ihr Unfall passierte gegen 0:30 Uhr.«

»Dafür gibt`s Zeugen. Die haben Sie beobachtet!«, bemerkte Steffner.

»Nein, ich habe aber niemanden von denen gesehen«, versicherte das Mädchen. »Vielleicht war ich da gerade pinkeln. Und als ich mir etwas zu trinken aus dem Auto holen wollte, ist mir der Schlüssel runtergefallen. In dem tiefen Schnee konnte ich den zuerst gar nicht finden. Das hat etwas gedauert.«

Traudner merkte, dem Mädchen fiel es immer schwerer zu antworten. Sie wirkte zunehmend nervöser und hatte offensichtlich auch einen ganz trockenen Mund. Er griff nach der Mineralwasserflasche, die neben ihm stand. Dann nahm er ein sauberes Glas, füllte es fast bis oben hin und reichte es der jungen Frau. In dem Augenblick, als sie das Glas ergriff, wandelte sich das kurze Flackern in Traudners Kopf in ein helles Licht. Plötzlich war er sich sicher, sie hatten die Täterin gefunden.

Die Gondel der Großeck-Bahn arbeitete sich durch die dichte Wolkendecke Richtung Bergstation. Wallroth saß alleine darin. Die meisten Skiurlauber wollten ihren Skitag möglichst intensiv genießen und waren um diese Zeit schon auf der Piste. Der Lehrer hatte sein Handy ausgeschaltet. Er brauchte die Ruhe jetzt und wollte wenigstens für ein paar Minuten ungestört sein. Der Besuch bei der Ärztin hatte ihm zwar gutgetan und geholfen, war aber auch anstrengend gewesen. Er sprach nicht sehr häufig und vor allen Dingen nicht so offen über seine Probleme und über seine intimsten Gefühle. Erst recht nicht mit Fremden. Das war aber in seiner Situation unumgänglich gewesen. Ein paarmal hatte ihm die Stimme versagt und er hatte sogar geweint. Doch die angenehme, fast fürsorgliche Art der Ärztin hatte bewirkt, dass er sich dafür nicht schämte.

Wallroth dachte über den Vorschlag der Ärztin, eine Kur oder Reha-Maßnahme zu absolvieren, nach. Er war jetzt seit fast fünfundzwanzig Jahren Lehrer. Bisher hatte er sich immer für psychisch stabil gehalten. Hatte geglaubt, er brauche so etwas nicht. Sei stark genug, Schwierigkeiten alleine zu bewältigen, ohne fremde Hilfe. Doch der tragische Tod Sabrinas und die Gedanken an alles, was noch auf ihn zukommen würde, überstiegen eindeutig seine Kräfte.

Die Ärztin hatte von dem Sohn eines Bekannten erzählt, der eine Ausbildung zum Physiotherapeuten machte und gerade ein Praktikum in einer Klinik im Allgäu absolvierte. Viele der Patienten dort in der Kurklinik Schwangau seien Lehrer, Polizisten oder Feuerwehrleute, denen eine Art Aktiv-Therapie angeboten wurde. Der leitende Arzt hatte dem Praktikanten erzählt, dass sie mit ihrem speziellen Konzept bei den Patienten große Erfolge erzielen würden. Wallroth nahm sich fest vor, sich im Internet über das Therapieangebot dieser Klinik zu informieren. Aktiv-Therapie, mit einem hohen Anteil an Körpertraining in den Bergen, zusätzlich zu Entspannungstherapie und Stressmanagement. Hörte sich interessant an. Das könnte etwas für ihn sein.

Die Gondel durchbrach plötzlich die Wolkendecke und vor ihm tat sich ein traumhafter Ausblick auf. Strahlend blauer Himmel, ungetrübter Sonnenschein und herrlich verschneite Berghänge. Dazwischen bunt gekleidete Skifahrer und Snowboarder. Für einen Augenblick breitete sich ein Wohlgefühl in Wallroth aus. Wie wunderbar hätte ihre Skifahrt sein können. Dann wurde er jäh wieder in die Realität zurück gerissen. Dieses tragische, brutale Verbrechen hatte alles zerstört.

Oben angekommen stieg der Lehrer aus der Gondel

und machte sich auf den Weg zu seinen Schülern und zu Kristina. Er hoffte, es würden sich nicht allzu viele Schüler melden, die heute trotz allem eine Prüfung ablegen wollten. Für ihn hatte die Benotung jedenfalls nicht die höchste Priorität.

Der Kommissär musterte Alena Wolters prüfend. Erst jetzt registrierte er bewusst, wie groß die junge Frau war. Auch zeichneten sich unter ihrem blousonartigen Anorak auffällig breite Schultern ab. Vielleicht ruderte sie in ihrer Freizeit. Zumindest konnte sie ganz offensichtlich die Person sein, auf die ihr Täterprofil passte. Sie war größer als die Tote und kräftig. Und sie wäre mit Sicherheit dazu in der Lage gewesen, Sabrina Gehrke durch einen harten Hieb mit dem dicken Eiszapfen die Schlagverletzung am Kopf zugefügt und sie anschließend in die Taurach geworfen zu haben.

»Wissen Sie, was ich glaube?«, setzte der Kommissär das Verhör fort. »Sie sagen uns die Unwahrheit, Frau Wolters. Sie haben Sabrina Gehrke sehr wohl gesehen, als sie das Tanzlokal verlassen hat. Und weil Sie wegen Ihres Freundes Rocco Heine sehr wütend auf Ihre Rivalin waren, haben Sie sie erschlagen und anschließend in die Taurach geworfen. So muss es gewesen sein und nicht anders. Ich bin mir nur noch nicht sicher, ob Sie die Tat vorher geplant haben oder ob es im Affekt passiert ist.

Aber das werden wir jetzt hoffentlich von Ihnen erfahren. Ich rate Ihnen dringend, uns nun die Wahrheit zu sagen.«

Entsetzt blickte Arno Wolters den Kommissär an. Sein Gesicht verlor jede Farbe.

»Nein, das stimmt nicht! Ich wusste gar nicht, dass Sabrina tot ist. Wieso soll ich sie getötet haben? Ich hab` sie gar nicht gesehen. Ich war das nicht!«, schrie die junge Frau erschrocken.

»Sie waren als Einzige die ganze Zeit am Tatort. Das haben Sie zugegeben. Sabrina wurde nämlich unmittelbar hinter einem der beiden Wachhäuschen erschlagen. Und Sie haben dort niemand anderen gesehen. Das haben Sie auch ausgesagt. Wer soll es also sonst gewesen sein?«

»Vielleicht der Typ, von dem Sie eben gesprochen haben. Der hinter ihr her gekommen ist«, flehte sie.

»Der war`s nicht. Wir haben das genau überprüft«, erklärte Steffner.

Das Mädchen schwieg.

»Die Tat wurde von einem Linkshänder verübt«, fuhr Traudner nach einer kurzen Pause fort. »Sie sind Linkshänderin. – Genau wie der Täter.«

»Woher wissen Sie das?«

»Das ist mir aufgefallen, als Sie nach dem Wasserglas gegriffen haben. – Frau Wolters, ich glaube, es wäre wirklich besser für Sie, wenn Sie jetzt ein Geständnis ablegen würden. Dies würde auch vor Gericht zu Ihren Gunsten gewertet.«

Alena Wolters schaute die Beamten der Reihe nach an. Sie schien mit sich zu kämpfen, griff nach ihrem Wasserglas. Das Glas war leer und der Kommissär füllte es wieder. Sie trank es bis zur Hälfte aus und stellte es vorsichtig auf den Tisch. Erneut ging ihr Blick jetzt nach unten.

»Ich bin schwanger«, begann sie erschöpft.

Der Kommissär wusste, dass sie nun alles erzählen wollte und dies auch tun würde. Er gab seinen Kollegen ein Zeichen, nur zuzuhören. Er wollte nicht riskieren, den Redefluss der jungen Frau durch störende Fragen zu unterbrechen oder gar zum Stoppen zu bringen.

»Eigentlich hätte ich fünf Tage vor der Skifahrt meine Periode bekommen müssen. Aber sie kam nicht. Ich habe Rocco nichts davon gesagt. Ich wollte ihm die Skifahrt nicht verderben. Aber ich wusste, dass ich nicht zum Bus kommen würde und Tschüss sagen, wenn er und die anderen losfahren würden. Dazu war ich viel zu nervös, weil ich die ganze Zeit auf meine Tage gewartet hab`.

In der Nacht vor der Abreise kam dann die SMS von Rocco. Ziemlich spät, ich war schon fast am Schlafen. Aber ich hab mich trotzdem gefreut. Ich dachte, er würde mir etwas Nettes zum Trost schreiben, weil ich ja nicht mitdurfte. – Und dann schreibt dieses Schwein mir `Es ist aus. Es gibt eine Andere`!«

Sie hielt inne und atmete eine Weile tief ein und aus. Nur mit Mühe konnte sie verhindern, dass sie in Tränen ausbrach. »Der ruft nicht einmal an! Ganz ehrlich! Der schwängert mich!«, schrie sie urplötzlich und schaute den Kommissär verzweifelt an, »und dann macht der einfach Schluss! – Per SMS! Das muss man sich mal vorstellen! Krass! – Oder? – Nur, damit er auf der Skifahrt eine andere anbaggern kann!«

Wieder hielt sie kurz inne. »Ich konnte die ganze Nacht nicht schlafen. Ich wollte es nicht glauben. Ich konnte es einfach nicht fassen. – Am liebsten hätte ich sofort seine Eltern angerufen, aber ich hab` mich nicht getraut. Meine Mutter durfte ja auch nichts erfahren. Außerdem war es ja noch gar nicht sicher und ich wollte es einfach nicht wahrhaben. Und dann hab` ich weiter gewartet, noch mal fünf Tage. Gott sei Dank hat meine Mutter nichts gemerkt. Sie ist zum Glück an dem Wochenende weggefahren. Ich hab` mir dann in der Apotheke einen Schwangerschaftstest gekauft. Ganz schön teuer sind die! Zuerst hab` ich mich gar nicht getraut. Aber Montagnacht hab` ich es nicht mehr ausgehalten. Und dann war es sicher. – Schwanger!«

Die junge Frau schwieg und schaute die drei Männer an, als würde sie Kritik erwarten, oder Fragen. Aber die Beamten schwiegen ebenfalls. Alena Wolters räusperte sich und trank den Rest Wasser aus ihrem Glas. »Und dann dachte ich mir plötzlich, das soll der wissen. Ganz ehrlich, das ist nicht nur mein Problem. Der Typ amüsiert sich auf der Skifahrt mit einer anderen und ich sterbe hier fast vor Sorge. Tut mir leid, aber so was muss ich mir echt nicht antun! – Gegen Morgen stand mein Entschluss fest. Ich hab` den Ersatzschlüssel für unser Auto gesucht und die hundert Euro aus unserer Kasse für Notfälle genommen. Ich brauchte ja Geld für Benzin. Dann hab` ich mich einfach in unser Auto gesetzt und bin losgefahren. – Den Rest hab` ich Ihnen schon erzählt.«

Unerwartet hörte die junge Frau auf zu reden. Auch die Beamten sagten eine Weile nichts. Nur das Ticken der Wanduhr war zu hören. Alena Wolters blickte auf.

»Frau Wolters, erzählen Sie uns, was passiert ist, als Sabrina die Diskothek verließ!«

Wieder Stille, wieder nur das Ticken der Uhr. Die drei Beamten schwiegen beharrlich und warteten. Aus Erfahrung wussten sie, in dieser Situation war Warten das Beste. Arno Wolters rückte näher an seine Tochter und sie griff nach seiner Hand.

»Es war fast Mitternacht und ich hab` total gefroren. Ich hatte Eisfüße, weil meine Schuhe völlig durchnässt waren von dem vielen Schnee. Ich wollte zum Auto gehen. Dann hab` ich plötzlich gesehen, wie Sabrina aus der Disco kam, alleine. Ich hab` sie gerufen. Ich wollte von ihr wissen, ob Rocco noch drin war. Sie drehte sich um und als sie mich erkannte, kam sie auf mich zu getorkelt. Sie war völlig betrunken. `Was machst du denn hier?`, hat sie gelallt. Dabei hat sie mich angeguckt, als wäre ich ein Gespenst. Dann hat sie versucht, mit ihrer Tasche den Schnee von der Brückenmauer zu schieben, und sich erst mal darauf gesetzt, weil sie gar nicht mehr gerade stehen konnte. Dann hat sie mich wieder angeglotzt.

`Ist Rocco noch da drin?`, hab` ich sie gefragt.

`Rocco? Was willst du denn von Rocco? Der hat doch schon längst Schluss gemacht mit dir!`

`Das geht dich nichts an. Ist der noch da drin oder nicht?`, hab` ich geantwortet.

Und dann stellt die sich genau vor mich und fängt plötzlich an, wie eine Verrückte zu lachen, tierisch laut! `Rocco? Weißt du überhaupt, was der über dich erzählt und welche Fotos von dir der mir gezeigt hat?`

Die hörte überhaupt nicht mehr auf zu lachen. Und ihr Blick, total verächtlich, als wäre ich ein Stück Dreck. Und dann hatte ich plötzlich diesen Eiszapfen in der Hand. Und dann hab` ich zugeschlagen. Ich glaube nur einmal, aber ziemlich fest. Ich konnte gar nichts dagegen tun. Sie sollte endlich aufhören zu lachen. – Und mich so verächtlich anzuschauen!«

Für einen kurzen Augenblick unterbrach sie das Sprechen und schien zu überlegen. Sie schaute zum ersten Mal ihren Vater an, der immer noch ganz weiß im Gesicht war und sich kaum getraute zu atmen.

»Der Eiszapfen ist sofort gebrochen. Aber sie ist trotzdem umgestürzt und mit dem Kopf auf die Steinmauer geschlagen. Die war ja auch total besoffen! Ich hab` mich unheimlich erschrocken!« Das Mädchen schaute die Beamten unsicher an. »Als sie nichts mehr sagte und nicht mehr lachte, hab` ich gesehen, dass ihre Augen weit aufgerissen waren und sie sich nicht mehr bewegte. Ich hab` Angst bekommen und ihren Namen gerufen und ihr mit der Hand ins Gesicht geschlagen, auf die Wangen. Aber sie reagierte nicht mehr. Dann hab` ich ihren Puls gefühlt. Aber da war nichts mehr. Sie war tot. – Das wollte ich doch nicht! Wirklich! Dann hab` ich Panik bekommen und sie über die Mauer ins Wasser geworfen. Und ihre Tasche gleich hinterher. Und den Eiszapfen auch. Dann bin ich weggerannt, zum Auto. Ich wollte nur noch abhauen. So schnell wie möglich wieder nach Hause!«

Jetzt versagte ihre Stimme. Arno Wolters schloss seine Tochter in den Arm. Entsetzten stand in seinem Gesicht geschrieben, als er die Beamten fragend anschaute. Auch an den drei Männern war das Gehörte nicht spurlos vorübergegangen. Das Leben einer jungen Frau zu Ende, bevor es richtig begonnen hatte, das Leben der anderen in Scherben. Niemand konnte voraussagen, ob es jemals wieder normal würde weitergeführt werden können.

Traudner atmete mehrmals tief ein. »Herr Wolters, wir müssen Ihre Tochter nicht hierbehalten. Sie können sie mit zu sich nach Hause nehmen. – Wenn Sie möchten, werde ich Ihnen alles noch einmal ganz genau darlegen und versuchen, alle Ihre Fragen zu beantworten. Dann sollten Sie sich umgehend mit Alenas Mutter in Verbindung setzten. Wenn Sie einen Rechtsanwalt haben, sollte der informiert werden. Ansonsten erhält Alena einen Pflichtverteidiger.«

Der Kommissär unterbrach seine Erklärungen, um Herrn Wolters die Gelegenheit für Fragen zu lassen. Aber der Vater wirkte völlig geschockt und blieb sprachlos.

»Auch wenn der Fall dramatisch ist und Sabrina tot ist, möchte ich Ihnen folgendes sagen: So, wie Ihre Tochter den Hergang geschildert hat, wird sie voraussichtlich nicht wegen Totschlags, geschweige denn wegen Mordes angeklagt werden. Meiner Meinung nach handelt es sich hier um schwere Körperverletzung mit Todesfolge. Dies wird Ihr Rechtsanwalt wahrscheinlich genauso sehen und vor Gericht begründen können. – Voraussetzung ist natürlich, dass der Tathergang durch unsere weitere Ermittlungsarbeit so bestätigt werden wird. – Außerdem wird die Tatsache, dass Ihre Tochter Alena noch minderjährig ist, vor Gericht einen erheblichen Einfluss auf die Festlegung des Strafmaßes haben.«

Der Kommissär räusperte sich. »Das ist erst mal alles, was ich noch für Sie tun kann. Wir übergeben den Fall an die zuständige Staatsanwaltschaft in Berlin. Die wird Anklage erheben. Weil meines Erachtens aber weder Flucht- noch Verdunkelungsgefahr besteht, können Sie Alena jetzt mitnehmen. Denn auch eine besondere Schwere der Tat in juristischem Sinne liegt nicht vor. Sollten Sie dies wünschen, könnte ich für psychologische Unterstützung für Sie und Ihre Tochter sorgen. Ich würde das dringend empfehlen.«

Die drei Beamten verließen das kleine Büro, ließen die Tür jedoch offen. Arno und Alena Wolters brauchten sicher noch einige Zeit.

Nahezu schweigend luden sie das umfangreiche Gepäck in den Bus. Skier und Snowboards befanden sich bereits in der Box, die am Heck des Fahrzeugs angebracht war.

Jetzt folgten Koffer und das Handgepäck. Wallroth hatte die notwendigen Informationen sowie die Erlaubnis, die Rückfahrt wie geplant antreten zu dürfen, von Traudner erhalten und seine Schüler über die bevorstehende Abreise informiert. Dass die Täterin eine Mitschülerin war und die Auslöser für die Tat eine ungewollte Schwangerschaft und tiefe seelische Verletzungen waren, hatte er ihnen nicht erzählt. Auch Rocco wusste noch nichts. Nur an Kristina hatte Wallroth, während die Schüler mit Packen beschäftigt waren, alle Informationen, die er von dem Kriminalkommissar bekommen hatte, weitergegeben.

Nach dem gemeinsamen Abendessen waren alle schweigend auf ihre Zimmer verschwunden, um das Gepäck herunterzubringen, den restlichen Müll zu entsorgen und die Räume zu reinigen. Glücklicherweise hatten zwei Mädchen von sich aus angeboten, sich um Sabrinas Sachen zu kümmern

Jetzt stand der Bus mit laufendem Motor vor dem BERGBLICK. Die Szene wirkte fast gespenstisch. Man konnte eine Gruppe von jungen Leuten sehen, die gerade ihre Skifahrt beendet hatten und eigentlich froh und guter Dinge sein müssten. Aber man hörte fast nichts, keine Rufe, keine albernen Bemerkungen, kein fröhliches Lachen. Nur das Notwendigste wurde gesprochen. Selbst Rolf, der sie wieder abholte und der sich auf der Hinfahrt überraschend als Stimmungskanone mit Berliner Schnauze erwiesen hatte, blieb leise und sachlich. Wallroth hatte ihn sofort nach seiner Ankunft über die dramatischen Ereignisse informiert.

Der Abschied von Familie Steiner war kurz und nicht herzlich wie sonst verlaufen. Sie schienen augenscheinlich verärgert darüber, dass ihr Sohn Julius unter Verdacht geraten und wieder einmal bei der Polizei vorgeladen worden war. Neue Nahrung für den Dorftratsch, schlecht für den Ruf der Familie Steiner und schlecht für das Image des beliebten Jugendhotels BERGBLICK.

Ob er hier noch einmal würde herkommen können, dachte Wallroth. Ob er überhaupt noch einmal eine Skifahrt mit Schülern würde unternehmen können? Er wusste es nicht. Zunächst würde er sich der Situation und den vielen Fragen stellen müssen, die nach ihrer Rückkehr in Berlin auf ihn zukommen würden. – Dienstlich, aber mehr noch im Privaten.

Das Zuschlagen der Klappen des Gepäckraumes riss ihn aus seinen Gedanken. Rolf und er waren die letzten, die sich noch im Freien befanden. Beide stiegen ein. Rolf startete den Motor des Reisebusses.

»Können wir?«

Wallroth nickte stumm. Die Türen schlossen sich mit dem wohlbekannten Geräusch. Rolf legte einen Gang ein und der Bus startete in eine lange Nacht und eine schwierige Zeit für alle. – Nicht nur für Wallroth.

Danke

An dieser Stelle möchte ich mich bei allen Menschen bedanken, die mit dazu beigetragen haben, dass dieser Kriminalroman entstanden ist beziehungsweise entstehen konnte.

Der besondere Dank gilt, leider nur posthum, meinen Eltern. Sie haben große Mühen auf sich genommen, um mir eine gute Schulbildung und ein Studium zu ermöglichen. Zu Ehren meiner Mutter und als späten Dank habe ich ihren Mädchennamen `Schley` als mein Pseudonym gewählt.

Josef Schley (November 2012)

Josef Schley

ROCKFEST

Kriminalroman

Zum zweiten Mal findet in diesem Jahr an der Jim-Morrison-Schule im Berliner Bezirk Steglitz/ Zehlendorf das ROCKFEST statt. Die verantwortlichen Schüler und ihre beiden Lehrer Elli Beck und Wolf Märtens feiern die Veranstaltung als großen Erfolg, bis ihre Freude ein jähes Ende findet. Beim nächtlichen Abbau der Anlage finden sie im Technik-Keller der Schule einen Toten. Kriminalhauptkommissar Hans Stern vom LKA Berlin und sein Team der 1. Mordkommission übernehmen die Ermittlungen. Viel Arbeit liegt vor ihnen, denn der Täter könnte sich unter den zahlreichen Teilnehmern des Rockfestes befinden.

ROCKFEST

Leseprobe

Samstag, 19. Februar 2011

Die taubengraue Stahltür schlug im Takt des leicht auffrischenden Windes gegen einen Stein, den jemand zwischen Tür und Rahmen gelegt hatte. Durch den Spalt drang ein schmaler, heller Lichtstreifen nach draußen. Vereinzelt hörte man Wortfetzen. Dies ließ darauf schließen, dass die Männer vom Erkennungsdienst im Innern des Kellerraumes schon konzentriert ihrer Arbeit nachgingen und die ersten Spuren sicherten. Auch hier draußen hatten die Kollegen von der Schutzpolizei den Bereich um den Zugang zum Tatort bereits mit Absperrband gesichert.

Hans Stern zog den Reißverschluss seines weißen Einweg-Overalls zu, glitt mit seinen Händen in die Handschuhe aus Latex und machte sich daran, die

steinerne Außentreppe, die hinunter zu dem Kellerraum führte, hinabzusteigen.

Als er in seiner Abteilung begann, hatte er, wie
die meisten seiner Kollegen, auf das Tragen des
Schutzanzuges verzichtet. Dann hatte er einmal aus
Versehen am Tatort ein benutztes Tempo-
Taschentuch verloren. Es war ihm aus der Hosentasche gefallen, ohne dass es jemand bemerkt hatte.
Schließlich war es mit weiterem Spurenmaterial bei
der KTU gelandet und die Kollegen hatten viel un-
nütze Zeit mit der Untersuchung des Taschentuches
vertan. Seitdem hatte er keinen Tatort mehr betreten ohne den obligatorischen weißen Schutzanzug.
Wohl wissend, dass der ein oder andere Kollege sich
hinter seinem Rücken darüber amüsierte.

Das Geländer war eiskalt. Trotzdem hielt er sich
daran fest. Im Halbdunkel konnte man nicht erkennen, ob die von einer glänzenden Eisschicht bedeck-
ten Treppenstufen glatt waren oder ob jemand hier
gestreut hatte. Der Hauptkommissar blickte auf
seine Armbanduhr. Zehn Minuten nach zwei. Eigentlich hätte Grüber schon da sein müssen. Er hatte ihn sofort angerufen, nachdem sein Dienst-Handy
geklingelt hatte und er über den Leichenfund in
Zehlendorf informiert worden war. Und Grüber
wohnte zurzeit bei seiner Freundin am `Roseneck`,
mit dem Wagen höchstens zehn Minuten von hier.
Sie hatten in dieser Woche beide Bereitschafts-
dienst, Stern war als Hauptkommissar der Ranghö-

here. Wer von den Staatsanwälten Bereitschaft hatte und zum Tatort kommen musste, wusste er nicht. Vorsichtig öffnete der Kriminalbeamte die Stahltür.

»Morgen zusammen.«

Die Männer von der Spurensicherung blickten kurz auf. Dabei schienen sie gleichzeitig zu überprüfen, ob er sich vorschriftsmäßig verhielt und aufpasste, wo er hintrat. Stern kannte nur zwei von ihnen.

»Morgen«, entgegneten sie knapp und widmeten sich schweigend wieder ihrer Arbeit.

Der Rechtsmediziner Dr. Groß war ebenfalls schon am Tatort. Er nickte Stern kurz zu und erhob sich langsam. Vorsichtig trat Stern neben ihn und achtete darauf, dass er keine Spur verwischte.

»Männliche Leiche, gerade zwanzig Jahre alt. Christopher Fink, ehemaliger Schüler. Erstochen, mehrere Einstiche. Seine Brieftasche mit dem Ausweis steckte in seiner Hosentasche. Handy und Geld sind noch da. Tatwaffe allerdings bisher Fehlanzeige.«

»Und wer hat ihn hier unten gefunden, mitten in der Nacht?«

»Zwei Jungen, auch von dieser Schule.«

»Und was machen die hier? Ist die Schule am Wochenende nicht geschlossen?«, fragte Stern, obwohl er bei seiner Ankunft die Bühnenaufbauten in dem großen Saal im Erdgeschoss wahrgenommen hatte.

»Normalerweise schon. Aber an diesem Wochenende fand hier ein ROCKFEST statt. Die Veranstaltung war etwa gegen Mitternacht zu Ende. Und als die Jugendlichen ihre Verstärker und die Instrumente wieder zurück in den Keller bringen wollten, fanden sie hier den jungen Mann. War leider schon tot. Wie gesagt, erstochen.«

»Und wieso riecht`s hier drin wie in einem Coffeeshop?«, wunderte sich Hauptkommissar Stern.

»Wurde sicher als Raucherzimmer benutzt«, antwortete Dr. Groß grinsend, wobei er beim Wort Raucherzimmer mit seinen Händen Anführungszeichen andeutete und dann auf einen Joint zeigte, der auf dem Boden lag.

Stern ließ sich die Brieftasche reichen und warf einen Blick auf das Foto auf dem Ausweis. Er sah einen gut aussehenden jungen Mann. Dieser schien jedoch deutlich jünger als zwanzig. Das Foto musste schon älter sein. Der Junge hatte langes, blondes Haar, das er sich zu einem Zopf zusammengebunden hatte, und einen sympathisch wirkenden, offenen Gesichtsausdruck. Geboren war er am dritten Januar 1991, konnte Stern auf dem Dokument lesen. Außer dem Ausweis steckten in der Brieftasche zwei Fünfzig- und drei Zwanzig-Euroscheine und eine EC-Karte der Commerzbank. Ziemlich viel Geld für einen Zwanzigjährigen, wunderte sich der Ermittler. Seine Tochter verfügte nicht über so viel Bargeld in ihrem Portemonnaie.

»Wieso hatte der Bursche so viel Bargeld dabei? Ob der hier unten gedealt hat?«, wandte er sich an den Arzt.

Dr. Groß hatte sich bereits wieder über die Leiche gebeugt und murmelte: »Würde zum Geruch hier im Keller passen.«

»Jedenfalls um Raub scheint es sich bei der Tat nicht zu handeln«, bemerkte Stern. »Es sei denn, der Täter ist gestört worden und musste fliehen, bevor er sein Opfer durchsuchen konnte. Und dann müsste es einen Zeugen geben.«

Der Hauptkommissar sah sich etwas genauer in dem hell erleuchteten Kellerraum um. Überall standen Boxen, Mikrofonständer, Gitarren, teilweise nur noch mit drei oder vier Saiten bestückt, sowie Schlagzeugteile und Verstärker herum. Auf dem Boden verstreut lagen Kabel und Mikrofone und unmittelbar neben der Eingangstür hatte jemand ein E-Piano einfach abgelegt. Es herrschte ein heilloses Durcheinander. Hier schien es niemanden zu geben, der wenigstens ein bisschen auf Ordnung achtete. Ob die Lehrer das mit Absicht duldeten, um die Eigenverantwortlichkeit ihrer Schüler zu fördern? Dann haben sie allerdings noch jede Menge Arbeit, dachte Stern. – Oder es wurde ihnen einfach zu viel, sich auch noch um die Ordnung in dem Technikkeller ihrer Schule zu kümmern. Er würde bei Gelegenheit seiner Tochter davon erzählen und deren Meinung dazu hören.

Christopher Fink lag etwa in der Mitte des Raumes auf einem alten, teilweise mit Blut befleckten Teppich. Die Art seiner Verletzungen und die Blutflecke auf seiner Kleidung schienen die Aussage des Arztes zu bestätigen. Er war ganz offensichtlich durch mehrere Messerstiche getötet worden. Aus dieser Tatsache den Schluss zu ziehen, dass der Täter das Opfer möglicherweise gekannt oder sogar gehasst hatte, lehnte Stern ab. Auch wenn es sowohl diese Theorie als auch zahlreiche statistische Belege dafür gab. Doch er verließ sich lieber auf Fakten.

Warum wird ausgerechnet, wenn ich Bereitschaft habe, ein Junge umgebracht, der genauso alt ist wie meine Tochter, dachte Stern.

»Grüber ist übrigens schon oben bei den Jugendlichen und befragt sie, soweit sie ansprechbar sind«, unterbrach ihn Dr. Groß in seinen Gedanken.

»Ach, Grüber ist schon hier? Ich hab sein Auto gar nicht gesehen.«

»Ich glaub, er hat ein Taxi genommen. Seine Kiste sprang mal wieder nicht an. Is halt en Sommerauto.«

»Und wo ist Grüber mit den Jugendlichen?«

»Die haben im Hauptgebäude einen Raum, Freizeitraum nennen die den. Liegt gleich um die Ecke im Erdgeschoss. Der Zugang vom Hof befindet sich wohl rechts neben der Mensa. Die ist noch erleuchtet, nicht zu übersehen. Da fand auch die Veranstaltung statt.«

»Sind auch Lehrer dabei?«

»Ja, aber ich glaube nur zwei. Viele Lehrer sollen auch nicht an der Veranstaltung teilgenommen haben, meinten die Schüler. Und die, die hier waren, sind teils schon ziemlich früh wieder gegangen.«

»Okay. Ich geh dann mal hoch zu Grüber«, erwiderte der Hauptkommissar, bevor er seinen Blick noch einmal langsam durch den großen Raum gleiten ließ. Die wichtigen Details würde er sich sowieso auf den Tatort-Fotos der Spurensicherung, die seine Kollegen ihm per Mail in sein Büro schicken würden, genauestens anschauen. Neuerdings machten sie sogar qualitativ sehr hochwertige Videoaufnahmen.

»Wenn du fertig bist mit deiner Arbeit, Leo, kannst du mich über Handy erreichen. – Tschüss, Kollegen«, verabschiedete er sich von den übrigen Männern und verließ den kalten Keller.

*

*